AF304543

Ana Dee liebt Bücher, seit sie lesen kann, das Knistern der Seiten und die Geschichten, die sich darin verbergen. Und so war es nicht verwunderlich, dass sie schon als Kind damit begonnen hat, ihre eigenen Erzählungen zu Papier zu bringen. Doch es sollte noch eine Weile vergehen, bis sie nach dem Studium ihr liebstes Hobby zur Passion machte. Die Autorin schreibt ihre Krimis mit viel Herzblut und Empathie, obwohl sie tief in die menschlichen Abgründe taucht. Der Erfolg gibt ihr recht. Ihre Bücher sind stets auf den vorderen Rängen zu finden und sie konnte schon zahlreiche Leser:innen mit ihren spannenden Krimis in Atem halten.

ANA DEE

DAS SCHWEIGEN DES TODES

Ein Schweden-Krimi

Erstausgabe Januar 2024

Copyright © 2024 dp Verlag, ein Imprint der
dp DIGITAL PUBLISHERS GmbH
Made in Stuttgart with ♥
Alle Rechte vorbehalten

DAS SCHWEIGEN DES TODES

ISBN 978-3-98778-784-3
E-Book-ISBN 978-3-98778-598-6
Hörbuch-ISBN: 978-3-98778-595-5

Covergestaltung: ARTC.ore Design / Wildly & Slow Photography
Umschlaggestaltung: ARTC.ore Design
Unter Verwendung von Abbildungen von
shutterstock.com: © Stefan Holm, © elegeyda, © PhotoVisions
Lektorat: Katrin Gönnewig
Satz: dp DIGITAL PUBLISHERS GmbH
Druck und Bindung: Books on Demand GmbH, Norderstedt

PROLOG

Der Schlüssel wurde im Schloss herumgedreht und Lena erwachte. Wie ein Tier in Todesangst drückte sie sich in die Ecke. Sie zitterte und wollte nicht weinen, wollte stark sein, aber die salzigen Tränen tropften auf das OP-Hemd, das sie tragen musste. Verstohlen wischte sie sich mit dem Handrücken über die Augen.

„Aufstehen!", donnerte seine Stimme durch den Raum.

Zögerlich kam sie seiner Aufforderung nach.

„Setzen!" Er deutete mit einer unmissverständlichen Geste auf den Stuhl.

„Bitte nicht ...", hauchte sie.

„Setz dich", wiederholte er mit drohender Stimme.

Sie zuckte unter seinen Worten zusammen und schob ängstlich einen Fuß vor den anderen, bis sie den Stuhl erreicht hatte. Dann blieb sie stehen und rührte sich nicht.

„Ich will noch nicht sterben", sagte sie und sah ihn flehend an. „Bitte, ich werde auch alles tun. Meine Eltern haben Geld ..."

„Vergiss es. Kein Geld der Welt könnte mir diese Genugtuung verschaffen, die ich gleich verspüren werde."

„Bitte", flehte sie erneut.

Er versetzte ihr einen Stoß, sodass sie hart auf dem Stuhl landete. Routiniert fixierte er ihre Handgelenke und Beine und richtete sich wieder auf.

„So, das hätten wir", sagte er mit einem zufriedenen Gesichtsausdruck und zog den Rollwagen zu sich heran. Er breitete die Bestecke aus, um sie dann sorgfältig zu sortieren. Allein der Anblick des polierten Edelstahls, in dem sich die Lampen spiegelten, verursachte ihr Übelkeit.

„Womit wollen wir denn heute anfangen?", fragte er und schaute sie an. „Damit vielleicht?" Er hielt ein Skalpell in die Höhe.

„Nein." Sie brachte das Wort nur mühsam heraus.

„Nur keine Angst, wir probieren es einfach aus."

Der erste Schnitt versetzte sie in Todesangst und sie riss und zerrte panisch an den Riemen, um sich zu befreien. Ein feines Rinnsal bildete sich auf ihrer Haut und tropfte zu Boden. Lena wand sich im Stuhl, versuchte immer wieder, die Gurte abzustreifen. Doch das Leder der Riemen schnitt nur noch tiefer in die Haut. Es war die Hölle, aus der es kein Entrinnen gab.

„Hm, das Skalpell ist wohl doch nicht das passende Instrument", murmelte er und griff nach einer langen Nadel.

Lena schnappte beim Anblick geräuschvoll nach Luft. „Bitte nicht, ich will nicht sterben."

„Habe ich je davon gesprochen, dich umzubringen?"
Sie schüttelte den Kopf.

„Na also, alles nur halb so schlimm."

Wenn er nicht vorhatte, sie zu töten, warum war sie dann hier? Wollte er sie endlos quälen, bis sie darum bettelte, endlich erlöst zu werden? Oder sollte sie selbst Hand anlegen?

Ihr altes Leben musste schon Monate zurückliegen, sie konnte sich kaum noch daran erinnern. Alles in ihr war leer, sie fühlte sich wie ausgehöhlt. Der hohe Stresspegel, verursacht durch seine perfiden Spielchen und die Panikattacken, die sie regelmäßig überkamen, sobald er den Raum betrat, richtete sie seelisch und körperlich zugrunde. Noch keimte das winzige Pflänzchen der Hoffnung in ihr. Aber wie lange noch?

„Dein Schweigen werte ich als Einverständnis, und sobald ich fertig bin, werde ich dich gehen lassen."

Sie öffnete ungläubig den Mund.

„Was starrst du mich so an? Habe ich, seit du bei mir bist, je mein Wort gebrochen?"

Sie blieb stumm wie ein Fisch, diese Psychospielchen machten sie fertig.

„Gleich zu Anfang habe ich dir versprochen, dich nicht zu töten. Und, atmest du noch?"

Sie nickte.

„Siehst du."

Ihre Gedanken schossen kreuz und quer. Allein der Anblick des Stuhls, auf dem er sie quälte, war unerträglich. Nein, sie konnte nicht glauben, dass er sie gehen lassen würde.

„Was ist? Vertraust du mir immer noch nicht?"

„Nein", antwortete sie leise.

„Aber wenn ich es dir doch sage."

Meinte er seine Worte tatsächlich ernst?

„Was werden Sie mir antun, bevor ich gehen darf?" Ihre Stimme war nicht mehr als ein leiser Hauch.

„Das wirst du gleich sehen."

Trotz ihrer Gegenwehr fixierte er ihren Kopf. Eine weitere Panikattacke überrollte sie, als er die merkwürdige lange Nadel erneut in die Hand nahm, und ihr

Herz schlug so schnell, dass sie glaubte, es würde in ihrer Brust zerspringen. Das war das Ende.

KAPITEL 1

Ulrik drehte mit Tobi gemächlich seine Runde am Morgen und erfreute sich am Sonnenschein. Er liebte die hellen Tage und die gut gelaunten Menschen um ihn herum. Im Winter hasteten sie alle mit gesenktem Kopf an ihm vorbei und wollten ins Warme – kein Vergleich zum fröhlichen Kinderlachen und dem Vogelgezwitscher, die der Sommer mit sich brachte.

Tobi schnüffelte hier und da, markierte mit Feuereifer sein Revier und hechelte den hübschen Hundedamen hinterher, die seinen Weg kreuzten. Ja, das Leben konnte so schön sein, dachte Ulrik. Er hatte ein erfülltes Leben, bekam eine gute Rente, fuhr in den Urlaub oder traf sich mit Freunden. Die restliche freie Zeit werkelte er an seinem Häuschen oder im Garten. Seine Frau Hedda war leider vor sieben Jahren verstorben und seitdem war Tobi ihm ein treuer Begleiter.

Mittlerweile hatten sie den Strand erreicht und Ulrik stapfte durch den weichen Sand. Es war ein herrlicher Morgen. Die Wellen brachen sich am seichten Ufer und die Möwen stießen über den Dünen ihre schrillen Rufe aus. Die Gegend war unverwechselbar: Der Strand ging hier in Wald- und Wiesenflächen über. Keine typischen Dünenlandschaften mit weißem Sand, wie man sie von Postkarten kannte.

Plötzlich blieb Tobi stehen und hob den Kopf, um Witterung aufzunehmen. Seine Lefzen waren hochgezogen und er knurrte leise.

„Ist ja gut", brummte Ulrik und tätschelte den Kopf des Hundes.

Abermals stieß Tobi ein kehliges Knurren aus.

„Was ist denn los?", fragte Ulrik kopfschüttelnd. So seltsam hatte sich Tobi noch nie benommen.

Jetzt sträubte der Rüde sein Nackenfell und wich zurück. Nun war auch Ulrik beunruhigt und schaute sich suchend um. Aber er konnte niemanden entdecken.

„Tobi, das ist doch albern", sagte er, obwohl sein Herz schneller schlug. Irgendetwas war hier faul. „Komm, lass uns weitergehen."

Er zog an der Leine, doch Tobi weigerte sich und rührte sich nicht vom Fleck.

„Wenn du nicht gleich parierst, gibt es heute kein Futter."

Tobi ignorierte seine Drohung wie üblich und er kläffte stattdessen lauthals. Er gebärdete sich wie wild, zerrte an der Leine und drehte sich im Kreis. So aufgewühlt hatte Ulrik seinen Vierbeiner noch nie erlebt. Tobi ist sonst freundlich zu jedermann, aber mit dem gesträubten Fell gleicht er einer Furie, die sich kaum bändigen lässt, dachte Ulrik verärgert. Nur Sekunden später bemerkte er eine Bewegung aus dem Augenwinkel heraus und drehte sich um. Er entdeckte eine junge Frau, die splitterfasernackt durch die Düne streifte. Sie war eine Schönheit und erst auf den zweiten Blick bemerkte er die blutunterlaufenen Augen und die Schnitte, die sich über ihren gesamten Körper verteilten.

Hoffentlich war sie keinem Verbrechen zum Opfer gefallen.

„Still jetzt!", herrschte er Tobi an und band seine Leine an einer Bank fest.

Die Frau stolperte hilflos durch den Sand und Ulrik eilte ihr mit schnellen Schritten hinterher.

„Hallo, so warten Sie doch!", rief er und winkte ihr zu, aber sie reagierte nicht auf ihn. Wahrscheinlich ist sie traumatisiert, schoss es ihm durch den Kopf und er zog sein Smartphone aus der Hosentasche, um die Polizei zu verständigen.

Während er telefonierte, ließ er die Frau nicht aus den Augen. Sie bewegte sich auf eine seltsame Weise fort, fast so, als wäre sie blind. Dann geschah das Unvermeidbare: Sie stolperte und stürzte. Benommen blieb sie am Boden liegen und verzog nicht einmal das Gesicht. Das ist ungewöhnlich, dachte Ulrik und war mit wenigen Schritten bei ihr.

„Kommen Sie, ich helfe Ihnen auf", sagte er und reichte ihr die Hand, die sie jedoch nicht ergriff.

Was nun? Er konnte sie doch nicht so entblößt im Sand liegen lassen?

Hastig riss er sich sein Hemd vom Leib und griff der Frau beherzt unter die Arme, um sie wieder aufzurichten. Als er ihr das Hemd überzog und zuknöpfte, ließ sie es wie eine willenlose Marionette geschehen. Es war ihm außerordentlich unangenehm, sie zu berühren, und Scham stieg in ihm auf. Hastig schaute er sich um, aber da war niemand, der ihm hätte helfen können. Nur Tobi kläffte und randalierte ein paar Meter weiter.

Beunruhigt warf Ulrik einen Blick auf die Uhr. Wo blieb die Polizei denn nur, wenn man sie einmal brauchte?

Die Frau schwankte kurz, dann setzte sie wieder mechanisch einen Fuß vor den anderen.

„Bitte, so bleiben Sie doch stehen", sagte Ulrik, aber sie nahm von seinen Worten keine Notiz. Ihm blieb nichts anderes übrig, als ihren Oberarm zu umfassen, um sie am Weiterlaufen zu hindern.

„Hallo? Was machen Sie denn da?"

Erschrocken drehte sich Ulrik um und blickte in die Augen einer entrüsteten älteren Dame, die ihm mit dem Spazierstock drohte.

„Es ist nicht, wonach es aussieht", erwiderte er und seine Wangen glühten. Was für ein alberner Spruch. Warum war ihm nichts Besseres eingefallen? Mit nacktem Oberkörper stand er neben dieser wunderschönen jungen Frau und hoffte, dass die ältere Dame nichts Falsches in die Situation hineininterpretierte. „Ich habe bereits die Polizei informiert", erklärte er.

„Soso, die Polizei."

Genau in diesem Moment tauchten zwei uniformierte Beamte auf – seine Rettung.

„Sie haben uns verständigt?", fragte der ältere der beiden Männer.

„Ja."

„Und das ist die junge Frau, die Sie orientierungslos aufgegriffen haben?"

Ulrik nickte.

„Haben Sie ihr das Hemd übergezogen?"

Noch bevor er den Mund öffnen konnte, mischte sich die ältere Dame ein. „Wahrscheinlich, weil er die junge Frau vorher entkleidet hat."

„Ich konnte sie doch nicht so entblößt weiterlaufen lassen", sagte er und bedachte sie mit einem giftigen Blick.

„Arwed, könntest du eine Decke holen", fragte der Polizist seinen Kollegen, bevor er das Gespräch mit Ulrik weiterführte. „Ist schon ein Krankenwagen unterwegs?"

„Nein, daran habe ich gar nicht gedacht."

Der Beamte holte Ulriks Versäumnis nach und verständigte anschließend seinen Vorgesetzten. Nachdem sein Kollege mit der Decke zurückgekehrt war, erhielt Ulrik sein Hemd zurück. Dankbar streifte er es sich über und knöpfte es zu. Die Flecken ignorierte er.

„Sie werden eine Aussage machen müssen", sagte der Beamte.

„Ja, das habe ich mir schon gedacht", erwiderte Ulrik. „Dürfte ich meinen Hund losbinden?"

„Selbstverständlich."

„Ja, du bist ein ganz Feiner." Ulrik tätschelte abermals Tobis Kopf. Wäre ich am Abzweig nur in die andere Richtung gelaufen, dann hätte ich mir einiges erspart, dachte er.

Auf diesen Stress am Morgen hätte er getrost verzichten können. Wiederum ... die Frau hat ihm leidgetan und nicht auszudenken, wenn sie ins Wasser gelaufen und ertrunken wäre. Irgendetwas schien nicht mit ihr zu stimmen, als wäre sie auf Drogen oder so. Ihren Anblick würde er jedenfalls nie mehr vergessen, er hatte sich in sein Gedächtnis eingebrannt.

Bevor er wieder seiner Wege gehen konnte, nahm der uniformierte Beamte noch seine Personalien auf. Der Krankenwagen war schon längst abgefahren, als Ulrik den Heimweg antrat. Was für ein verrückter Morgen, dachte er kopfschüttelnd und entfernte sich mit schnellen Schritten.

KAPITEL 2

Anna knallte den Hörer auf und atmete tief durch.

„Es ist eine weitere junge Frau orientierungslos am Strand aufgegriffen worden", erklärte sie, als sie den irritierten Blick ihres Kollegen bemerkte. „Wir haben wiederholt versagt."

„Ich hatte die Hoffnung, dass wir diesmal schneller sind, bevor der Täter erneut zuschlägt", sagte Tomas.

„Der Boss wird toben, wenn er das erfährt."

„Willst du es ihm sagen?"

„Ich hatte gehofft, dass du das übernehmen könntest.", erwiderte sie.

Tomas atmete geräuschvoll aus. „Wenn es unbedingt sein muss ..." Er stieß einen Seufzer aus und griff zum Telefon. Das Gespräch dauerte nicht länger als eine Minute und Anna wurde in das Büro ihres Vorgesetzten zitiert.

„Nicht nur die Presse sitzt uns im Nacken, verdammt", donnerte Holger Anderssons tiefer Bass durch den Raum.

Anna ließ die Tirade ihres Chefs wortlos über sich ergehen, auch wenn sie sich persönlich angegriffen und gedemütigt fühlte. Ihr Team leistete gute Arbeit und sie mochte es nicht, auf diese Weise abgewertet zu werden. Natürlich hatte es auch in Kalmar im Laufe der Zeit einige Tötungsdelikte gegeben, aber dieser Fall war einmalig in der bisherigen Geschichte dieses idyllischen

Städtchens, das im Sommer von Touristen regelrecht geflutet wurde.

Andersson riss sie aus ihren Gedanken. „Sie werden Verstärkung bekommen."

„Verstärkung?"

„Jonas Lundgren, Fallanalytiker aus Göteborg, wird das Team bei den Ermittlungen unterstützen."

„Das ist nicht Ihr Ernst?" Anna schaute ihn entgeistert an. „Sicher, mit so einem Täter haben wir es noch nie zu tun gehabt. Aber gleich einen Fallanalytiker zu engagieren, halte ich für übertrieben."

„Befehl von ganz oben", erklärte Andersson. „Außerdem möchte ich vermeiden, dass wir wie die letzten Deppen dastehen. Es existieren keine Spuren, keine Zeugen, nichts. Ohne ein entsprechendes Täterprofil werden wir nicht weiterkommen."

Anna ließ sich auf einen Stuhl sinken und strich sich eine widerspenstige Strähne hinters Ohr.

„Aber was für Fakten könnte dieser Fallanalytiker schon liefern? Dass der Täter männlich ist, Mitte vierzig und blond?"

„Ich muss doch sehr bitten, Sarkasmus ist hier fehl am Platz."

„Ehrlich, Chef, das ist doch wieder so ein Wichtigtuer, der den Ton angeben will, sich in die Ermittlungen einmischt und alles durcheinanderwirbelt."

„Sie kennen den Mann doch gar nicht", widersprach Andersson. „Jonas Lundgren mag ein wenig eigen sein, aber sein guter Ruf eilt ihm voraus. Sie stehen sich mit Ihren Vorurteilen nur selbst im Weg."

„Seltsam, wo Sie doch mit der Ermittlungsquote bisher immer zufrieden gewesen sind."

„Aber in diesem speziellen Fall liegt die Sache anders. Wie bereits erwähnt, kommt die Anordnung von ganz oben. Entweder Sie kooperieren oder Sie werden an anderer Stelle eingesetzt. Ende der Diskussion.“

Anna verließ das Büro und hätte am liebsten die Tür zugeknallt. Natürlich war auch sie frustriert darüber, dass es nicht im gewohnten Tempo vorwärts ging. Der Täter hatte drei junge, gesunde Frauen in Pflegefälle verwandelt und ihr Team hatte es nicht verhindern können. Vielleicht war es gar nicht so schlecht, einen Teil der Verantwortung abgeben zu können.

„Na, wie ist es gelaufen?“, fragte Tomas. „Dein Kopf ist ja zum Glück noch dran.“

Anna winkte ab. „Wir bekommen so einen Schnösel aus Göteborg vor die Nase gesetzt.“

„Und?“

„Da fragst du noch?“ Sie machte eine ausladende Handbewegung. „Wieder so einer, der uns das Arbeiten beibringen will.“

„Ach was, jetzt übertreibst du aber. Du bist doch selbst daran interessiert, dass der Täter so schnell wie möglich überführt wird.“

„Vielleicht kratzt es ja an meinem Selbstbewusstsein, dass wir bisher versagt haben“, murmelte sie.

„Glaubst du, dass ich nicht darunter leide? Nur die äußerliche Hülle dieser Frauen ist noch vorhanden, sie sind zu seelenlosen Zombies geworden.“

Anna rieb sich müde über die Augen. „Du glaubst gar nicht, wie fertig mich das macht. So ein Irrsinn, und wir sind nicht imstande, dem Täter Einhalt zu gebieten.“

„Früher oder später schnappen wir ihn", erwiderte Tomas zuversichtlich.

„Ich will nicht noch ein Opfer in diesem Zustand sehen müssen, das verkrafte ich nicht." Anna erhob sich. „Willst du mitkommen?"

„Am liebsten würde ich mich davor drücken. Ist die Familie schon verständigt?"

„Ja, sie wissen Bescheid und sind schon auf dem Weg ins Krankenhaus."

„Dann lass uns fahren."

Sie stiegen in den Dienstwagen und hatten die kurze Strecke rasch zurückgelegt.

„Am liebsten würde ich umkehren", raunte Tomas, als sie den langen Gang entlangschritten, und Anna stieß einen tiefen Seufzer aus.

„Mich plagen nicht nur die Schuldgefühle den Opfern gegenüber. Es macht mich fertig, dass wir die Lobotomie nicht verhindern konnten. Wahrscheinlich hat er sein nächstes Opfer schon längst im Visier oder sogar gekidnappt. Allein der Gedanke, dass ihnen die lange Nadel durch das Auge geschoben wird, um die Hirnareale zu zerstören, macht mich ausgesprochen wütend."

Zögerlich drückte sie die Klinke herunter und trat ein. Lena Jakobsson lag mit bleichem Gesicht auf dem Kissen. Sie reagierte nicht auf die Besucher und hatte den Blick starr zur Decke gerichtet. Ihre Lippen waren geöffnet und Speichel hatte sich in den Mundwinkeln gesammelt. Die nackten Arme waren mit frischen Schnitten und vernarbtem Gewebe übersät, die Nase und die Augen stark angeschwollen und verfärbt.

„Ihr Anblick bricht mir das Herz", flüsterte Anna.

„Ich empfinde genauso“, erwiderte Tomas. „Lass uns gehen und mit dem Arzt sprechen.“ Resigniert wandte er sich ab.

Eine Krankenschwester zeigte ihnen den Weg in das Behandlungszimmer, wo der Arzt sie bereits erwartete.

„Setzen Sie sich doch“, sagte er und zeigte auf die unbequemen Stühle vor seinem Schreibtisch.

„Wie geht es Lena Jakobsson?“, fragte Anna.

„Den Umständen entsprechend“, antwortete der Arzt. „Die Wunden verheilen, aber sie wird für den Rest ihres Lebens betreut werden müssen.“ Auch er zeigte sich über den Zustand des Opfers erschüttert.

„Gibt es irgendwelche Auffälligkeiten?“, fragte Anna.

Der Arzt verneinte. „Sämtliche Proben, die wir genommen haben, befinden sich bereits im Labor.“

„Dann müssen wir die Ergebnisse abwarten.“ Sie hasste es, zum Warten verdammt zu sein. Der Täter achtete penibel darauf, kein Staubkörnchen zu hinterlassen, er schien im Spurenverwischen ein Perfektionist zu sein.

„Haben Sie schon einen Verdacht?“, fragte der Arzt.

„Darüber muss ich mich leider in Schweigen hüllen“, antwortete sie und es nagte an ihr, dass sie noch immer nicht die geringste Ahnung vom Täter hatten.

„Ich verstehe schon“, sagte er. „Die Lobotomie wurde wieder sehr präzise durchgeführt. Der Täter weiß, was er tut.“

„Sie teilen demnach auch die Ansicht, dass er Vorkenntnisse hat?“

„Unbedingt.“

Anna verabschiedete sich und trat mit Tomas den Rückweg an. Kaum hatten sie die Behörde betreten, eilte ihnen Andersson entgegen.

„Kommen Sie bitte in mein Büro, ich möchte Ihnen unser neues Teammitglied vorstellen."

Anna verdrehte die Augen. Tomas schüttelte kaum merklich seinen Kopf, als er die Geste bemerkte. Schweigend folgten sie Andersson in sein Büro.

Jonas Lundgren war ganz anders, als Anna ihn sich vorgestellt hatte. Er hatte absolut nichts von einem Schnösel an sich und der Handschlag zur Begrüßung war warm und herzlich. Verstohlen musterte sie ihn. Ein offener Blick aus blaugrünen forschenden Augen, eine schlanke Statur und dunkelblondes Haar, das an den Schläfen bereits leicht ergraute.

Nicht schlecht, dachte Anna bei seinem Anblick.

„Darf ich vorstellen, das ist Jonas Lundgren." Ihr Chef deutete auf den Fallanalytiker. „Und das ist Anna Grönberg, Hauptkommissarin und Leiterin des Teams. Ich hoffe, dass Sie gut miteinander auskommen."

Andersson schaute in Annas Richtung und sie verstand sofort. „Alles klar, Chef."

„Schön, dass wir einer Meinung sind." Er wandte sich wieder Lundgren zu. „Und, was schlagen Sie vor?"

„Ich werde sofort Rücksprache mit den Kollegen halten, um ein Profil des Täters zu erstellen", antwortete Lundgren.

„Gut, dann will ich Sie nicht länger von der Arbeit abhalten."

Andersson öffnete die Tür. Anna war die Letzte, die den Raum verließ, und er hielt sie kurz zurück. „Und dass mir ja keine Klagen kommen", raunte er.

„Ach was", erwiderte sie und schüttelte seine Hand ab.

„Ich habe Ihr Wort?"

„Aber sicher." Vielleicht hatte dieser Lundgren den Durchblick, der ihnen fehlte, um den Täter aufzuhalten. Anna hatte sich vorgenommen, zu kooperieren, wenn auch mit Widerwillen.

„Möchte jemand einen Kaffee?", fragte Tomas in die Runde.

„Gerne", antwortete Lundgren. „Würden Sie mir die Akten reichen? Dann kann ich sie gleich mit in mein Büro nehmen."

Anna raffte die Ordner zusammen und drückte sie ihm in die Hand. „Bitte sehr."

„Ihr Chef hat mich schon vorgewarnt", sagte Lundgren und in seinen Augen tanzten helle Fünkchen.

„Na wunderbar, dann wissen Sie ja Bescheid." Sie bedachte Andersson in Gedanken mit einem Schimpfwort und atmete tief durch. Ruhig Blut, ermahnte sie sich, schließlich geht es nur darum, den Täter zu schnappen.

Nur wenige Minuten später trat Tomas wieder ein und balancierte drei dampfende Tassen auf dem Tablett.

„Zucker ist aus und die Milch sauer", sagte er. „Sie müssen wohl oder übel den Kaffee schwarz zu sich nehmen."

„Genauso, wie ich ihn mag", erwiderte Lundgren mit einem Lächeln, bedankte sich und verließ das Büro. Anna und Tomas nahmen wieder an den Schreibtischen Platz, schließlich gab es genug zu tun.

KAPITEL 3

Karla saß vor dem Schminktisch, kämmte sich das Haar und betrachtete ihr Spiegelbild. Sie hatte ihr Äußeres so stark verändert, dass sie kaum wiederzuerkennen war. Zufrieden erhob sie sich und öffnete den Kleiderschrank. Trotz der hochsommerlichen Temperaturen nahm sie ein langärmeliges Shirt heraus. Jeder andere hätte tagsüber fürchterlich geschwitzt, aber Karla machte das nichts aus. Sie fror von innen heraus, denn diese Kälte war allgegenwärtig. Ein dicker Kranz aus Eis hatte sich um ihr Herz gelegt.

Prüfend betrachtete sie sich im Spiegel. Die schwarze Kleidung ließ ihre zierliche Figur noch schmaler erscheinen. Früher, in einem anderen Leben, das von Liebe und Zuneigung geprägt gewesen war, hatte ihr Spiegelbild ganz anders ausgesehen. Ihr honigblondes Haar hatte in leichten Wellen auf den Schultern gelegen und das runde Gesicht mit den Sommersprossen golden umrahmt. Die weichen weiblichen Formen hatten ihr oft anerkennende Blicke des männlichen Geschlechts beschert und sie vermisste den aufgeweckten Blick aus ihren blaugrünen Augen

Alles hatte sich geändert, wirklich alles.

Das schwarz gefärbte Haar und der immense Gewichtsverlust ließen sie blass und kränklich wirken. Das Essen schmeckte einfach nicht mehr. Obwohl sich einige Leute auf der Straße immer wieder nach ihr umdrehten, war sie zu einem Phantom geworden. Wie ein Geist durchstreifte sie die Straßen – anwesend, aber dennoch unsichtbar.

Sie hatte einen Job bei einer Fast-Food-Kette angenommen und ließ sich meistens für die Spätschichten einteilen, um tagsüber zu schlafen. Die Mitarbeiter hielten sie für ein wenig seltsam, und seit eine Kollegin die Narben auf ihren Armen entdeckt hatte, wurde viel darüber spekuliert. Aber das Gerede hinter ihrem Rücken prallte an ihr ab. Was wussten die schon?

„Du bist wirklich hübsch. Keine Ahnung, warum du dich so verschandeln musst", hatte Arne, ihr Chef, einmal gesagt.

Eine Antwort war sie ihm schuldig geblieben, weil er genauso unwissend wie die anderen war. Dabei hatte es einmal Zeiten gegeben, da war sie zur Uni gegangen, hatte am Strand gelegen, sich gesonnt oder Beachvolleyball gespielt. Jetzt lebte sie von der Hand in den Mund, weil ihre Ersparnisse für einen gefälschten Pass und das Zugticket nach Stockholm draufgegangen waren.

Ruckartig löste sie sich von ihrem Spiegelbild, Zeit für den Aufbruch. Sie hastete die verschnörkelte Holztreppe des Altbaus herunter und die Stufen knarrten leise unter ihrem Gewicht. Die Dachgeschosswohnung war winzig und im Sommer viel zu heiß, aber für mehr reichten die Kronen einfach nicht aus. Es war sehr leicht, einen Job in Stockholm zu ergattern, aber die meisten wurden schlecht bezahlt.

Egal.

Es reichte zum Leben und mehr brauchte sie nicht.

Sie stieg in den Bus und setzte die Kopfhörer auf, um einem Hörbuch zu lauschen. Früher hatte sie Musik geliebt und war für ihr Leben gern Tanzen gegangen, aber diese Zeiten waren längst vorbei. Sobald sie irgendwo ein Lied hörte, das sie triggerte und an glücklichere Zeiten erinnerte, zog sich ihr Innerstes schmerzhaft zusammen und sie war den Tränen nahe. Aber sie durfte nicht auffallen und die beste Tarnung war, ein durchgeknallter Freak zu sein.

Kurz darauf betrat sie durch den Hintereingang das Fast-Food-Restaurant.

„Du bist früh dran", rief Alina und winkte ihr zu.

„Ich hatte sowieso nicht anderes vor", entgegnete Karla und verschwand zwischen den Spinden, um sich umzuziehen. Dann löste sie Ben ab, der erfreut über ihre Pünktlichkeit war. Sonja, die die Burgerpattys auf den Grill legte, musterte sie von oben bis unten.

„Es gibt so viele Make-up-Tutorials. Schade, dass du immer wie Miss Frankenstein herumlaufen musst."

„Jetzt stell dir doch nur einmal vor, ich würde mich in Schale werfen. Dann würde kein Typ mehr Augen für dich haben."

Sonja lachte. „Das hättest du wohl gerne."

„Touché."

Karla bediente die Fritteuse bis in die frühen Morgenstunden und schleppte sich anschließend erschöpft nach Hause zurück. Während der Nacht war die Mansarde ein wenig ausgekühlt und Karla ließ sich nach einer ausgiebigen Dusche ins Bett fallen. Müde schloss sie die Augen. Wieder war ein bedeutungsloser Tag vergangen, ein Tag, den sie wie üblich verschlafen hatte.

Einst hatte sie davon geträumt, Biologin zu werden, um die Tierwelt zu erforschen und vielleicht sogar eine Doktorarbeit darüber zu schreiben. Jetzt konnte sie darüber nur noch den Kopf schütteln. Nichts war von alledem geblieben. Es würde ein freudloses Leben werden, ohne die Menschen, die ihr nahestanden.

Vom allgegenwärtigen Schmerz erfüllt, drehte sie sich auf die andere Seite und zog sich schluchzend die Bettdecke über den Kopf.

KAPITEL 4

Marisa schob den Bürostuhl zur Seite und griff nach ihrer Handtasche.

„Schönen Feierabend dir", sagte Svea. „Ich werde noch meine Akquise aktualisieren, damit ich den Überblick nicht verliere."

„Mach das", erwiderte Marisa. „Ich kann mich auch morgen darum kümmern."

Sie hob zum Abschied kurz die Hand und verließ das Büro. Bevor sie zu ihrem Wagen ging, suchte sie die Toiletten auf und schlüpfte in eine Kabine, um sich umzuziehen. Es war viel zu eng, als sie die Jeans gegen ein Kleid tauschte. Immer wieder stieß sie mit den Ellenbogen gegen die Trennwand, bis sie es endlich geschafft hatte.

Mit einem zufriedenen Blick betrachtete sie sich im Spiegel, zupfte ihr langes Haar zurecht und zog den Lippenstift nach. Perfekt, zumindest für den heutigen Abend. Mit den hochhackigen Pumps stöckelte sie zum Wagen und stieg ein. Ihre Nervosität steigerte sich, als sie den Motor startete. Schon seit einer gefühlten Ewigkeit war sie Single und hatte sich auf mehreren Dating-Plattformen angemeldet, um jemanden kennenzulernen. Und jetzt hatte es endlich gefunkt.

Johan – kastanienbraunes Haar, charmantes Lächeln und ein offener Blick.

Aber nicht nur das. Er verfügte über die optimale Portion Humor und war sehr zuvorkommend. Am Telefon konnten sie stundenlang miteinander reden und lachen. Aber Johan hatte auch ein Händchen für das geschriebene Wort. Seine Textnachrichten waren ansprechend und fehlerfrei, was bei Männern im Allgemeinen nur sehr selten vorkam. Nicht nur einmal hatte sie sich gefragt, wie es denn sein konnte, dass Johan noch nicht in festen Händen war. Jedenfalls war sie drauf und dran, sich in ihn zu verlieben.

Ihr Puls war mittlerweile am Limit, als sie einen Parkplatz in der Nähe der Bar suchte. Himmel, wann war sie das letzte Mal so aufgeregt gewesen? Mit sechzehn vielleicht?

In einer Nebenstraße ergatterte sie schließlich einen Parkplatz und eilte mit schnellen Schritten dem Ziel entgegen. Die Bar Lilla Puben war stets gut besucht und auch bei Touristen sehr beliebt. Ein wuchtiger Holztresen dominierte den Raum, der gemütlich eingerichtet war.

Marisa nahm an einem der Tische Platz und bestellte sich ein alkoholfreies Bier. Es war ein warmer Sommertag, genau richtig für den bitter herben Geschmack, der sofort ihren Durst löschte. Sie leckte sich den Schaum von den Lippen und schaute sich um, konnte Johan aber nirgends entdecken. Insgeheim hatte sie gehofft, dass er schon in der Bar sein würde.

Nun gut, sie hatte zehn Minuten vor der vereinbarten Zeit die Bar betreten und er würde wohl gleich auftauchen. Unablässig starrte sie in Richtung Tür. Nach einer halben Stunde, in der sie vergebens gewartet hatte, zahlte sie. Johan war einfach zu schön, um wahr zu sein, dachte sie enttäuscht. Insgeheim hatte sie schon geahnt, dass an der Sache etwas faul sein könnte. Wahrscheinlich hatte er ein fremdes Profilbild benutzt, um sie zu ködern, und nie geplant, sich mit ihr zu treffen. Vielleicht saß er sogar an einem der Tische und beobachtete sie inkognito.

„Mistkerl", murmelte sie und stand so heftig auf, dass die Stuhllehne gegen die Wand prallte. „Entschuldigung", sagte sie verlegen und eilte nach draußen.

Vor der Tür checkte sie noch einmal die eingegangenen Nachrichten. Auch von Johan war eine dabei.

Tut mir leid, dass ich dich habe warten lassen, aber mir ist ein wichtiger Termin dazwischengekommen. Gruß und Kuss, Johan.

Das hätte ich jetzt auch gesagt.

Sollte ihn doch der Teufel holen!

Bitte sei mir nicht böse, ich verspreche auch, mich zu beeilen. Ich freue mich, dich zu sehen. Johan.

Wir sollten das Treffen verschieben. Gruß, Marisa
In einer Stunde könnte ich da sein. Würdest du auf mich warten?

Was nun? Konnte Sie ihm diese Bitte abschlagen?

Ja, sie war sauer auf ihn und wollte nur noch nach Hause. Aber sie hatte auch Angst, es hinterher zu bereuen, nicht gewartet zu haben. Johan war ein paar Jährchen älter als sie mit ergrauten Schläfen und einer angenehmen Stimme. Seine leidenschaftliche Art, sich ihr mitzuteilen, hatte Marisa von Anfang imponiert, sie waren auf einer Wellenlänge. Er liebte ausgedehnte Spaziergänge am Meer, romantische Dinner bei Kerzenschein und besuchte gern das Theater. Johan schien auf den ersten Blick sehr gebildet und an ihr interessiert zu sein. Das wollte sie nicht so einfach aufgeben.

Deshalb lenkte sie ein und kehrte in die Bar zurück. Als er jedoch nach über einer Stunde immer noch nicht aufgetaucht war, trat sie zornig den Heimweg an. Ihre Schritte hallten über das Kopfsteinpflaster, als sie zum Wagen lief. Wann war sie das letzte Mal von jemandem so auf den Arm genommen worden? Sie konnte nicht in Worte fassen, wie sehr sie sich gedemütigt fühlte, und beschloss, nie wieder einen Mann über ein Internetportal zu daten. Sollte Johan doch der Teufel holen, sie hatte genug von Kerlen wie ihn.

Das Smartphone in ihrer Handtasche gab einen leisen Ton von sich. Sie wischte über das Display und las Johans Nachricht. Er teilte ihr mit, dass er vor der Bar stand und auf sie wartete. Sie dachte kurz darüber nach, zur Bar zurückzukehren, entschied sich aber anders. Sollte er doch warten.

Sie schickte ihm eine Message, dass sie schon auf dem Weg zu ihrem Wagen war und wünschte ihm eine gute Nacht. Nein, sie würde sich nicht länger hinhalten lassen, der heutige Abend hatte ihr gereicht.

Es waren nur noch wenige Schritte bis zum Parkplatz, als ein Fahrzeug neben ihr hielt. Leise surrend fuhr die Seitenscheibe herunter.

„Es tut mir wirklich leid, dass ich mich so verspätet habe. Keine Ahnung, warum das immer mir passieren muss."

Er senkte seinen Blick und lächelte schuldbewusst. Na gut, es konnte durchaus etwas dazwischenkommen, und jetzt war er ja da.

„Wir sollten das Treffen an einem Wochenende nachholen", sagte sie. „Da kann nicht viel schiefgehen."

„Ja, so machen wir das. Soll ich dich zu deinem Wagen bringen?", fragte er.

„Nicht nötig, es sind nur noch ein paar Meter", antwortete sie.

„Ach bitte, dann fühle ich mich nicht so schuldig."

„Okay." Sie willigte widerstrebend ein und stieg in das Fahrzeug. Ganz wohl war ihr nicht dabei, aber es würde schon nichts passieren. Sie wollte gerade den Gurt umlegen, als ihr einfiel, dass sie die Geldbörse in der Bar hatte liegen lassen. Heute war definitiv nicht ihr Tag.

Genau in dem Moment, als sie die Tür öffnete, ertönte das leise Klicken der Zentralverriegelung. Das löste einen Impuls in ihr aus, und bevor sie überhaupt begriff, was sie da tat, war sie auch schon ausgestiegen. Hastig streifte sie sich die hochhackigen Pumps von den Füßen und flüchtete barfuß über das Kopfsteinpflaster.

„Hey, wo willst du denn hin?" Sie ignorierte Johan und schaute nicht zurück. Als der Motor aufheulte, beschleunigte sie ihre Schritte. Ihr Volvo war noch nicht in Sichtweite und sie würde Johan schutzlos ausgeliefert sein. Hektisch irrte ihr Blick umher, denn sie befürchtete, dass Johan – falls er denn so hieß – sie wieder in seinen Wagen zerren könnte.

Aber das Glück schien auf ihrer Seite zu sein, denn eine Gruppe Touristen bog in die Straße. Marisa warf einen letzten Blick zurück und sah, dass er den Wagen wendete und davonfuhr. Bizarr, einfach nur bizarr, dachte sie und ihr Herzschlag beruhigte sich erst, als sie den Motor startete und aus der Parklücke scherte. Wie gut, dass sie Johan nichts Persönliches preisgegeben hatte. Er wusste weder, wo sie arbeitete, noch, wo sie wohnte.

Dennoch ließ sich die Furcht in ihrem Inneren nicht bändigen. Sollte sie zur Polizei gehen, um Anzeige zu erstatten? Aber würde sie überhaupt jemand ernst nehmen? Schließlich war so gut wie nichts passiert und Johan könnte behaupten, die Zentralverriegelung nur versehentlich ausgelöst zu haben. Wahrscheinlich war es besser, die Sache auf sich beruhen zu lassen und zu vergessen. Dieses Date war ihr eine große Lehre gewesen, von nun an würde sie es bedeutend vorsichtiger angehen.

Sie stellte den Wagen in der Garage ab, ließ das Tor herunterfahren und betrat durch den Nebeneingang das Haus. Diesmal verzichtete sie darauf, alle Fenster zu öffnen und ertrug die stickige Luft im Inneren. Mehrmals kontrollierte sie die Eingangstür, ob diese auch wirklich verschlossen war.

Obwohl ihr vor Müdigkeit fast die Augen zufielen, öffnete sie den Laptop und löschte sämtliche Profile auf den Datingportalen, die sie angelegt hatte. Nie wieder, so schwor sie sich, würde sie sich auf diese Weise mit einem Mann verabreden. Was hatte sie sich nur dabei gedacht, alle Warnungen in den Wind zu schlagen und in Johans Wagen zu steigen?

Nachdem sie die Profile gelöscht hatte, klappte sie den Laptop zu und genehmigte sich eine Dusche. Irgendwann, davon war sie felsenfest überzeugt, würde sie Mister Right kennenlernen. Aber dann von Face to Face und auf Augenhöhe und vor allen Dingen ohne Spielchen.

KAPITEL 5

Anna blickte erwartungsvoll zu Lundgren, der gerade den letzten Ordner zuklappte.

„Und?", fragte sie. „Können Sie jetzt das Profil erstellen?"

„Im Prinzip schon."

„Was soll das heißen?"

„Ich kann einige Persönlichkeitsmerkmale zusammenstellen, aber für mehr Tiefe reicht die Datenmenge noch nicht aus."

„Dann wissen Sie auch nicht mehr als wir?"

Enttäuschung schwang in ihrer Stimme mit. Warum war der hochgepriesene Fallanalytiker nach Kalmar beordert worden, wenn er auch nur eins und eins zusammenzählen konnte?

„Je mehr ich mich mit ihm befasse, desto genauer wird auch sein Profil."

„Aha. Wen haben wir also vor uns?" Anna bemerkte Tomas' verärgerten Blick. Sie wusste, dass ihm ihr Ton missfiel.

„Ich würde den Täter auf Ende dreißig bis Mitte vierzig schätzen und er verfügt über medizinische Kenntnisse. Entweder hat er sein Medizinstudium kurz vor dem Ende abgebrochen oder er ist in der Pflege tätig. Ein praktizierender Arzt kommt nicht infrage, weil wir dann sofort wüssten, mit wem wir es zu tun haben. Er spielt mit uns aus dem Verborgenen heraus."

„So weit waren wir auch schon."

„Haben Sie die betreffenden Personen bereits abgeglichen?"

Anna nickte. „Selbstverständlich haben wir das, wir sind schließlich keine Anfänger mehr. Leider hatten wir keinen Erfolg."

Tomas räusperte sich und Anna verstand den Wink mit dem Zaunpfahl sofort. Sie sollte ihren Tonfall Lundgren gegenüber mäßigen.

„Das ist schade", sagte Lundgren.

„Müssen wir jetzt sämtliche Pflegekräfte unter die Lupe nehmen?", fragte Anna.

„Ja, das wird wohl das Beste sein."

„Damit werden wir die nächsten Tage beschäftigt sein."

„Wenn wir das gesamte Team einspannen, dürfte das recht bald erledigt sein", erwiderte Lundgren.

„Gut, dann machen wir das so."

Anna und Tomas telefonierten sich die Finger wund, um die Unterlagen anzufordern. Es gab nicht viele männliche Pflegekräfte im entsprechenden Alter, Anna hatte mit deutlich mehr Personal gerechnet. Die ganze Aktion würde nicht länger als einen Tag dauern. Innerhalb weniger Stunden hatte sie mit Tomas die Daten zusammengetragen und Anna ging anschließend mit Lundgren die Unterlagen durch, während Tomas Feierabend machte und sich verabschiedete.

„Viel Erfolg und wir sehen uns morgen", sagte er.

„Danke, den können wir brauchen", erwiderte Anna.

„Ihnen einen entspannten Feierabend", sagte Lundgren.

„Das hoffe ich."

Tomas zog sich seine Jacke über und verließ das Büro.

Lundgren machte sich wieder an die Arbeit und filterte die einzelnen Personen heraus, um sie einer genaueren Musterung zu unterziehen. Es ging schon auf den späten Abend zu, als Anna und er immer noch über den Akten brüteten.

„Ich glaube, wir sollten jetzt Schluss machen", sagte Anna mit einem Blick zur Uhr.

„Ja, das wird wohl das Beste sein. Können Sie mir ein gutes Restaurant empfehlen? Ich habe einen Bärenhunger."

„Hm, das Grona Stugan mit Blick zum Hafen würde ich Ihnen empfehlen. Es gibt einen Außenbereich mit Sitzplätzen, um die warmen Sommerabende zu genießen und der Service ist unschlagbar. Allerdings müssen Sie sich mit Papiertischdecken arrangieren und dürfen kein Sterne-Menü erwarten."

Lundgren lachte.

„Kein Problem." Er musterte sie. „Wie wäre es, wenn Sie mich begleiten und mir noch ein wenig die Stadt zeigen?"

„Ernsthaft?"

„Ernsthaft. Oder werden Sie bereits erwartet?"

„Äh ... nein", antwortete sie perplex. „Natürlich kann ich Sie begleiten."

„Wunderbar." Er schnappte sich sein Jackett und lief zur Tür. „Dann mal los."

Anna chauffierte Lundgren durch Kalmar und zeigte ihm einige der Sehenswürdigkeiten.

„Eine sehr schöne Stadt", sagte er und war besonders von den alten Bauten begeistert.

„Aber Göteborg hat auch eine Menge zu bieten", entgegnete sie.

„Sind Sie schon einmal dort gewesen?", fragte er.

„Nein, noch nicht."

„Dann wird es aber Zeit."

Ihre Antworten fielen meist sehr knapp aus. Das lag aber nicht unbedingt an ihren Vorurteilen, sondern eher daran, dass Lundgren ihr ausgesprochen gut gefiel und nicht dem üblichen Klischee entsprach. Inzwischen hatten sie ihr Ziel erreicht.

„Nette Location", sagte Lundgren und ließ Anna einen Tisch aussuchen.

Nachdem sie ihre Bestellung aufgegeben hatten, herrschte eine peinliche Stille zwischen ihnen.

„Uns scheint der Gesprächsstoff ausgegangen zu sein." Lundgren lachte leise.

„Es ist nicht die passende Umgebung, um über den Fall zu reden", erwiderte sie.

„Sie müssen auch einmal abschalten. Wenn Ihr Gehirn ständig auf Hochtouren läuft, kann das zu Erschöpfungszuständen führen."

„Was Sie nicht sagen."

„Sie sind ganz schön auf Krawall gebürstet. Oder irre ich mich da?"

„Das wird wohl an den Erschöpfungszuständen liegen."

Lundgren lachte. „Ich mag Ihren Humor."

„Dann kann ich mich ja glücklich schätzen."

Das Abendessen wurde serviert und Lundgren machte sich ausgehungert über seinen gebackenen Lachs im Teigmantel her.

„Was meinen Sie? Hat der Täter schon ein neues Opfer auserkoren?", fragte Anna zwischen zwei Bissen.

„Da bin ich mir absolut sicher, falls er es nicht schon in seiner Gewalt hat."

„Ich will nicht noch eine lebende Tote", sagte sie leise. „Es muss grausam für die Familie sein, sie so zu sehen."

„Versprechen kann ich nichts. Aber ich werde alles daransetzen, um das zu verhindern", sagte Lundgren und legte das Besteck beiseite.

„Der Täter ist ein Perfektionist, der nichts dem Zufall überlässt. Die Frauen tauchen an den unterschiedlichsten Plätzen wieder auf und es gibt keine Zeugen."

„Das ist tatsächlich ein Problem", erwiderte Lundgren. „Aber der Täter will Aufmerksamkeit, denn die Orte, an denen die Frauen aufgegriffen werden, sind für die Öffentlichkeit zugänglich."

„Das ist doch alles schon bekannt und hilft uns kein Stück weiter", entgegnete Anna frustriert.

„Er kann noch so umsichtig sein, irgendwann wird ihm ein Fehler unterlaufen."

„Momentan sieht es aber nicht danach aus."

„Warten wir es einfach ab." Lundgren hob die Hand, um zu zahlen. „Die Rechnung geht auf mich", sagte er.

„Ich …"

„Schon okay. Das nächste Mal sind Sie dran."

Anna bezweifelte, dass es ein nächstes Mal geben würde, das Team hatte schließlich alle Hände voll zu tun. Sie setzte Lundgren vor dem Hotel ab und fuhr anschließend nach Hause. Erschöpft schloss sie die Eingangstür auf. Sie wollte nur noch, dass es vorbei war, denn dieser prekäre Fall zehrte an ihren Kräften.

Lundgren hatte Anna gebeten, mit ihm zum Pflegeheim zu fahren, in dem die ersten beiden Opfer – Inga Nilson und Sara Person – untergebracht waren. Sie hatten die Erlaubnis der Angehörigen eingeholt, damit Lundgren die Verletzungen aus der Nähe untersuchen konnte. Anna wartete gespannt auf sein Urteil und hoffte auf neue Erkenntnisse. Sie hatte es satt, ständig auf der Stelle zu treten.

Sara Person saß im Rollstuhl und hatte den Blick starr auf den Park gerichtet. Durch das geöffnete Fenster drang das Kinderlachen der benachbarten Kindertagesstätte zu ihnen herüber. Wie makaber, dachte Anna betrübt. Diese jungen Frauen waren ihrer Zukunft beraubt worden und würden nie eine Familie gründen können.

Sie spürte Lundgrens warme Hand auf ihrem Arm.

„Lassen Sie diesen Anblick nicht zu nah an sich heran."

„Wie könnte ich nicht?", erwiderte sie.

„Ich verstehe Sie nur zu gut."

Genau in dem Moment betrat Saras Mutter das Zimmer und reichte ihnen zur Begrüßung die Hand. Sie sah erschöpft und mitgenommen aus. Bevor sie etwas sagte, kämmte sie ihrer Tochter das Haar und tupfte ihr den Speichel aus dem Mundwinkel.

„Es ist grauenvoll, was er meinem Mädchen angetan hat", sagte sie leise. „Trotzdem bin ich froh, dass sie noch am Leben ist." Sie küsste ihre Tochter auf die Stirn. „Auch wenn Sara jetzt völlig abwesend wirkt, so hoffe ich doch insgeheim, dass ihre Seele noch etwas wahrnehmen kann."

„Das kann ich nur zu gut verstehen und ich bitte Sie, Sara niemals aufzugeben", antwortete Lundgren.

Anna war von seiner Aussage überrascht. Er wollte Trost spenden, wo es eigentlich keinen Trost mehr gab.

„Sie sind gekommen, um sich Saras Verletzungen anzusehen, nicht wahr?"

„Ja, das wäre sehr hilfreich", antwortete er.

Es musste schmerzvoll für Saras Mutter sein, die Arme und den Rücken ihrer Tochter zu entblößen. Der Anblick der Verletzungen war grauenvoll, Sara Person musste Höllenqualen durchlebt haben.

„Warum macht jemand so etwas?", fragte Saras Mutter unter Tränen.

„Das versuchen wir herauszufinden", erwiderte Lundgren und tastete ganz behutsam Saras Unterarm ab.

„Sie müssen den Täter stoppen, bevor noch eine weitere Familie ihre Tochter an ihn verliert."

„Wir sind auf dem besten Weg", sagte er.

Anna imponierte, wie feinfühlig Lundgren mit den Menschen umging. Sie hätte locker einige negative Beispiele aufzählen können.

„Vielen Dank, dass Sie mir diesen Einblick gewährt haben", sagte Lundgren.

„Wenn ich damit helfen konnte, habe ich es gern getan."

„Auf jeden Fall", erwiderte er.

Sie verabschiedeten sich von Saras Mutter, um Inga Nilson aufzusuchen, die im oberen Stockwerk untergebracht war. Weil keiner der Angehörigen anwesend war, konnte Lundgren nur unter der Aufsicht des Pflegepersonals einen Blick auf die sichtbaren Verletzungen werfen. Kurz darauf traten sie den Rückweg an.

„Und, wie schaut's aus?", fragte Anna, nachdem sie den Motor gestartet hatte.

„Meine Vermutungen haben sich bestätigt", antwortete Lundgren.

„Inwiefern?"

„Die Verletzungen sind deutlich sichtbar, die Innenseiten der Unterarme hat er zum Beispiel unversehrt gelassen."

„Und was schließen Sie daraus?"

„Provokation und Rachegelüste sind der Antrieb und dafür spricht auch, dass die Opfer sich sehr ähnlich sehen. Es ist immer der gleiche Typ Frau."

„Ist unser Täter irgendwann einmal abgewiesen worden?" Anna trat auf die Bremse, als ein Ball auf die Straße rollte und ein Kind ihm hinterherrannte.

„Die Schnitte sind tief, was auf eine sehr emotionale Ebene hindeutet, und ich kann die Wut, die Aggression und letztlich auch die Genugtuung darüber spüren, dass er die Frauen aus ihrem bisherigen Leben herausgerissen hat. Am Ende dieses Prozesses erfolgt die Lobotomie, um sein Werk zu vollenden."

„Und nach wem suchen wir nun?", fragte Anna und setzte den Blinker, um auf die Hautstraße abzubiegen.

„Die Schnitte sind präzise ausgeführt, es wurden keine Sehnen verletzt und das beschädigte Muskelgewebe konnte wieder ausheilen. Der Täter ist anatomisch sehr versiert, weil er genau weiß, wo und wie tief er schneiden kann."

„Also suchen wir nach einem Arzt? Ich meine, ein Student, der sein Studium abgebrochen hat, wird doch wohl nicht in der Lage sein, so exakt die Schnitte auszuführen. Ansonsten müsste er einige Male geübt haben, was übrigens auch für eine Pflegekraft zutrifft.“

„Wir sollten uns auch auf ältere Fälle konzentrieren, bei denen es um schwere Körperverletzung oder sogar Mord geht“, erklärte Lundgren.

„Das wird wieder einige Zeit dauern, bis wir die Unterlagen zusammen haben.“ Anna seufzte. „Aber wir sind auf einem guten Weg.“

„Das denke ich auch.“

Zurück in der Behörde machte sich Anna sofort an die Arbeit und instruierte ihr Team. Tomas war froh, endlich wieder seine Fühler ausstrecken zu können und legte sich besonders ins Zeug. Am späten Nachmittag stapelten sich die älteren Fälle auf dem Schreibtisch.

Anna und Tomas trafen eine Vorauswahl und arbeiteten Lundgren zu. Er sortierte die Fälle nach ihrer Relevanz und kurz vor Mitternacht waren vier Aktenordner übrig geblieben.

„Um diese vier Fälle sollten wir uns morgen kümmern“, sagte Lundgren.

Anna überflog die Unterlagen und hob anschließend fragend ihren Blick. „Haben Sie einen Favoriten?“

„Eigentlich nicht. Aber wir sollten trotzdem diesen ungeklärten Fällen nachgehen.“

„Gut.“ Anna unterdrückte ein Gähnen. „Für heute sollten wir Schluss machen.“

„Unbedingt. Wir sehen uns in wenigen Stunden frisch und ausgeruht wieder.“

Tomas stieß ein heiseres Lachen aus. „Aber nur, wenn ich nach dem Aufstehen zwei Eisbeutel auf meine Augenringe drapiere.“

„Dann bis morgen“, sagte Anna und durchquerte den Flur. Normalerweise liebte sie die Nächte, an denen die Sonne am Horizont ruhte und es niemals richtig dunkel wurde. Auch sie nutzte diese Zeit und mochte das rege Treiben auf Kalmars Straßen. Die Cafés und Restaurants in der Innenstadt waren immer gut besucht und sie konnte förmlich die Energie spüren, die jeder in sich trug. Fröhliches Lachen hallte durch die Straßen und es herrschte eine aufgekratzte Stimmung. Aber in diesem Jahr war alles anders. Sie konnte nur hoffen, dass Lundgren sie so schnell wie möglich zum Täter führen würde.

KAPITEL 6

Karla saß mit aufgeklapptem Laptop auf der Couch und surfte durchs Internet. Eigentlich hatte sie zocken wollen, aber nachdem sie die neuesten Nachrichten aus Kalmar gelesen hatte, war es mit der Ruhe vorbei gewesen. Mit Bestürzung musste sie feststellen, dass ihr größter Albtraum wahr geworden war.

Ihre Hand zitterte leicht, als sie zum Wasserglas griff, um einen Schluck zu trinken. Das Monster, das ihr Leben in eine Hölle verwandelt hatte, war für einige Zeit verschwunden, um dann an anderer Stelle wiederaufzutauchen. Die Taten zeugten allesamt von seiner Handschrift, es bestand nicht der geringste Zweifel. Er trieb nun in Kalmar sein Unwesen und verwandelte junge attraktive Frauen in seelenlose Geschöpfe.

Karla wischte sich eine Träne aus dem Augenwinkel, die Erinnerungen an diese furchtbare Zeit schwebten wie ein Damoklesschwert über ihr. Sie hatte gehofft, dass er aufhören würde, Menschen zu verstümmeln, weil sie als Zeugin lebend davongekommen war. Aber dieses Risiko schien ihn nicht abgeschreckt zu haben, im Gegenteil. Nun musste sie sich der Wahrheit stellen und erkennen, wie naiv ihr Wunschdenken doch gewesen war. Er schien sich unverwundbar zu fühlen und zu wissen, dass sie auf der Flucht vor ihm war.

Karla stellte den Laptop zur Seite, griff nach der flauschigen Decke, um sich trotz der sommerlichen Temperaturen darin einzuwickeln. Sie brauchte Schutz und es war niemand da, der sie tröstend in den Arm genommen hätte. Seit jener verhängnisvollen Zeit musste sie alles mit sich allein ausmachen – und das war alles andere leicht. Am meisten vermisste sie Familie und Freunde, die wahrscheinlich noch immer vergebens nach ihr suchten.

Karla stammte aus Öregrund, einem beschaulichen Städtchen am Meer, das als Urlaubsziel bei Touristen sehr beliebt war. Ihre Eltern wohnten in einem dieser falunroten Häuser mit weißen Fensterläden, das sie liebevoll renoviert und in ein behagliches Zuhause verwandelt hatten, in dem sie wohlbehütet aufgewachsen war.

Ihr bisheriges Leben war bunt und fröhlich gewesen mit einer Menge toller Menschen, die ihr Halt und Zuneigung gegeben hatten. Inzwischen fühlte es sich jedoch an, als würden all diese positiven Dinge schon Jahrzehnte zurückliegen.

Ein undurchdringbarer Nebel umhüllte sie jetzt, durch den niemand einen Weg zu ihr finden würde. Ihr Herz war versteinert und innige Gefühle ließ sie nicht mehr zu. Ein Leben auf der Flucht war nicht geeignet, um sich jemandem anzuvertrauen und Freundschaften zu schließen. Liebe, Hoffnung und Freude waren zu Fremdwörtern mutiert.

Resigniert klappte sie den Laptop zu und zog die Decke fester um ihre schmalen Schultern. Wie ein Embryo rollte sie sich zusammen, um über alles nachzudenken. Nicht einmal die Polizei war dazu imstande gewesen, dieses Monster zu stoppen. Allein der Gedanke daran, wie herablassend sie damals behandelt worden war, verursachte ihr Übelkeit. Der Beamte hatte ihr keinen Glauben schenken wollen und sogar mit einer Anzeige wegen Falschaussage gedroht. In einem unbeobachteten Moment war sie dann aus der Behörde geflohen und untergetaucht.

Wahrscheinlich würde ihr auch jetzt niemand zuhören und sie für verrückt erklären. Eine naive Studentin, die verzweifelt nach Aufmerksamkeit suchte, um sich wichtigzumachen. Damals war sie sogar beschuldigt worden, sich die Wunden selbst zugefügt zu haben. Nein, ein weiteres Mal wollte sie diese Demütigungen nicht über sich ergehen lassen.

Dennoch regte sich etwas in ihr, das nach Gerechtigkeit verlangte. Diese drei Frauen würden niemals in ihr altes Leben zurückkehren und sie war absolut nicht der Mensch, der nur zusah und sich im Selbstmitleid suhlte.

Aber wie sollte sie dieses Monster aufhalten? Indem sie den Spieß einfach umdrehte und von der Gejagten zur Jägerin wurde? Aber wäre sie überhaupt clever genug, um ihm die Stirn zu bieten? Sollte sie es trotz aller Widrigkeiten wagen, ihr Glück zum zweiten Mal herauszufordern?

KAPITEL 7

Marisa drückte die Klinke herunter und trat in das Büro ihrer Vorgesetzten ein.

„Bitte, nimm Platz", sagte Helene und deutete auf den Stuhl vor ihrem Schreibtisch.

Marisa kam der Aufforderung nach und setzte sich. Sie ahnte, was gleich folgen würde, eine Standpauke vom Feinsten.

„Du weißt sicher, warum ich dich herbestellt habe?", fragte Helene.

„Ich kann es mir denken", antwortete Marisa.

„Was ist nur los mit dir?" Ihre Chefin musterte sie aufmerksam. „Du bist nicht mehr du selbst."

Betreten starrte Marisa auf ihre Schuhspitzen und versuchte, sich eine Erklärung zurechtzulegen. Seit dem verhängnisvollen Date mit Johan spielten ihre Sinne verrückt. In jedem Mann glaubte sie, ihn zu erkennen und sobald sie das Haus betrat, bildete sie sich ein, sein Aftershave zu riechen. Wie verrückt war das denn bitte schön? Johan war allgegenwärtig und sie kam nicht dagegen an. Physisch und psychisch war sie am Boden.

„Marisa?"

„Ja?" Sie hob ihren Blick.

„Was hat dir so zugesetzt?", fragte Helene sanft.

„Es fällt mir nicht leicht, darüber zu reden, aber bei einem Date ist etwas gewaltig schiefgelaufen."

So, nun war es wenigstens raus.

„Bist du vergewaltigt worden?", fragte Helene entsetzt.

„Nein. Meiner Vergesslichkeit habe ich es zu verdanken, dass ich vorher ausgestiegen bin."

„Hast du dir Hilfe geholt? Bist du zur Polizei gegangen?"

Marisa schüttelte den Kopf. „Nichts von alledem."

„Das verstehe ich nicht. Was hält dich davon ab?"

„Weil ich keine Beweise habe. Es ist schließlich nichts passiert."

„Schade, dass du dich mir nicht anvertrauen willst. Pass in Zukunft bitte besser auf, damit wir nicht noch einen weiteren Kunden verlieren. Danke, du kannst jetzt gehen."

Helene widmete ihre Aufmerksamkeit wieder den Unterlagen und Marisa kehrte an ihren Schreibtisch zurück.

„War es schlimm?", erkundigte sich Svea.

Marisa winkte ab. „Mein Kopf ist noch dran und es werden wieder bessere Zeiten kommen. Vielleicht sollte ich ein paar Tage freinehmen."

„Dann mach das, wenn es dir hilft."

„Ich werde gleich den Antrag ausfüllen, momentan ist ja nicht viel los."

„Da wird schon." Svea nickte ihr aufmunternd zu.

Marisa erledigte die restlichen Aufgaben und sehnte den Feierabend herbei. Vorher schaute sie noch bei Helene vorbei, die ihren Urlaubsantrag bewilligte.

„Na siehst du, alles nur halb so schlimm", sagte Svea. „Erhol dich gut."

„Danke, das werde ich."

Erleichtert machte Marisa sich auf den Weg, jetzt würde sie sich erst einmal ein paar Tage Ruhe gönnen. Von unterwegs aus erledigte sie die nötigsten Einkäufe, um in nächster Zeit das Haus nicht verlassen zu müssen. Dass ihr die Begegnung mit Johan so zusetzen würde, hätte sie niemals geahnt.

Aber da im Grunde genommen nichts passiert war, wagte sie nicht, sich jemanden anzuvertrauen. Wahrscheinlich würde sie nur belächelt werden und die üblichen Sprüche kannte sie schon: dass sie nicht bindungsfähig und immer so zögerlich sei. Kein Wunder, dass sich die Männer schließlich reihenweise von ihr abkehrten.

Dabei es war heutzutage gar nicht so leicht, die Liebe seines Lebens zu finden. Auf diversen Plattformen wurde meist nur nach einem schnellen Abenteuer gesucht und es mangelte an der Ernsthaftigkeit der Kandidaten. Da wurde ganz unverblümt nach Nacktfotografien und dergleichen gefragt. Allein beim bloßen Gedanken daran erschauderte sie. Einer dieser schmierigen Typen hatte sie sogar als frigide Fregatte betitelt. Kein Wunder, dass sie Johan als so erfrischend anders empfunden hatte.

Sein Profil hatte er inzwischen gelöscht und er war auch auf anderen Portalen nicht mehr zu finden. Das machte ihr Angst, denn sein Verhalten war grenzwertig und sie hätte nur zu gern die anderen Frauen vor ihm gewarnt. Denn eines war klar, er würde mit Sicherheit ein Wiederholungstäter bleiben.

Der seelische Druck, der auf ihr lastete, war kaum zum Aushalten. Sobald sie träumte, hörte sie das leise Klicken der Zentralverriegelung, und schreckte schweißgebadet aus dem Schlaf. Sie hatte noch nie ihre Geldbörse irgendwo liegen lassen, das war ihr zum ersten Mal passiert. Ein Wink des Schicksals vielleicht oder war ihr persönlicher Schutzegel an diesem Tag besonders aufmerksam gewesen?

Immer wieder redete sie sich ein, dass es nur ein dummer Zufall gewesen sein könnte, um endlich damit abzuschließen. Aber instinktiv wusste sie, dass das nur Augenwischerei gewesen wäre. Sie musste zur Polizei gehen, durfte es nicht länger aufschieben, sonst würde sie nie zur Ruhe kommen. Auch andere Frauen könnten betroffen sein, und sie beschloss, sich zwei Tage Zeit zu geben. Zum Glück hatte sie Johans Foto auf dem Smartphone abgespeichert, um ihn sich immer wieder ansehen zu können. Wie naiv sie doch gewesen war.

Leise surrend fuhr das Garagentor hoch und sie stellte den Wagen ab. Mit klopfendem Herzen huschte sie ins Haus und schloss die Tür ab. Endlich in Sicherheit. Im Nachhinein war sie erschrocken über ihre Reaktion, die Unwohlsein auslöste. So eine unbedeutsame Geste, so ein leises Klicken – und ihr Leben stand seitdem Kopf.

Sie stellte die Einkaufstüten auf dem Küchentresen ab und achtete darauf, ob es wieder nach Johans Aftershave roch. Einbildung oder Realität? Mittlerweile schätzte sie ihr seltsames Verhalten als bedenklich ein und befürchtete sogar, dass sich daraus eine Psychose entwickeln könnte. Das musste schnellstens aufhören.

Nachdem sie die Einkäufe in den Schränken verstaut hatte, kickte sie die Schuhe von den Füßen, schenkte sich ein Glas Rotwein ein und ließ sich in das weiche Polster des Sessels sinken. Was für eine Wohltat, dachte sie und schaute durch die bodentiefen Fenster nach draußen in den Garten, in dem die Stauden üppig blühten.

Sie hatte sich ein kleines Paradies geschaffen, nur für sich allein. Warum es mit einem Partner nicht klappen wollte, war ihr ein Rätsel. Wahrscheinlich lag es an ihrem Vater, der stets sehr dominant aufgetreten war und alles unter seiner Kontrolle haben wollte. Ihre Mutter hatte des lieben Friedens willen immer klein beigegeben und sich ihm unterworfen. Auch wenn die Ehe ihrer Eltern Marisa geprägt hatte, so bevorzugte sie dennoch eine Beziehung auf Augenhöhe.

Als ihr Smartphone klingelte, zuckte sie zusammen. Sie verspürte nicht die geringste Lust, mit jemandem zu reden und ließ es klingeln. Morgen war schließlich auch noch ein Tag. Das Glas Rotwein machte sich allmählich bemerkbar und Marisa wechselte auf die Couch. Normalerweise trank sie nur sehr selten und deshalb stieg ihr der Alkohol auch recht schnell zu Kopf. Im Moment jedoch empfand sie es geradezu erleichternd, von einem leichten Nebel umhüllt zu sein und schloss die Augen.

Erst am späten Abend wurde sie wieder wach. Ihr Körper hatte auf den Schlafmangel der letzten Nächte reagiert und sich geholt, was ihm fehlte. Marisa gähnte hinter vorgehaltener Hand und griff zum Smartphone, um zu schauen, wer angerufen hatte. Ihr Herzschlag setzte für eine Schrecksekunde aus.

Johan.

Sie ließ das Smartphone fallen, so als hätte sie sich verbrannt. Was zum Teufel wollte er noch von ihr? Sie weiter in den Wahnsinn treiben? Oder sich entschuldigen? Nein, sie würde sich nicht mehr darauf einlassen und beschloss, seine Nummer zu blockieren. Das Smartphone klingelte jedoch erneut und obwohl sie es eigentlich nicht wollte, nahm sie das Gespräch an.

„Hallo, meine Schöne", sagte Johan und sie war nicht dazu in der Lage, ihm zu antworten. „Was ist? Hat es dir deine Sprache verschlagen?"

„Nein", erwiderte sie frostig.

„Wie wäre es, wenn du zur Haustür gehst, um mich hereinzubitten?"

Marisa war schockiert und konnte keinen klaren Gedanken fassen. Hatte sie die Haustür überhaupt abgeschlossen? Mit weichen Knien schaffte sie es gerade bis zum Fenster und schob die Gardine einige Zentimeter beiseite. Aber es war weder etwas von Johan noch von seinem Wagen zu sehen. Ob er bluffte, um ihr Angst einzujagen?

„Marisa, du sollst nicht aus dem Fenster schauen, du sollst mir die Tür öffnen", sagte er sanft.

Bei seinen Worten schnellte ihr Puls in die Höhe und sie wich entsetzt zurück. Die nackte Angst breitete sich in ihrem Inneren aus und der Druck auf ihrer Brust ließ sie kaum atmen. Ihre Gedanken waren wie blockiert und sie hatte das Gefühl, mit dem Boden verwurzelt zu sein. Sie konnte sich einfach nicht rühren.

Was sollte sie nur tun? Gehörte das alles zu seinem perfiden Spiel oder war er tatsächlich in der Nähe? Obwohl sie nur sehr wenig von sich preisgegeben hatte, hätte er genügend Zeit gehabt, um sie auszuspähen.

„Ist dein Interesse an mir erloschen?", fragte er und sie zuckte beim Klang seiner Stimme erneut zusammen.

„Ich werde jetzt auflegen und möchte dich bitten, mich nie wieder zu kontaktieren", entgegnete sie.

„Warum so kühl auf einmal? Du hast es doch genossen, mit mir zusammen zu sein. Oder etwa nicht?"

Am liebsten hätte sie das Gespräch beendet und sofort die Polizei verständigt. Aber solange sie mit ihm telefonierte, hatte sie das Gefühl, vor ihm sicher zu sein. Johans Worte klangen unterschwellig drohend und sie fürchtete sich.

„Marisa, du wirst jetzt die Tür öffnen und glaube mir, ich werde dich kein zweites Mal darum bitten."

„Fahr zur Hölle, du kranker Mistkerl", rief sie aufgewühlt.

Das war der Moment, um das Gespräch zu beenden. Sie wollte gerade die Nummer der Polizei eintippen, als eine neue Nachricht von ihm einging. Der Schock saß tief, denn Johan hatte ein Bild vom Haus geschickt. Eine weitere Message folgte.

Liebes, mach die Tür auf und lass uns ein wenig Spaß haben.

Das ging eindeutig zu weit. Ihre Hände zitterten so stark, dass es ihr nicht gelingen wollte, die Notrufnummer einzutippen. Unterdessen schickte Johan erneut eine Nachricht.

Ach was, vergiss die Tür. Es gibt mit Sicherheit auch einen anderen Weg in das Haus.

Endlich war es ihr gelungen, den Notruf zu wählen, aber nichts geschah. Die Leitung war tot und ihr Puls am Limit. In ihrer Verzweiflung rief sie ihre beste Freundin an, das Ergebnis war jedoch das gleiche. Wie konnte das sein?

Nur Sekunden später sackte die Erkenntnis. Wenn Johan der Einzige war, der mit ihr Kontakt aufnehmen konnte, dann lag es mit Sicherheit daran, dass er einen Störsender benutzte. Sie drehte sich um und riss das Festnetztelefon aus der Ladestation. Sie hatte es schon längst abmelden wollen und war nun dankbar für dieses Versäumnis.

Als sie nochmals die Nummer wählte, blieb auch hier der Signalton aus. Erst jetzt entdeckte sie, dass das Kabel durchtrennt worden war. Was nun? Hektisch schaute sie sich um. Plötzlich ging das Licht im Flur aus und sie stand im diffusen Dämmerlicht.

Der attraktive Johan entpuppte sich als Monster in Menschengestalt und ihr wurde schlagartig bewusst, dass sie sich absolut nichts eingebildet hatte. Es war definitiv sein Aftershave gewesen, das sie wahrgenommen hatte. Er musste sich demnach schon mehrmals Zutritt verschafft haben und würde es wieder tun. Aber kampflos aufgeben? Niemals!

Als er an die Scheibe klopfte, schrie sie erschrocken auf.

„Hau endlich ab!", rief sie zornig.

Sie musste sich verteidigen, wusste aber nicht, wie. Ihr Blick fiel auf den Schürhaken neben dem Kamin und sie nahm ihn aus der Halterung. Dann eilte sie die Stufen nach oben. Als sie ein knarzendes Geräusch hörte, drehte sie sich um und entdeckte eine menschliche Silhouette an der gegenüberliegenden Wand. Verdammt, dieser Bastard war bereits im Haus. Sie machte einen Satz ins Badezimmer, schlug die Tür hinter sich zu und verriegelte sie. Erst jetzt wurde ihr bewusst, dass sie in der Falle saß, denn es gab kein Fenster.

Mit schweißnassen Händen umklammerte sie den Schürhaken. Nein, auf gar keinen Fall würde sie es ihm leicht machen. Was immer er von ihr wollte, sie würde es ihm verwehren. Ihr Herz schlug hart gegen die Rippen, als sie darauf wartete, was als Nächstes passieren würde. Aber alles blieb still. Wo steckst du nur?, dachte sie und konzentrierte sich auf die Atmung, um nicht zu hyperventilieren.

„Ticktack, ticktack, deine Zeit läuft ab."

Noch befand er sich in der unteren Etage, aber das würde sich ändern. Was sollte sie jetzt tun? In den Flur stürmen, um ihn anzugreifen? Oder darauf warten, bis er die Tür zum Badezimmer eingetreten hatte?

Noch nie in ihrem Leben war sie so in Panik versetzt worden. Ihr Atem ging stoßweise. Sie streckte die Hand aus, zog sie wieder zurück. Trat nervös von einem Fuß auf den anderen. Lauschte, während ihr der Angstschweiß von der Stirn tropfte.

Jede bisher getroffene Entscheidung war falsch gewesen. Ein harter Tritt gegen das Türblatt und Johan würde vor ihr stehen. Warum war sie nicht ins Schlafzimmer geflüchtet, wo sie um Hilfe hätte rufen können? Jetzt saß sie in der Falle, aus der es kein Entkommen gab.

Sie verstärkte den Griff um den Schürhaken, um sofort zuschlagen zu können. Sie lauschte angestrengt, die Stille im Haus war unerträglich. Bereitete es ihm Vergnügen, sie in den Wahnsinn zu treiben? Warum war sie nicht schon längst zur Polizei gegangen, um Anzeige gegen ihn zu erstatten? Ihr Zögern rächte sich jetzt.

In ihrer grenzenlosen Naivität hatte sie es Johan leicht gemacht, und sie ging in Gedanken die Optionen durch. Im besten Fall würde er sie vergewaltigen, aber im schlimmsten ...

Nein, sie wollte nicht sterben, nicht jetzt und nicht hier. Sie hatte viel zu verbissen nach einem Partner gesucht und das war jetzt die Quittung dafür.

Die Treppenstufen knarrten. Ihr blieb nicht mehr viel Zeit.

KAPITEL 8

Anna hatte bereits die dritte Tasse Kaffee intus. Sie stand mit Lundgren vor der Pinnwand und sie schauten sich die Fotos der Opfer an, um nach Gemeinsamkeiten zu suchen.

„Es ist immer der gleiche Typ Frau", sagte Anna.

„Aber wo könnte er sie kennengelernt haben?", fragte Lundgren. „Da alle drei Singles sind, vermute ich, dass sie auf diversen Dating-Plattformen unterwegs waren."

„Das könnte sein", erwiderte Anna.

„Die ITler sollen die Computer nach Chat- und Nachrichtenverläufen durchforsten. Ich bin mir sicher, dass sie fündig werden."

„Sind schon dabei."

„Gibt es erste Ergebnisse?"

Anna führte ein kurzes Telefonat und stellte sich wieder neben Lundgren. „Nein, die Kollegen stecken noch mitten in der Auswertung."

„Gut. Was könnte es noch für Gemeinsamkeiten geben?"

„Aber Sie kennen doch die Berichte", erwiderte sie.

„Selbstverständlich, aber ich möchte es von Ihnen hören."

„Ich bitte Sie, ich bin doch kein kleines Schulmädchen mehr."

„Manchmal hilft mir das weiter."

„Okay, wenn es denn unbedingt sein muss." Sie seufzte. Dieser Jonas Lundgren war schon ein komischer Kauz und sie hatte nicht die geringste Ahnung, was er mit seiner Arbeitsweise bezwecken wollte. „Die Frauen ähneln sich nicht nur äußerlich, sie haben auch ihren Mr Right noch nicht gefunden. Sie stehen mit beiden Beinen im Berufsleben und stammen aus einem intakten sozialen Umfeld." Sie warf Lundgren einen fragenden Seitenblick zu. „Und, war es hilfreich?"

„Das werden wir sehen", lautete seine knappe Antwort.

Was soll's, dachte Anna schulterzuckend. Von einem Kollegen, der gute Beziehungen zur Göteborger Behörde pflegte, hatte sie erfahren, dass Lundgren für seine unkonventionellen Methoden bekannt und oft abseits der Dienstwege unterwegs war. Genau aus diesem Grund hatte er schon das eine oder andere Disziplinarverfahren einkassieren müssen. Nur seiner hohen Aufklärungsquote hatte er es zu verdanken, dass ihm sein Dienstgrad nicht aberkannt worden war.

„Ich würde jetzt gern die Eltern der Opfer aufsuchen, um sie noch einmal ausführlich zu befragen", sagte er.

„Kein Problem", erwiderte sie. „Oder wollen Sie lieber mit meinem Kollegen fahren?"

„Nein, nein, das passt schon", antwortete er.

Nur wenige Minuten später brachen sie zu den Nilsons auf. Ingas Eltern waren im Ruhestand und erwarteten Anna und Lundgren bereits. Das Haus der Familie war von einem gepflegten Garten umgeben, eine kleine Idylle, die mit dieser grausamen Tat zunichtegemacht wurde. Anna verfluchte, dass sie noch immer keinen blassen Schimmer vom Täter hatten. Die Zeit rieselte wie Sand durch ihre Finger.

„Alles in Ordnung?“, fragte Lundgren, der ihr Unbehagen anscheinend bemerkt hatte.

„Ja“, erwiderte sie knapp und drückte hastig auf den Klingelknopf, um sich nicht erklären zu müssen.

Ingas Vater öffnete ihnen die Tür und bat sie ins Haus. Sein Gesicht war von der Trauer gezeichnet, aber auch die Mutter war ein Bild des Jammers. Sie wirkte verhärmt und war nur noch der Schatten ihrer selbst.

„Wir wissen nicht, was wir Ihnen noch erzählen könnten“, sagte sie leise. „Ich dachte, wir hätten bereits alles gesagt.“

„Das ist Jonas Lundgren, Fallanalytiker aus Göteborg, und er wird die Ermittlungen unterstützen.“

„Warum erst jetzt? Warum haben Sie ihn nicht gleich mit ins Boot geholt?“, fragte Gunna Nilson vorwurfsvoll.

„Weil wir damals noch nicht von einem Wiederholungstäter ausgegangen sind“, erklärte Anna schuldbewusst. Sie konnte sich durchaus in den Vater hineinversetzen und seinen Kummer um das geliebte Kind verstehen.

„Und nun?“ Gunna Nilson musterte sie fragend.

„Mein Kollege wird das Gespräch übernehmen“, antwortete sie und stieß Lundgren unauffällig mit dem Ellenbogen in die Seite.

„Ich hätte einige Fragen zum Freundeskreis Ihrer Tochter“, sagte Lundgren. „Hat Ihnen Ihre Tochter je erzählt, ob sie Männer datet?“

„Was wollen Sie damit sagen?“, fragte Silja Nilson irritiert. „So eine ist Inga nicht.“

„Ich möchte nur wissen, ob Ihre Tochter im Internet nach Bekanntschaften gesucht und es Ihnen erzählt hat."

„Ja", antwortete Gunna Nilson. „Inga hat es einmal beim Kaffeetrinken erwähnt. Aber von solchen Dingen haben meine Frau und ich keine Ahnung."

„Können Sie mir sagen, ob sich Ihre Tochter in letzter Zeit mit jemandem getroffen hat?"

„Ich glaube nicht", antwortete Silja Nilson. „Darüber hat Inga nur selten gesprochen, weil es an ihrem Ego gekratzt hat, dass all ihre Freundinnen schon unter der Haube sind."

„Es gibt also keinen Namen?"

„Nein." Gunna Nilson schüttelte bedauernd den Kopf.

„Schade", sagte Anna.

„Wie lange ist Ihre Tochter schon Single?", erkundigte sich Lundgren.

„Schätzungsweise zwei Jahre", antwortete Silja Nilson.

„Aber sie hat nie von möglichen Dates erzählt?"

„Nein, das hat sie meistens für sich behalten."

Lundgren stellte noch einige Fragen, die ihm mehr oder weniger ausführlich von den Eltern beantwortet wurden. Seit Inga Nilson in einer Beziehung betrogen worden war, hatte sie sich mehr und mehr zurückgezogen.

Nach einer Stunde der intensiven Befragung verabschiedeten sich Anna und Lundgren und stiegen wieder in den Dienstwagen.

„Hat das Gespräch etwas genützt?", fragte Anna.

„Das wird sich noch zeigen", erwiderte Lundgren.

„Also nichts Hilfreiches dabei?"

„So würde ich das nicht sagen. Falls Inga Nilson den Täter auf einer dieser Plattformen kennengelernt hat, dann muss sie sehr beeindruckt von ihm gewesen sein."

„Sie gehen also davon aus, dass der Täter Akademiker ist und durch sein charmantes Auftreten das Vertrauen und die Herzen der Frauen gewinnt."

„Ja, so in etwa", sagte Lundgren.

„Und warum fischen wir dann noch immer im Trüben?" Anna gab Gas, als die Ampel auf Gelb sprang.

„Vielleicht ist er zugezogen und in einem anderen beruflichen Umfeld tätig."

„Aber auch das haben wir überprüft."

„Er könnte Medikamente verkaufen, alles wäre möglich."

„Sollen wir den Radius erweitern?", fragte Anna.

„Das wäre eine Möglichkeit. Unser Täter muss in die Trickkiste greifen, um der Frauen habhaft zu werden, denn sie scheinen ihm freiwillig zu folgen."

„Was meinen Sie, nutzt er die erste Verabredung? Oder trifft er sich mehrmals mit den Opfern."

„Der Täter wird sich nur einmal treffen und alles so arrangieren, dass niemand auf ihn aufmerksam wird."

„Ohne Zeugen könnte es schwierig werden, ihn aufzuspüren."

„Genau darin sehe ich das große Problem und ich frage mich, wie er es anstellt, dass ihm die Frauen ahnungslos in die Falle tappen."

„Darauf hätte ich auch gern eine Antwort", sagte Anna.

„Sie sind eine Frau. Erklären Sie mir, wie ich Sie zum Beispiel ködern könnte?"

„Das ist doch nicht Ihr Ernst?" Anna lachte heiser auf.

„Und ob.“

„Der Mann muss Vertrauen schaffen“, antwortete sie.

„Aber wie, in der Kürze der Zeit des Kennenlernens?“

„Indem der Mann eine Situation schafft, in der er als Beschützer fungiert und der Frau nicht viel Raum lässt, lange darüber nachzudenken“, sagte sie.

„Guter Punkt.“

„Und ich habe gedacht, dass Sie der Experte wären.“

„Ich spiele gern alle Gedankengänge durch“, erwiderte er. „Können Sie mir ein Beispiel nennen?“

„Darüber müsste ich erst nachdenken.“

„Sehen Sie, und diese Situation wird der Täter ausnutzen, wenn er seinem Gegenüber nicht die Zeit gibt, alles zu analysieren und eine Entscheidung sofort getroffen werden muss.“

„Hm, er würde ihr wahrscheinlich ein Hilfsangebot machen, das sie unter normalen Umständen ablehnen würde. Aber in dieser Situation sagt sie zu, weil sie glaubt, dass schon nichts passieren wird, so nett und zuvorkommend, wie er ist.“

„Genau so stelle ich mir das vor.“

„Also wird er die Frauen in seinen Wagen oder in seine Wohnung locken.“

„Davon gehe ich aus“, sagte Lundgren. „Die Opfer werden verunsichert sein, gerade weil er es versteht, sie so geschickt zu manipulieren.“

„Dann müsste er sein Opfer gleich beim ersten Treffen kidnappen.“ Annas Blick wurde nachdenklich. Lundgrens Ansätze waren gar nicht so verkehrt. „Aber bei einem Treffen in aller Öffentlichkeit wird es Zeugen geben.“

„Davon gehe ich aus", erwiderte er. „Wir müssen herausfinden, warum die Frauen freiwillig in das Fahrzeug steigen."

Anna atmete auf, sie waren endlich einen Schritt weiter. Mit diesem Wissen konnten sie gezielter nach möglichen Zeugen suchen.

Inzwischen hatten sie den Zielort erreicht und Anna parkte den Wagen in einem Wohnblock, in dem Sara Persons Eltern wohnten. Das Gespräch verlief ähnlich. Töchter in diesem Alter schienen ihr Liebesleben für sich zu behalten, was nur zu verständlich war. Sie würden sich diesmal an die Freundinnen der Opfer wenden müssen, um mehr zu erfahren. Aber alles war besser als Stagnation.

„Fahren wir zurück?", fragte Lundgren, nachdem sie die Wohnung wieder verlassen hatten.

„Ja, das wird wohl das Beste sein. Lena Jakobssons Eltern haben am Telefon gesagt, dass sie sich momentan nicht dazu in der Lage fühlten, Antworten zu geben."

„Gut, dann gönnen wir ihnen ein oder zwei Tage Ruhe. Aber ich möchte sie dennoch befragen."

„Das lässt sich arrangieren."

Zurück im Büro griff Anna sofort zum Telefon, um zu fragen, wie weit die ITler mit der Auswertung der Computer gekommen waren.

„Habt ihr etwas Verdächtiges finden können?", fragte sie und versuchte, sich ihre Nervosität nicht anmerken zu lassen.

„Nicht viel", antwortete Andre.

„Schade ..." Sie seufzte.

„Ehrlich gesagt, bin ich genauso enttäuscht wie du", erwiderte er.

„Nun gut, wir können es nicht ändern. Sag mir einfach, was du für mich hast.“

„Es hat Chatverläufe gegeben, die gelöscht wurden und nicht wiederherzustellen sind. Ich vermute, dass jemand von außen Zugriff auf die Computer der Opfer hatte.“

„Ein Hacker also?“

„Genau.“

„Was noch?“

„Der Chatpartner hat eine falsche IP-Adresse benutzt und kann nicht zurückverfolgt werden.“

„Demzufolge haben wir jemanden vor uns, der sich mit der Materie auskennt.“

„So ist es“, sagte Andre.

„Jemand aus der Informatik-Branche?“

„Nicht unbedingt, das schafft man auch do it yourself.“

„Dann danke, das war unglaublich hilfreich.“

„Höre ich da Sarkasmus heraus?“, fragte Andre.

„Aber nicht doch, wie kommst du nur darauf? Wir treten gerne auf der Stelle.“

„Anna, wir sind genauso frustriert wie du. Ich habe eine Tochter und mir wird übel bei dem Gedanken, sie an einen so bösartigen Menschen wie den Täter zu verlieren.“

„Tut mir leid, Andre, manchmal gehen die Emotionen einfach mit mir durch.“

„Schon okay. Früher oder später erwischen wir ihn.“

„Das will ich hoffen.“

Der Täter, den sie nun schon seit Monaten suchten, schien einem Chamäleon zu gleichen, das sich perfekt seiner Umgebung anpasste und mit ihr verschmolz. Er

war ihnen immer einen Schritt voraus – und genau das
musste sich ändern.

KAPITEL 9

Karla drückte Arne ein Kuvert in die Hand.

„Was ist das?", fragte er irritiert.

„Meine Kündigung."

„Das ist nicht dein Ernst?", fragte er kopfschüttelnd. „Du kannst uns doch nicht mitten in der Hochsaison im Stich lassen."

„Eine dringende familiäre Angelegenheit, die ich nicht länger aufschieben kann." Auf eine Lüge mehr oder weniger kam es jetzt auch nicht mehr an, auch wenn sie sich dabei unwohl fühlte.

„Dann nimm dir eine Woche frei, kläre deinen Kram und komm anschließend wieder zurück", sagte Arne. Er schien über ihre Kündigung ziemlich verärgert zu sein.

„Das würde ich wirklich gerne, aber ..."

„Ich akzeptiere kein Aber."

„Arne, könntest du mir bitte einen Vorschuss gewähren?"

„Bist du jetzt total übergeschnappt?" Arne war aufgebracht. „Du willst dich aus dem Staub machen und dann noch einen Vorschuss abgreifen?"

„Ich würde dich nicht darum bitten, wenn es nicht nötig wäre."

Ein dicker Kloß steckte in ihrem Hals. Sie enttäuschte ihre Mitmenschen nur ungern, aber sie wusste sich nicht anders zu helfen.

„Folge mir bitte ins Büro“, sagte er und ging voraus. „Setz dich bitte.“ Er deutete auf den Stuhl. „Sag mal, was ist eigentlich mit dir los?“

„Vielleicht kann ich dir das später einmal erklären“, antwortete sie.

„Ich weiß, dass irgendetwas nicht mit dir stimmt.“ Arne musterte sie aufmerksam. „Wer verbirgt sich hinter dieser Maskerade aus dick aufgetragenem Make-up und dunkler Kleidung?“

„Ein Mensch, der sein Herz immer noch am rechten Fleck hat“, entgegnete sie.

Arne nickte und tippte ein paar Daten in den Computer ein. Dann öffnete er den Safe und nahm ein Bündel Kronen heraus.

„Mehr ist nicht möglich.“

„Danke, Arne“, hauchte sie.

„Dafür könnte ich eine Menge Ärger bekommen und hoffe, dass es das wert war.“

„Ich kann dir versichern, dass dem so ist.“

„Pass gut auf dich auf, du Geistermädchen.“

„Das werde ich“, versprach sie und schaute ihm in die Augen. Sie war erstaunt, wie tiefgründig Arne sein konnte. Das hatte sie ihm gar nicht zugetraut.

„Wann beabsichtigst du, zu gehen?“

„Diese Spätschicht wird meine letzte sein.“

„Echt schade. Du bist immer pünktlich und sehr zuverlässig gewesen.“

„Wenn ich das jetzt nicht kläre, werde ich ein Leben lang mit dieser Entscheidung zu kämpfen haben. Das mag sich sehr pathetisch anhören, aber genauso empfinde ich.“

„Schon okay. Ich würde mich trotzdem freuen, irgendwann wieder von dir zu hören.“

„Danke für alles, Arne.“

„Dann zieh dich um, die Kollegen warten schon.“

Karla huschte aus dem Büro, schlüpfte in die Uniform und löste Styrger an der Fritteuse ab.

„Heute so spät?“, fragte er.

„Ich hatte noch etwas mit Arne zu besprechen“, antwortete sie.

„Alles klar.“

Er war froh, endlich Feierabend machen zu können und verließ seinen Platz. Karla war an diesem Abend überhaupt nicht bei der Sache und musste einige Portionen entsorgen, weil sie zu dunkel geworden waren. Nie wieder würde sie Frittiertes essen, das hatte sie sich geschworen. Allein beim Anblick wurde ihr übel und der Geruch des heißen Öls hing permanent in den Haaren.

Heute war zum Glück kaum etwas los und Karla entspannte sich zusehends. Der Rucksack stand schon gepackt im Flur und sie würde sich gleich nach der Schicht auf den Weg nach Kalmar machen.

„Wenn du weiter so vor dich hinträumst, werden die Pommes wieder schwarz“, sagte Henny und lachte.

„Ach was, ich habe alles im Griff“, erwiderte Karla.

„Das sah aber vorhin ganz anders aus.“

„Außenseiterin hin oder her, du wirst mich doch nicht verpetzen?“ Karla zwinkerte Henny verschwörerisch zu.

„Ich?“ Henny legte theatralisch die Hand auf die Brust. „Niemals!“

Obwohl Karla keine Freundschaften geschlossen hatte und gemeinhin als Freak galt, war das Arbeitsklima ganz gut gewesen. Ja, sie musste sich sogar eingestehen, dass sie ihre Truppe vermissen würde. Nach einer zehnminütigen Verschnaufpause, in der kein einziger Kunde das Restaurant betreten hatte, kam ein junger Mann zur Tür herein.

Offener Blick, charmantes Lächeln, sportliche Statur.

„Wow", hörte Karla Henny sagen.

Die Kollegin eilte nach vorn, um seine Bestellung aufzunehmen. Während er vor der Theke wartete, warf er immer wieder einen verstohlenen Blick in Karlas Richtung. Sie wendete sich ab, damit er nicht bemerkte, dass ihre Wangen glühten. Wann hatte jemand sie zum letzten Mal auf diese Weise angesehen? Das musste Ewigkeiten zurückliegen.

Henny bemühte sich um den jungen Mann und flirtete heftig. Karla hingegen tütete die Portion Pommes ein und legte sie auf das Tablett.

„Ich mach das schon", sagte Henny und reichte dem jungen Mann seine Bestellung.

Inzwischen hatte sich das Restaurant wieder mit Gästen gefüllt, die nach einer Abendvorstellung wie eine Invasion eingefallen waren. Karla hatte alle Hände voll zu tun und den jungen Mann bereits vergessen.

„Hier, das soll ich dir geben", sagte Henny kühl und reichte ihr einen Zettel.

„Was ist das?", fragte Karla.

„Die Telefonnummer des Typen", antwortete Henny. „Na ja, so toll hat er aus der Nähe nun auch wieder nicht ausgesehen."

Stutenbissigkeit, war der erste Gedanke, der Karla zu Hennys abfälligem Kommentar einfiel. Aber sie war es gewohnt, so behandelt zu werden und erwiderte nichts.

Immer wieder wanderte ihr Blick zur Uhr, die über dem Eingang hing, und sie spürte ein unangenehmes Kribbeln in der Magengegend. Nur noch eine Stunde bis zum Schichtende. Ihr Vorhaben war mit heißer Nadel gestrickt und völlig unausgegoren. Wie sollte sie ihn überhaupt in Kalmar aufspüren? Das Ganze schien ihr doch eine Nummer zu groß und zu gefährlich zu sein. Noch konnte sie ihre Reisepläne aufgeben und morgen wie gewohnt im Restaurant erscheinen.

Nach Dienstschluss duschte sie, warf die getragene Uniform in den Wäschekorb und zog sich ihre Alltagskleidung über.

„Bloß gut, dass dich der Typ jetzt nicht zu sehen bekommt“, rief Henny ihr hinterher.

Karla hob die rechte Hand und streckte den Mittelfinger nach oben. Dann war sie auch schon zur Tür hinaus. Sie überquerte gerade den Parkplatz, um zur Bushaltestelle zu gelangen, als sich ein dunkler Schatten von einem der Fahrzeuge löste.

„Hallo“, sagte jemand und Karla zuckte unbewusst zusammen. „Sorry, ich wollte dich nicht erschrecken.“

„Und warum tust du es dann?“, fauchte sie, während ihr Herz ein Stakkato klopfte.

„Ich wollte sichergehen, dass deine Kollegin dir auch die Telefonnummer gibt.“

„Das hat sie, aber ich bin nicht interessiert“, erwiderte sie kühl.

Der junge Mann tat so, als hätte er ihre Worte überhört.

„Entschuldige, aber ich habe mich noch gar nicht vorgestellt. Ich bin Filip.“

Er streckte Karla die Hand entgegen, die sie ignorierte.

„Hallo, Filip“, sagte sie stattdessen.

„Bin ich zu aufdringlich?“, fragte er.

„Ehrliche Antwort?“

„Ich bitte darum.“

„Okay, ich bin müde von der Schicht und will nur noch nach Hause.“

„Alles klar, ich habe verstanden. Kommt nicht wieder vor.“

Er wandte sich enttäuscht ab und trabte mit hängenden Schultern zu seinem Wagen zurück. Sein Anblick erweckte Mitleid in Karla.

„Ich werde dir schreiben, sobald ich bereit dazu bin ...“, rief sie ihm hinterher, doch er winkte nur ab, ohne sich noch einmal zu ihr umzudrehen.

Mit einem grüblerischen Blick setzte sie sich auf die Bank an der Haltestelle und wartete auf den Bus. Das hartnäckige Interesse des jungen Mannes hatte ihr Gefühlsleben gehörig durcheinandergewirbelt. War das ein Wink des Schicksals gewesen oder nur purer Zufall? Aber sie konnte auch nicht so weitermachen wie bisher. Sie war es leid, sich ständig zu verstecken und ein anderer Mensch zu sein.

Als der Bus endlich neben ihr hielt, stieg sie ein und lehnte die Stirn an das kühle Glas der Scheibe. Die Straßen von Stockholm zogen an ihr vorüber und sie war immer noch uneins mit sich und der Welt. Nach Kalmar aufbrechen oder es endgültig bleiben lassen?

Der Ärmel ihres Shirts war verrutscht und eine der vielen Narben kam zum Vorschein. Hastig zog Karla das Bündchen wieder nach unten, um die feinen roten Linien zu bedecken. Sie wusste, was die Leute dachten, wenn sie einen zufälligen Blick auf das Narbengewebe erhaschten. Die meisten Menschen hielten sie für eine Person, die sich die Verletzungen selbst zufügte. Sie konnten nicht ahnen, wie falsch sie damit lagen.

An der nächsten Haltestelle stieg Karla aus. Erschöpft schleppte sie sich die Stufen des Altbaus nach oben, schloss die Tür auf und ließ sich in voller Montur auf das Bett fallen. Ihre wenigen Habseligkeiten hatte sie bereits zusammengepackt und die Möbel würde sie in der Wohnung zurücklassen. Um die Reisekosten aufzubringen, würde sie die Miete prellen müssen, was ihr unglaublich peinlich war. Aber sie hatte sich dieses Leben nicht ausgesucht.

Immer wieder hatte sie darüber nachgedacht, die Polizeibehörde in Kalmar zu informieren, aber sie scheute sich aus guten Gründen davor. Irgendwann wurde sie von einem traumlosen Schlaf übermannt, aus dem sie am nächsten Morgen erwachte. Müde rieb sie sich über die Augen und setzte sich auf. Jetzt oder nie, die Zeit für eine Entscheidung war gekommen.

KAPITEL 10

Marisa stand mit hocherhobenem Schürhaken im Badezimmer. Sie zitterte vor Anspannung und ihr Shirt klebte schweißnass am Rücken.

„Hallo, Süße, möchtest du mir nicht aufmachen?", fragte Johan und klopfte an die Tür. „Ich mag es nicht, wenn ich mir mit Gewalt Zugang verschaffen muss."

„Verschwinde!", schrie sie und hoffte, dass er die Angst in ihrer Stimme nicht bemerken würde.

„Warum wehrst du dich? Wir wissen doch beide, wie deine Chancen stehen."

„Was bist du nur für ein kranker Typ?"

„So würde ich mich nicht bezeichnen", erwiderte er.

„Warum ich? Warum ausgerechnet ich?"

„Weil du meinem Charme erlegen bist und es mir sehr, sehr leicht gemacht hast."

„Ich verabscheue dich und will, dass du sofort mein Haus verlässt. Und deinen Charme kannst du dir sonst wohin stecken."

„Du bist ziemlich todesmutig, das muss ich schon sagen. Und jetzt mach endlich diese verdammte Tür auf", forderte er mit Nachdruck.

„Nur über meine Leiche."

„Gut, wie du willst."

Johan musste sich nicht sonderlich anstrengen und nur zweimal mit seiner Schulter das Türblatt rammen, bis das Holz splitterte. Marisa versuchte, ihn mit dem

Schürhaken zu treffen, aber es gelang Johan, den Schlag abzuwehren. In Todesangst stürmte sie an ihm vorbei, doch er bekam einen Zipfel ihres Shirts zu fassen. Der Stoff riss glücklicherweise und sie war innerhalb von Sekunden wieder frei und hetzte die Stufen hinunter.

Johan war genauso schnell und wendig und setzte ihr nach. Bevor sie die Eingangstür erreichen konnte, war er bei ihr. Marisa verteidigte sich mit Händen und Füßen, trat und schlug nach ihm. Aber es nützte nichts, er war eindeutig der Stärkere. Sie wähnte sich schon verloren, als Scheinwerfer den Flur erhellten. Artur kehrte gerade von seiner Spätschicht nach Hause zurück. Wenn sie jetzt um Hilfe schreien würde, hätte sie vielleicht eine Chance.

Sie kämpfte sich verbissen frei und es gelang ihr tatsächlich, die Tür einen Spaltbreit zu öffnen.

„Artur …", rief sie, aber Johan riss sie sofort zurück und legte ihr die Hand auf den Mund. Sie schlug wild um sich, aber er hatte sie fest im Griff. Als es an der Tür klopfte, hielt sie kurz inne.

„Marisa? Ist alles in Ordnung bei dir?"

Johan presste die Handfläche so fest auf Mund und Nase, dass sie glaubte, zu ersticken. Sie gab ein paar undefinierbare Laute von sich und hoffte, dass Artur sie hören, eins und eins zusammenzählen und die Polizei verständigen würde.

„Hallo? Bist du da?"

Marisa versuchte, mit dem Fuß gegen die Kommode zu treten, damit die Vase zu Boden fiel. Aber Johan drückte sie gegen die Wand. Nach einigen Sekunden entfernte sich Arturs Schatten von der Haustür und

Marisa rang verzweifelt nach Luft. Die Rettung war zum Greifen nah gewesen, aber das Schicksal zeigte nur selten Erbarmen. Marisa war einmal mit heiler Haut davongekommen und hatte keine Lehren daraus gezogen. Jetzt war es für Reue zu spät.

Endlich lockerte Johan seinen Griff. Der Sauerstoff füllte ihre Lungen und sie spürte, wie das Leben in ihren Körper zurückkehrte. Sie bäumte sich auf, um Johans Klammergriff zu entkommen. Sie flüchtete in die Küche, um durch die Hintertür in den Garten zu gelangen. Bevor sie jedoch den Schlüssel im Schloss herumdrehen konnte, war Johan schon bei ihr und zerrte sie in die Mitte des Raumes.

Sie schrie auf und boxte ihn mit der Faust gegen die Rippen. Aber ihm schien ihre Gegenwehr nichts auszumachen, er verzog nicht einmal das Gesicht. Ja, sie hatte sogar das Gefühl, dass ihn ihr Verhalten befeuerte. Die Frage war nur, wie lange sie durchhalten würde.

Es gelang ihr tatsächlich, sich noch einmal loszureißen, aber er packte blitzschnell ihren Oberarm. Sein Griff war dem einer eisernen Klaue ähnlich. Sie stieß einen jammernden Schmerzenslaut aus und hatte Johan nichts mehr entgegenzusetzen.

„Verschwinde endlich, sonst werde ich dein Sargnagel sein."

Er lachte verächtlich. „Das glaubst du doch selbst nicht."

„Irgendwann wird dich das Karma einholen."

„Ich würde an deiner Stelle nicht so überheblich sein."

„Wenn hier einer überheblich ist, dann du“, zischte sie und nutzte die Gunst der Stunde, um ihr Knie hochzuziehen.

Diesmal war es Johan, der einen Schmerzlaut ausstieß. Marisa machte einen Satz nach vorn, um zur Hintertür zu gelangen. Sie musste es schaffen, musste ihm entkommen. Aber Johan folgte ihr und versetzte ihr einen Faustschlag. Marisa taumelte, verlor das Gleichgewicht und schlug mit dem Hinterkopf auf dem Boden auf.

KAPITEL 11

Anna hatte es geahnt und Lundgren sie vorgewarnt – eine weitere Vermisstenanzeige war eingegangen.

„Ich habe gehofft, dass er sich mit dem nächsten Opfer mehr Zeit lassen würde", sagte sie.

„Wir wissen doch beide, dass das nicht der Realität entspricht", erwiderte Tomas.

„Du hast ja recht. Aber diesmal ist es anders."

„Inwiefern?"

„Die Mutter des Opfers berichtete, dass ihre Tochter sich nicht wie abgesprochen gemeldet hat. Elina Lind besitzt einen Zweitschlüssel und ist dann zum Haus gefahren. Dort hat sie das Chaos entdeckt."

„Demnach scheint es keinen Zusammenhang zwischen den Fällen zu geben."

„Ich weiß es nicht. Aber Zeitpunkt, Alter und Aussehen des Opfers passen ins Schema."

„Hm, sehr seltsam. Sind die Kriminaltechniker schon unterwegs?"

„Ja."

„Willst du Lundgren fragen, was er davon hält?"

„Das muss ich ja wohl."

Sie wählte die Nummer seines Büros, um es ihm mitzuteilen. Nur Minuten später stand er neben ihrem Schreibtisch und hört sich an, was Anna zu sagen hatte.

„Ich würde gern sofort mit der Mutter reden, um mir ein Bild zu machen."

„Machen Sie das", sagte Anna und schaute zu Tomas. „Sollen wir aufbrechen, um die Nachbarn zu befragen?"

„Unbedingt."

Vor dem Haus der Vermissten standen bereits eine Menge Fahrzeuge, sodass Anna und Tomas gezwungen waren, in einer Nebenstraße zu parken. Die Kriminaltechniker hatten den Tatort inzwischen in Beschlag genommen, um ihrer Arbeit nachzugehen, während Anna und Tomas bei den Nachbarn klingelten. Niemand hatte etwas gesehen, bis auf einen Mann namens Artur.

„Ich hatte am Abend geglaubt, einen Hilferuf von Marisa zu hören", erklärte er. „Als ich jedoch vor der Haustür gestanden habe, war es im Inneren still. Auf mein Klopfen und Rufen hat Marisa nicht reagiert und ich bin wieder gegangen." Artur fuhr sich nervös durchs Haar. „Wenn ich auch nur ansatzweise geahnt hätte ..." Er stockte.

„Sie müssen sich keine Vorwürfe machen", sagte sie. „Haben Sie noch etwas bemerkt?"

„Nein, das war alles."

Anna verabschiedete sich und lief mit Tomas zum Wagen.

„Und, was hältst du davon?", fragte sie ihn.

„Meine Intuition sagt mir, dass Marisa Lind sein neues Opfer ist."

„Da bin ich ganz bei dir", erwiderte Anna. „Aber warum hat der Täter seine Vorgehensweise geändert?"

„Da musst du Lundgren fragen."

Kaum waren sie zurück, tat Anna das auch.

„Elina Lind hat erzählt, dass ihre Tochter vor einigen Tagen ein Treffen in einer Bar gehabt hatte und dort zum letzten Mal in der Öffentlichkeit gesehen wurde. Nicht nur ihrer Mutter, auch Marisa Linds Kollegen ist aufgefallen, dass etwas vorgefallen sein musste. Sie sei in letzter Zeit sehr unkonzentriert und nervös gewesen.“

„Wow, Sie haben eine Menge herausgefunden.“

„Stimmt. Gleich im Anschluss möchte ich noch die Kolleginnen des Opfers befragen, sie warten bereits in meinem Büro.“

„Gut, dann will ich Sie nicht länger stören“, sagte sie und kehrte in ihr Büro zurück.

„Und?“, fragte Tomas.

Anna brachte ihn auf den neuesten Stand.

„Also doch“, sagte er resigniert.

„Ja, leider. Es macht mich ausgesprochen wütend, dass wir es nicht verhindern konnten.“

„Dito.“

Kurz darauf betrat Lundgren das Büro.

„Marisa Lind ist in der Bar Lilla Puben gesehen worden. Ich würde gern dorthin fahren.“

„Kein Problem. Wer soll Sie begleiten?“

„Ich werde hierbleiben und die Berichte weiterschreiben“, sagte Tomas, bevor Lundgren antworten konnte. „Der Boss scharrt schon mit den Hufen.“

„Okay.“ Anna schnappte sich die Autoschlüssel und verließ mit Lundgren das Büro. Sie stiegen in den Dienstwagen und machten sich auf den Weg zur Bar.

„Haben Sie uns angekündigt?“, fragte Lundgren.

„Das hat Tomas bereits übernommen. Der Barkeeper, der an dem Abend Schicht hatte, wird anwesend sein.“

„Hervorragend."

Anna suchte einen Parkplatz in der Nähe und die wenigen Meter bis zum Lilla Puben legten sie zu Fuß zurück. Die Bar war noch geschlossen und Anna klopfte an die Scheibe. Sie wurden freundlich hineingebeten und nahmen an einem der Tische Platz.

„Einen Kaffee vielleicht?", fragte die junge Frau.

„Da sage ich nicht Nein", antwortete Lundgren und auch Anna nickte zustimmend.

Der Barkeeper gesellte sich zu ihnen.

„Schön, dass Sie sich die Zeit genommen haben", sagte Anna.

„Kein Problem", antwortete er.

„Sie haben diese Frau an besagtem Abend gesehen?"

Sie zeigte ihm ein aktuelles Foto von Marisa Lind und er nickte.

„Ja, sie ist hier gewesen."

„Warum ist sie Ihnen im Gedächtnis geblieben?"

„Weil sie ausgesprochen hübsch ist." Der Barkeeper errötete leicht. „Sie hat an diesem Tisch gesessen und auf jemanden gewartet." Er deutete in die Richtung.

„Woher wissen Sie das?"

„Weil sie sehr nervös gewesen ist und ständig auf ihr Handy oder zum Eingang geschaut hat."

„Können Sie sich vielleicht erinnern, ob jemand außer Ihnen diese junge Frau beobachtet hat?"

„Das kann ich nicht mit Sicherheit sagen, weil an diesem Abend ziemlich viel los gewesen ist."

„Wie lange ist sie geblieben?"

„Eine Stunde ungefähr, bevor sie mit einem enttäuschten Gesichtsausdruck die Bar verlassen hat. Dann ist sie zurückgekommen, um erneut zu warten.

Am Ende war sie ziemlich aufgewühlt und hat ihre Geldbörse liegen lassen.“

„Dann muss sie ziemlich durcheinander gewesen sein“, merkte Anna an.

„Ja, das war sie“, sagte Oskar. „Keine Ahnung, wer eine so attraktive Frau warten lässt.“ Er räusperte sich. „Ist sie ... okay?“

Anna tauschte mit Lundgren einen Blick.

„Sagen Sie bloß nicht, dass sie vermisst wird.“ Die Stimme des Barkeepers klang rau.

„Sie werden sicher verstehen, dass wir darüber keine Auskunft geben können“, sagte Anna sanft.

„Fuck ...“ Der junge Mann fuhr sich nervös durchs Haar.

„Was?“, fragte Lundgren.

„Ich habe überlegt, ob ich sie ansprechen soll. Aber meine Schicht war noch nicht zu Ende und na ja ...“

„Was, na ja?“, fragte Anna.

„Wer weiß, ob ich es hätte verhindern können, was immer ihr auch zugestoßen ist.“

„Gedanken dieser Art dürfen Sie niemals zulassen“, sagte Lundgren. „Sie können das Rad der Zeit nicht zurückdrehen.“

„Danke für den Ratschlag, aber das macht es auch nicht besser.“

Der junge Mann klang resigniert und Anna bedauerte tatsächlich, dass er Marisa Lind nicht angesprochen hatte. Das hätte vielleicht alles ändern können. Oskar hatte zwar nicht den besten Job, schien aber aufrecht durchs Leben zu gehen. Dass er ein schlechtes Gewissen hatte, sprach für ihn.

„Gibt es noch etwas, das wichtig für uns wäre?“

„Keine Ahnung, was für Sie wichtig sein könnte“, sagte Oskar.

„Ist Ihnen vielleicht ein Mann aufgefallen, der sich seltsam verhalten hat?“

„Wie meinen Sie das?“ Der Barkeeper zog fragend die Brauen hoch.

„Jemand, zu dem das Outfit nicht gepasst hat. Eine Sonnenbrille im Innenraum, eine Perücke, so etwas in der Art.“

„Nein, nur ganz normale Leute, die sich unterhalten haben.“

„Gut, dürften wir die Videoaufzeichnungen mitnehmen?“

„Ja, meine Kollegin hat die Daten schon auf einen Stick gezogen“, antwortete Oskar.

„Perfekt“, erwiderte Lundgren. „Dann können wir noch einmal in aller Ruhe einen Blick auf die Gäste werfen.“

„Ich bin gleich wieder da.“ Oskar erhob sich und verschwand durch eine Tür in den hinteren Bereich, um nach nur wenigen Augenblicken wieder zurückzukehren. „Die Aufzeichnungen. Ich hoffe, dass etwas Brauchbares drauf ist.“

Er fuhr sich wiederholt nervös durchs Haar, was Anna misstrauisch registrierte.

„Ich hoffe, dass sie noch am Leben ist“, murmelte er.

„Vielen Dank“, sagte Anna, ohne auf die Worte des Barkeepers einzugehen. Manchmal war es hart, nichts sagen zu dürfen. „Also gibt es nichts mehr, was Sie uns noch mitteilen könnten? Wurde schon einmal eine Frau sitzen gelassen?“

Oskar schüttelte den Kopf. „Nicht, dass ich wüsste. Ich jobbe hier nur nebenbei, um mein Studium zu finanzieren, da bekomme ich viel zu wenig mit", erklärte er.

Anna wurde sofort hellhörig.

„Was studieren Sie denn?", fragte sie.

„Biologie", antwortete er.

„Muss man da auch Frösche sezieren?"

„Nein, aber andere Dinge."

„Was zum Beispiel?" Sie konnte ihm sein Unbehagen deutlich ansehen.

„Na ja, die praktischen Erfahrungen sind ein wesentlicher Bestandteil des Biologiestudiums. Um die Struktur und die Funktion zu erfassen, werden lebende oder konservierte Tiere seziert." Er räusperte sich. „Mir wird meistens übel dabei, besonders bei lebenden, wirbellosen Tieren. Aber das ist gar kein Vergleich zu dem, was Sie Tag für Tag erleben."

„Ja, unser Job ist hart", erwiderte Anna.

„Mich zieht es eher raus in die Natur, dort wird mein Schwerpunkt nach dem Studium liegen", erklärte Oskar.

„Dann viel Glück. Wir melden uns wieder bei Ihnen, damit Sie Ihre Aussage noch zu Protokoll geben können." Anna schob ihre Visitenkarte über den Tisch. „Nur für den Fall, dass Ihnen noch etwas einfällt."

„Okay. Sind wir jetzt fertig?"

„Ja."

Anna und Lundgren verabschiedeten sich.

„Fahren wir zurück?", fragte sie vor der Tür.

„Nein, wir sollten uns in den Nebenstraßen nach Kameras umsehen. Ich bin mir sicher, dass er dort auf sein Opfer gewartet hat."

„Klingt sinnvoll", erwiderte Anna. „Aber wird er nicht von jeder einzelnen Kamera wissen?"

„Davon gehe ich aus. Dennoch möchte ich auf Nummer sicher gehen. Er könnte eine übersehen haben."

„Ich würde mich gern den Hoffnungen hingeben, aber er plant viel zu akribisch."

„Irgendwann wird auch er einen Fehler machen."

„Dann vertrauen wir darauf", antwortete sie.

Es tat gut, sich die Beine zu vertreten und den Sonnenschein zu genießen. Meist hockten sie bis zum späten Abend in den Büros, um anschließend erschöpft den Heimweg anzutreten.

In den ersten beiden Nebenstraßen gab es keine Geschäfte und demnach auch keine Videoüberwachung. Aber dann hatte sie drei Kameras entdeckt, eine über einem Hauseingang und die anderen beiden gehörten zu einem Fischladen und einer winzigen Boutique.

„Wir sollten uns trennen", sagte Lundgren. „Ich werde die Geschäfte übernehmen."

„Alles klar." Anna machte sich auf den Weg zu dem Haus, wo sie die Kamera entdeckt hatte. Sie drückte wahllos auf einen Klingelknopf, um sich nach der Kamera zu erkundigen.

„Alles nur Attrappe und dient zu Abschreckungszwecken", erklärte der Anwohner.

„Schade, aber trotzdem vielen Dank."

Das Ganze hatte nicht einmal eine Minute gedauert und Anna kehrte zu Lundgren zurück.

„Das ging ja schnell", sagte er.

„Kein Wunder, die Kamera ist nur eine Attrappe“, antwortete sie.

„Ich hatte glücklicherweise mehr Erfolg. Die Geschäftsinhaber wollen sich darum kümmern, dass wir in Kürze die Aufnahmen erhalten werden.“

„Das hört sich doch gut an.“

Anschließend durchkämmten sie noch die nähere Umgebung der Bar auf der Suche nach Kameras und kehrten zum Wagen zurück.

„Wollen wir noch einen Happen essen, bevor wir zurückfahren?“, fragte Lundgren.

„Gute Idee, mein Magen grummelt schon“, antwortete Anna. „Ich kenne ein kleines Bistro in der Nähe, das wir bequem zu Fuß erreichen können.“

„Wunderbar.“

Die kurze Strecke hatten sie innerhalb weniger Minuten zurückgelegt und sie suchten sich einen Platz direkt am Fenster aus.

„Was meinen Sie, könnte der Barkeeper unser Mann sein?“, fragte Anna, nachdem sie Bestellung aufgegeben hatten. „Dass ausgerechnet er Biologie studiert und gut mit dem Skalpell umgehen kann, hat mich stutzig gemacht.“

„Er ist viel zu jung, um so erfahren und präzise zu arbeiten. Eine Lobotomie ist kein einfacher Eingriff, das erfordert Können.“

„Und wenn er an Tieren geübt hat?“

„Wir werden den Barkeeper im Auge behalten. Allerdings passt er nicht so ganz ins Täterprofil, das ich im Kopf habe.“

„Hm.“

Anna hätte den jungen Mann nur zu gern auf die Behörde zitiert, um ihn zu vernehmen. Er brachte so einiges mit, was ihn in den Kreis der Verdächtigen einreihte. Der Salat, den sie sich bestellt hatte, schmeckte mit einem Male fad, was an ihrer Stimmung liegen könnte.

„Sie zweifeln an meiner Aussage, nicht wahr?", fragte Lundgren und griff zum Besteck.

„Ja. Der Barkeeper bringt genau die Eigenschaften mit, die wir beim Täter vermuten."

„Nur das Alter passt nicht ins Schema", entgegnete Lundgren.

„Der junge Mann war furchtbar nervös, das muss Ihnen doch auch aufgefallen sein."

Lundgren lächelte. „Haben Sie es nicht bemerkt?"

„Was?"

„Dass er sich Hals über Kopf in das Opfer verliebt hat."

„Ich bin ja nicht blind." Sie warf Lundgren einen giftigen Blick zu. „Sein Interesse könnte aber auch vorgetäuscht sein."

„Beim Täter haben wir es mit einem eiskalten Menschen zu tun, der sicher keine Miene verziehen würde. Natürlich würde er angemessen reagieren und Mitleid zeigen, aber kein echtes wie der Barkeeper, der einen sehr authentischen Eindruck gemacht hatte. Seine Mimik und Gestik wirkten nicht einstudiert."

„Als ob ich nicht wüsste, dass der gesuchte Täter ein herzloses Monster ist." Es kratzte an ihrem Ego, wie Lundgren sich verhielt. Während sie nach jedem sich bietenden Strohhalm griff, gab er sich gelassen. Eine weitere Frau war verschwunden und es brannte an allen Ecken und Enden.

„Wir sollten uns lieber mit der Frage beschäftigen, wie es dem Täter gelungen ist, die Opfer in seine Gewalt zu bringen. Haben Sie vielleicht eine Erklärung?"

„Wieso ich? Dafür sind Sie doch engagiert worden."

„Da Sie mir ein wenig verärgert erscheinen, werde ich es mit meinen eigenen Worten formulieren."

„Machen Sie das", sagte sie knapp.

„Was würde am Selbstbewusstsein einer Frau kratzen, die auf ihr Date wartet?" Er warf ihr einen fragenden Seitenblick zu.

„Dass sie versetzt wird", antwortete sie.

„Richtig. Sie wird am Ende froh sein, dass ihr Date doch noch aufgetaucht ist. Aber sie ist emotional aufgewühlt und das nutzt der Täter aus, um sie entsprechend zu manipulieren."

„Jetzt begreife ich auch, warum es keine Zeugen gibt."

„Er wird den Moment der Verwirrung ausgenutzt und sich den Opfern erst gezeigt haben, nachdem sie schon auf dem Rückweg waren."

„Raffinierte Masche", sagte Anna. „Darauf muss man erst einmal kommen."

„Danke, dafür bin ich ja da", erwiderte Lundgren mit siegesbewusstem Lächeln.

Arroganter Schnösel, dachte Anna.

„Ich kann Ihre Gedanken lesen." Lundgren grinste und Anna fühlte sich ertappt.

„Hacken Sie sich lieber in die Matrix des Täters, er hat sicher mehr zu bieten als ich. Seinen Namen oder seine Adresse vielleicht oder wo er das neue Opfer versteckt hält."

„Sie bieten mir die Stirn, das mag ich."

„Und ich mag aufgeklärte Fälle."

„Auch da sind wir dran."

Anna verzichtete darauf, etwas zu erwidern. Sie war sich nicht sicher, ob Lundgrens Arroganz echt oder nur gespielt war. Dieser Mann machte sie nervös. Zunehmend nervös. Das konnte für die Zusammenarbeit hinderlich werden. Sein markantes Gesicht, der grüblerische Ausdruck in seinen Augen, der durchtrainierte ...

Schluss jetzt, ermahnte sie sich und leerte das Glas. Traurig, aber wahr – sie selbst wäre das perfekte Opfer für den Täter gewesen. Ihre Beziehungen waren schneller in die Brüche gegangen, als sie hätte bis drei zählen können.

Klar, am Anfang war es noch aufregend gewesen, sobald die Männer erfahren hatten, dass sie als Kriminalkommissarin arbeitete. Das hatte das Interesse an ihrer Person sogar noch gesteigert. Aber sobald sie Abend für Abend allein zu Hause hocken mussten, war das Interesse schlagartig vorbei. Die Kerle gingen wieder auf die Pirsch und versorgten sich mit dem, was ihnen ihrer Meinung nach zustand. Die Krönung des Ganzen war dann erreicht, als sie Axel mit ihrer besten Freundin im eigenen Bett erwischt hatte. Seitdem war sie allein.

Lundgren unterbrach ihre Gedankengänge. „Worüber denken Sie so angestrengt nach?"

„Nichts Weltbewegendes."

„Na dann ..." Lundgren ließ den Satz unvollendet.

„Wir wissen jetzt, wo sich Marisa Lind mit dem möglichen Täter verabreden wollte. Aber was ist schiefgelaufen, dass er sie aus dem eigenen Haus entführen musste?“

„Ich tippe auf die Geldbörse, die sie in der Bar vergessen hat“, antwortete Lundgren.

„Sie denken also, dass sie wieder ausgestiegen ist, als sie den Verlust bemerkt hat?“

„Ja.“

„Aber warum hat er sich dann kein neues Opfer gesucht?“, fragte sie. „Das Risiko ist doch viel zu hoch gewesen.“

„Wahrscheinlich, weil Marisa Lind misstrauisch geworden ist. Schließlich war sie die letzten Tage vor ihrem Urlaub sehr nervös gewesen. Irgendetwas wird sie sehr beschäftigt und in Aufruhr versetzt haben.“

„Deshalb konnte er sie also nicht gehen lassen?“

„Davon bin ich überzeugt.“

Lundgren übernahm die Rechnung und sie traten den Rückweg in die Behörde an. Während Lundgren sich auf dem Flur mit einem Kollegen unterhielt, eilte Anna schnellen Schrittes in ihr Büro. Als sie eintrat, blickte Tomas von seinem Schreibtisch auf.

„Erfolg gehabt?“, fragte er.

„Wie man es nimmt“, antwortete sie.

„Schieß los.“

„Da gibt es nicht viel zu erzählen. Der Täter hat die Frauen wahrscheinlich warten lassen, um sie zu verunsichern. Anschließend hat er sie auf dem Rückweg abgefangen und unter einer fadenscheinigen Ausrede zum Einsteigen bewegt.“

„Was ist das denn für eine Masche?“, fragte Tomas.

„Eine sehr erfolgreiche, würde ich sagen. Was wäre dir lieber? Dich versetzen zu lassen oder dich zu freuen, dass derjenige doch noch aufgetaucht ist?“

„Lass gut sein, aus diesem Alter bin ich raus.“

„Du hast mit deiner Isa auch wirklich Glück gehabt“, sagte Anna. „Sie nimmt es wortlos hin, wenn du wieder einmal kurz vor Mitternacht das Büro verlässt.“

„Stimmt, und ich bin mir sicher, dass du irgendwann auch Mr Right finden wirst, der so geduldig auf dich wartet.“

„Wer’s glaubt …“ Sie seufzte. „Machen wir uns wieder an die Arbeit.“

KAPITEL 12

Karla saß im Zug nach Kalmar und schaute gedankenverloren aus dem Fenster, während die Landschaft an ihr vorüberzog. Sie hatte sich entschlossen, die Sache selbst in die Hand zu nehmen und sich nicht auf die Polizei zu verlassen. Die Demütigung von damals hatte sie noch nicht überwunden.

Als über den Lautsprecher der nächste Halt angekündigt wurde, schulterte sie den Rucksack und stieg mit den anderen Fahrgästen aus. Kalmar begrüßte sie mit strahlendem Sonnenschein und sie lief zum Ausgang. Die Fassade des ehrwürdigen Bahnhofs war in einem blassen Gelbton angestrichen worden und passte sich damit dem Stil der Häuser an. Direkt gegenüber gab es einen kleinen Park, auf dessen Bänken sich einige Touristen niedergelassen hatten.

Unschlüssig stand Karla da, ohne zu wissen, wohin sie überhaupt wollte. Dann wandte sie sich in Richtung Stadtmitte und irrte ziellos durch die mit Kopfsteinpflaster bedeckten Straßen. Sie lief die Fußgängerzone entlang, deren farbige Wimpel sich über den Köpfen der Passanten mit dem Wind bewegten. Kleine Cafés und Restaurants schmiegten sich aneinander und die bunten Fassenden der meist nur zweistöckigen Häuser waren eine Augenweide.

Aber Karla hatte keinen Sinn für die Schönheit des Städtchens. Die hochsommerlichen Temperaturen trieben ihr den Schweiß auf die Stirn und der Rucksack lastete schwer auf ihren Schultern. Nach einer Stunde strammen Fußmarsches war sie gezwungen, eine Pause einzulegen.

An einem Imbissstand kaufte sie sich eine Pizza, um ihren Hunger zu stillen. Die Preise waren vom Tourismus geprägt, aber heute gönnte sie sich ausnahmsweise eine Kleinigkeit. Während sie das Mittagsmahl verzehrte, schaute sie sich den Stadtplan von Kalmar an und beschloss spontan, zum Strand zu gehen. Sie versuchte, sich daran zu erinnern, wann sie das letzte Mal im Meer geschwommen war. Das musste gefühlte Jahrzehnte zurückliegen.

Sie hatte während ihrer Flucht auf so vieles verzichten müssen und jetzt war die Zeit gekommen, um einiges davon nachzuholen. Natürlich hatte sie Angst, ausgerechnet von ihm entdeckt zu werden. Aber sie war es leid, sich ständig verstecken zu müssen. Von ihrem abgebrochenen Studium ganz zu schweigen.

Sie verzichtete darauf, den Bus zu nehmen, um Kronen zu sparen. Irgendwann – ihre Füße waren bereits wund gelaufen – erreichte sie den Strand. Sie ließ den Rucksack von den Schultern gleiten, schloss die Augen und ließ die so vertraute Atmosphäre auf sich wirken. Wie sehr hatte sie das Meeresrauschen in Stockholm vermisst, den Geruch von Tang, Sonnencreme und frisch gemähtem Gras. Sie fühlte sich in ihre Kindheit zurückversetzt, an glückliche Sommertage am Strand. Selbst das fröhliche Lachen der Kinder ließ ihr Herz höherschlagen.

Hastig kickte sie die Sneakers von den Füßen und lief zum Wasser hinunter. Sie war ganz verzückt von diesem Moment und ließ ihre Zehen mit den flachen Wellen spielen. Es war nicht ihre Heimatstadt, nein, aber die Umgebung fühlte sich großartig an. Erst jetzt wurde ihr so richtig bewusst, wie sehr sie all die Zeit unter dem Heimweh gelitten hatte.

Sie setzte sich ans Ufer und ließ den ockerfarbenen Sand durch die Finger rieseln. Als ein Ball ihr vor die Füße rollte, nahm sie ihn auf und warf ihn einem kleinen Mädchen zu. Die Kleine trug einen rosafarbenen Badeanzug mit Rüschen und ihre blonden Locken kringelten sich im Nacken. Karla ging das Herz auf, weil sie auf den Fotos von früher ähnlich ausgesehen hatte. Jedoch war von diesem unschuldigen Mädchen nichts mehr übrig geblieben.

Die Kleine bedankte sich und lief zu ihrer Mutter zurück. Karla wäre gern eine Runde geschwommen, aber sie traute sich nicht. Zu groß war die Angst, wegen der vielen Narben angestarrt zu werden.

Sie watete noch eine Weile durch das Wasser und blieb dann stehen, um das Schloss, das eher einer Festung glich, aus der Ferne zu betrachten. Mit seinen Kupfertürmen thronte es auf einer Halbinsel, die durch einen Burggraben vom Festland getrennt wurde. Karla wünschte sich, wie dieses Bauwerk zu sein – uneinnehmbar und von allen Seiten geschützt.

Nachdem sie ihre Füße abgetrocknet hatte, zog sie sich die Sneakers wieder über und setzte ihren Weg fort. Zwei Stunden später machte sie Rast auf einer schattigen Bank, um sich in aller Ruhe ein Quartier für die Nacht zu suchen. Mitten in der Saison war das eine knifflige Angelegenheit, denn jede preiswerte Unterkunft war restlos ausgebucht.

Enttäuscht deckte sie sich mit Lebensmitteln und Wasserflaschen ein und kehrte zum Strand zurück. Als es dunkel wurde und die meisten Touristen gegangen waren, suchte Karla eine der winzigen Umkleidekabinen auf. Sie winkelte die Beine an und benutzte den Rucksack als Kopfkissen. Aber es hatte wenig Sinn, sich das Nachtquartier schönzureden: Der Boden war hart und die Position unbequem.

Nach ihrer Flucht aus Öregrund hatte sie anfangs die Nächte draußen verbracht oder an Orten geschlafen, die für andere niemals infrage gekommen wären. Den Menschen war sie aus dem Weg gegangen und Städte und Dörfer hatte sie in einem großen Bogen umrundet. Noch heute war sie erstaunt darüber, wie sie es geschafft hatte, sich gefälschte Papiere zu besorgen und ein neues Leben aufzubauen. Stehlen, Lügen und Betrügen hatten seitdem zu ihrem Alltag gehört. Aber was hätte sie auch anderes tun sollen?

Sie hörte die Grillen zirpen und das leise Plätschern der Wellen, die sich am Ufer brachen, und ihr wurde bewusst, wie sehr sie all diese vertrauten Geräusche vermisst hatte. Ein warmes Gefühl breitete sich in ihr aus und sie schloss entspannt die Augen. Die Tür war von innen verriegelt und sie fühlte sich für den Moment sicher und geborgen wie in Abrahams Schoß. Sie durfte nur nicht verpassen, rechtzeitig wach zu werden, um der Putzkolonne nicht zu begegnen.

Am nächsten Morgen stand sie zeitig auf, dehnte und streckte sich und lief zum Ufer, um sich notdürftig zu waschen. Anschließend setzte sie sich auf eine Bank, um das Make-up zu erneuern. In der dunklen Kleidung würde sie schon bald wieder schwitzen, aber sie hatte keine andere Wahl. Sie musste die Narben verbergen, sonst würde sie auffallen wie ein bunter Hund. Denn er war der perfekte Jäger, der seine Opfer ausspähte, ohne dass sie es bemerkten, und dann gnadenlos zuschlug.

Wahrscheinlich war sie die Einzige gewesen, die sich seine Schwachstelle zunutze gemacht hatte, um zu entkommen. Denn jeder Mensch hatte eine, und wenn es nur das eigene Leben war. Wobei sie sich eingestehen musste, dass ihr jetziges Leben kaum noch als solches zu bezeichnen war. Sie lebte unter ihrer Würde, unter ihrem Niveau, und von der einst so zielstrebigen Studentin mit positiven Zukunftsaussichten war nichts mehr übrig geblieben. Zumindest rein äußerlich. Ein hässlicher Schlabberlook, der ihren Körper verhüllte, genauso wie das übertrieben maskenhafte Make-up, das ihr hübsches Gesicht mit den zauberhaften Sommersprossen unkenntlich machte.

Mit einem tiefen Seufzen schulterte sie den Rucksack und machte sich auf die Suche nach einer Bäckerei oder einem Bistro, wo sie sich mit einem Kaffee und einem Croissant versorgen konnte. Zum Glück war es mit der heutigen Technik leicht, sich auf der virtuellen Karte alles anzeigen zu lassen, und nur wenig später saß sie auf der Terrasse eines Bistros und ließ sich ein Sandwich und einen starken Kaffee schmecken. Rücken und Nacken schmerzten vom unbequemen Nachtlager und auch der schwere Rucksack hatte rote Abdrücke auf den Schultern hinterlassen.

Ob sie wollte oder nicht, sie würde sich auf die Suche nach einem passenden Quartier machen müssen. Mit den paar Kronen, die sie von Arne ergattert hatte, würde sie nicht weit kommen. Sogar die schäbigsten Pensionen hatten Saisonpreise, die einem die Sprache verschlugen. Und selbst diese waren bis unter das Dach ausgebucht.

Nachdem sie sich gestärkt hatte, durchstreifte sie die Straßen und feilte an einem Plan. Kalmar war groß und die Suche nach ihm würde sich wie die Stecknadel im Heuhaufen gestalten. Sie konnte nicht tagelang ziellos umherirren und sinnlos Kraft und Energie verschwenden. Nein, zuerst musste sie zusammentragen, was sie bis jetzt über ihn herausgefunden hatte.

Irgendwann setzte sie sich auf eine Bank, um in Ruhe nachzudenken. Eine große Linde spendete Schatten. Karla lehnte sich entspannt zurück und streckte die Beine aus. Sie ließ einige Minuten verstreichen und genoss die friedliche Atmosphäre. Die Luft war an diesem Tag besonders drückend und die Wetter-App hatte für den Abend schwere Gewitter angekündigt. Ein Dach über dem Kopf musste her, und zwar so schnell wie möglich.

Aber zuerst notierte sie all die Dinge über ihn, die ihr in den Sinn kamen. Er verfügte über die finanziellen Mittel und die Kontakte, um an neue Opfer zu gelangen. Es stellte auch kein Problem für ihn dar, in brenzligen Situationen abzutauchen und woanders dort weiterzumachen, wo er aufgehört hatte. Seine Intelligenz musste im oberen Bereich liegen, denn er besaß die Schläue eines Fuchses, wenn er auf die Jagd ging. Aber da war auch noch seine einzige Schwachstelle, die ihr damals zur Flucht verholfen hatte.

Sie las sich wieder und wieder die Stichpunkte durch und allmählich formte sich ein Bild vor ihrem geistigen Auge. Das Haus musste abseits liegen, vielleicht versteckt in den kleineren Waldgebieten, wo kein Mensch die Schreie der gequälten Opfer hören könnte. Bei seinen finanziellen Verhältnissen würde er auch nicht in einer heruntergekommenen Hütte leben. Nein, das Haus würde eher einer kleinen Festung gleichen mit zahlreichen Kameras im Außenbereich.

Jetzt musste sie nur noch eine Lösung finden, wie sie die langen Strecken ohne fahrbaren Untersatz zurücklegen sollte, und stellte abermals infrage, ob das alles überhaupt Sinn machte. Falls sie ihn aufspüren würde, was dann? Ihn im Alleingang stellen oder die Polizei verständigen?

Sie befürchtete, wiederholt nicht ernst genommen zu werden, und stieß einen gekränkten Laut aus. Ein älterer Herr schaute irritiert zu ihr herüber. Ja, sie wusste, wie seltsam sie auf andere Menschen wirkte. Aber bis jetzt hatte sich niemand die Mühe gemacht, zu hinterfragen, warum sie so war. Ein Freak eben, der ziellos durchs Leben tingelte, kläglich scheiterte und krampfhaft bemüht war, sich von anderen abzuheben. Aber genau das war es auch, worauf sie abzielte. Dennoch schmerzte es, mit abschätzigen Blicken taxiert zu werden.

Schluss jetzt, ermahnte sie sich.

Sie zoomte auf dem Display die Waldgebiete näher heran, um nach entsprechenden Grundstücken zu suchen. Ihr würde schon etwas einfallen, um diesen Mistkerl zu stoppen. Sie wollte nichts sehnlicher, als in ihr altes Leben zurückkehren und dort anknüpfen, wo sie es hatte verlassen müssen. Sie hasste die Rolle, die ihr seit der Flucht auferlegt worden war.

Nachdem sie einige infrage kommende Häuser gefunden hatte, notierte sie sich die Adressen, die ihr auf der Karte – dem Smartphone sei Dank – angezeigt wurden. Jetzt musste sie nur noch die einzelnen Grundstücke abklappern und hoffen, dass sie einen Treffer landete, ohne erwischt zu werden. Und dann war da auch noch die Frage nach einem fahrbaren Untersatz. Es gab ganz in der Nähe einen Fahrradverleih und so machte sie sich auf den Weg.

Der Inhaber begrüßte sie freundlich und sie schaute sich um. Ein robustes Mountainbike fiel ihr direkt ins Auge und sie fragte nach dem Preis.

„Wie bitte?“ Sie glaubte, sich verhört zu haben. Sie wollte das Fahrrad für zwei Wochen leihen und nicht kaufen.

„Was dachtest du denn, es ist Hochsaison“, sagte der bärtige Mann. „Willst du nun das Bike, oder nicht?“

„Sorry, da muss ich passen“, erwiderte sie und verließ enttäuscht den Laden.

Tja, so konnte das Vorhaben auch scheitern und sie machte sich auf den Weg zum Strand. Die Luft war drückend und schwül und trieb ihr den Schweiß auf die Stirn. Das Make-up löste sich in seine Bestandteile auf und Karla befürchtete schon, wie ein Clown auszusehen. Nach einem langen und anstrengenden Fußmarsch hatte sie endlich den Strand erreicht und ihr Blick wanderte unbewusst hinüber zu den Fahrrädern. Ein Großteil war mit einem Schloss gesichert, aber es gab auch einige, die nur an einem Baum lehnten.

Unauffällig setzte sie sich auf eine Bank und beobachtete die Umgebung aus den Augenwinkeln heraus. In einem günstigen Moment lief sie zielstrebig auf ein robustes Fahrrad zu, umfasste den Lenker, schwang sich in den Sattel und rauschte davon. Der Fahrtwind erfasste ihre dunkle Mähne und sie genoss die Abkühlung. Wie besessen trat sie in die Pedale, um nicht erwischt zu werden. Hoffentlich hatte niemand sie bemerkt, denn ihre schwarze Kleidung war für Kalmar doch recht auffällig. Zwar hatte sie auch normale Alltagskleidung im Rucksack, aber sie konnte sich nicht mitten auf der Straße umziehen.

Nachdem sie sich weit genug entfernt hatte, schob sie das Fahrrad in ein Gebüsch, um dort die Kleidung zu wechseln. So fühlte sie sich sicherer und ließ Kalmar mit seinem historischen Stadtkern hinter sich. Jetzt musste sie sich nur noch um ein Quartier für die Nacht kümmern. Sie fuhr die Straßen entlang, bis sie außerhalb der Stadt ein verlassenes Ferienhaus entdeckte, das versteckt zwischen heranwachsenden Birken und Kiefern lag.

Karla lehnte das Rad an eine junge Birke und näherte sich dem Grundstück mit dem verwilderten Garten. Das Haus musste schon seit geraumer Zeit leer stehen. Die rote Farbe blätterte von der Holzfassade und die einst so weißen Fensterläden hatten eine gräuliche Färbung angenommen. Zwei Scheiben waren zerborsten und die Eingangstür stand offen.

Mal schauen, wie es von innen aussieht, dachte Karla und trat über die Schwelle. Es roch muffig, aber das Dach schien intakt zu sein. Sie durchstreifte die einzelnen Zimmer, die teilweise noch möbliert waren. Im

Schlafzimmer war noch ein Bett vorhanden, aber es wirkte durch den Leerstand wenig einladend. Karla drückte auf den Schalter neben der Tür und war erstaunt, als das Licht aufflammte.

In der Küche schaute sie, ob der Herd funktionierte. Zwei Propangasflaschen standen unter dem Waschbecken und aus dem Hahn tropfte rostiges Wasser. In ihren Augen der pure Luxus. Sie hatte den Gedanken noch nicht zu Ende gedacht, da hörte sie in der Ferne ein dumpfes Donnergrollen. Perfekter hätte es nicht laufen können.

Sie lief nach draußen, um das Fahrrad im Schuppen unterzustellen. Das Schloss war bereits aufgebrochen worden, sie musste sich also nicht bemühen und selbst Hand anlegen. Als sich die ersten schweren Regentropfen vom Himmel lösten, eilte Karla ins Haus zurück. Sie drückte die Tür ins Schloss und schob die Kommode davor. Egal, wer sich Zugang verschaffen wollte, sie würde von dem Lärm garantiert geweckt werden. Seit ihrer Flucht schreckte sie schon beim leisesten Geräusch aus dem Schlaf, und das war auch gut so. Sie musste wachsam bleiben, egal in welcher Lebenslage.

Anschließend schob sie einen wuchtigen Schrank vor die kaputten Fenster, um sich einigermaßen sicher zu fühlen, und putzte notdürftig das Badezimmer, um es nutzen zu können. In nur wenigen Augenblicken verwandelte sich die rostige Brühe in klares Wasser, mit dem sie duschen konnte. Es war eine Wohltat, sich den Schmutz der letzten zwei Tage von der Haut spülen zu können. Ihre Sommersprossen kamen wieder zum Vorschein, genauso wie der Ansatz der blonden Haare.

Sie würde sich eine Packung Haarfärbemittel besorgen, um nachzufärben. Als ein Blitz in der Nähe einschlug, zuckte sie zusammen. Das Unwetter war schon viel früher als angekündigt aufgezogen. Ein heftiger Regenguss prasselte auf das Dach und trommelte gegen die Fensterscheiben.

Karla öffnete den Rucksack und nahm die wenigen Lebensmittel heraus, die sie eingekauft hatte. In der Küche gab es eine schmale Luke, die in einen winzigen Vorratskeller führte. Das Haus musste schon einige Jahrzehnte auf dem Buckel haben und Karla bedauerte, dass die Eigentümer es so verfallen ließen.

Sie drehte die Gasflasche auf und benutzte ein Feuerzeug, um die Flamme zu entfachen. Es klappte auf Anhieb und sie freute sich auf eine warme Mahlzeit. Die Suppe aus der Dose schmeckte ganz gut, und nachdem sie den Teller und das Besteck abgewaschen hatte, verstaute sie die restlichen Lebensmittel wieder im Vorratskeller.

Anschließend zog sie sich ins Schlafzimmer zurück. Zum Glück war es Sommer und die Matratze trocken. Karla drehte den Schlüssel im Schloss herum und ließ sich erschöpft aufs Bett sinken. Trotz des muffigen Geruches, den die Matratze verströmte, fühlte sich Karla wohl und schloss die Augen. Niemand wusste, wo sie steckte, und das vermittelte ihr ein Hochgefühl.

Während draußen das Unwetter tobte, wanderten die Gedanken zu ihrer Familie, die sicher schon seit einem Jahr verzweifelt nach ihr suchte. Hin und wieder schaute sich Karla die Profile auf den sozialen Netzwerken an und es zerriss ihr jedes Mal das Herz. Aber was hätte sie tun sollen? Der Beamte hatten nicht den Antrieb gehabt, sich näher mit ihrem Problem zu befassen und am Ende sogar behauptet, dass sie sich die Schnitte selbst zugefügt hätte.

Inzwischen hatte sie herausgefunden, dass es tatsächlich eine hohe Dunkelziffer bei der Polizei gab, in der eine Schuldumkehr stattfand. Zum Beispiel, wenn die Delikte in gewissen Zeiträumen überhandnahmen und die Beamten mit dem täglichen Papierkram überlastet waren. Aber das sollte keinesfalls als Rechtfertigung dienen. Es war für Karla die Hölle gewesen, das Studium abzubrechen und ihr gesamtes Umfeld zurückzulassen, wo sie doch so wohlbehütet aufgewachsen war. Sie liebte die Sonnenuntergänge am Meer, die Winterstürme und die Weite der facettenreichen Landschaft. Tiefe Seen und dunkle Wälder wechselten sich ab und die Häuser in den verschiedensten Farben sahen wie bunte Farbtupfer aus.

Verstohlen wischte sie sich eine Träne aus dem Augenwinkel. Stockholm war eine großartige Stadt, gar keine Frage, aber ihr Zuhause würde immer dieses idyllische Städtchen sein, das ausschließlich vom Tourismus lebte und als Kurort diente. Sie hatte nach dem Studium zurückkehren wollen, um die Fauna und Flora rund um Öregrund zu erforschen. Aber dieses Vorhaben war inzwischen in weite Ferne gerückt.

Die Sehnsucht nach menschlicher Nähe nistete sich in ihrem Inneren ein. Der einzige Kontakt in ihrem Smartphone war Filip, den sie während der Fahrt nach Kalmar eingespeichert hatte. Wie von selbst bewegten sich ihre Daumen über die Tastatur und bevor sie überhaupt begriff, was sie da tat, war die Nachricht an Filip auch schon abgeschickt. Er antwortete umgehend.

Wow, ich hätte nicht gedacht, dass du dich noch meldest.

Nervös starrte sie auf das Display. Was nun? Hatte sie einen Fehler begangen? Aber sie fühlte sich so schrecklich einsam, während draußen das Gewitter tobte. Die Blitze schlugen im Sekundentakt ein und erhellten gespenstisch das Zimmer.

Ich bin eigentlich nicht der Typ, der sich zurückmeldet.

Das habe ich mir schon gedacht, aber ich wollte es trotzdem versuchen. Du hast so verloren gewirkt.

Das täuscht, ich komme schon klar.

Die nächste Nachricht ließ auf sich warten und ihr Herz klopfte, als sie endlich eintraf.

Du musst nicht die Starke spielen. Ich kann erahnen, dass bei dir alles nur Fassade ist.

Filip schien ein aufmerksamer Beobachter zu sein und Karla war unsicher, ob sie das gut finden sollte. Sie tippte Zeile für Zeile und war überrascht, dass ihnen die Themen nicht ausgingen. Filip war auf ihrer Wellenlänge und es tat ihr gut, sich mit ihm auszutauschen.

Aber irgendwann wurden ihre Augen schwer. Sie beendete das virtuelle Gespräch und verabschiedete sich von ihm. Morgen war schließlich auch noch ein Tag und sie musste konzentriert und ausgeruht sein, um mit der Suche zu beginnen.

KAPITEL 13

Marisa kam allmählich zu sich. Ihr Hinterkopf schmerzte höllisch und sie benötigte einige Sekunden, um zu realisieren, was geschehen war. Sie erinnerte sich daran, wie Johan sie zu Boden geworfen hatte. Dabei musste sie das Bewusstsein verloren haben, anders konnte sie sich nicht erklären, wie sie an diesen Ort der Finsternis gekommen war.

Die Luft war kühl, hatte aber nicht den Feuchtigkeitsgehalt und die Kälte eines Kellers. Es war stockdunkel, sodass sie nicht einmal die Hand vor den Augen sehen konnte. Ein penetranter Geruch von Desinfektionsmitteln stieg ihr in die Nase und noch etwas anderes, das sie nicht benennen konnte. Ihre Nackenhärchen stellten sich auf, als sie die Atmosphäre des Raumes auf sich wirken ließ. Ihr leises Stöhnen wurde von den Wänden geschluckt und nicht zurückgeworfen.

Wohin hatte Johan sie verschleppt?

Sie setzte sich auf und tastete sich behutsam voran. Sie hatte auf einer Matratze gelegen, die viel zu hart war und nach Urin, Schweiß und Angst stank. Ein Schauer jagte ihr über den Rücken, als sie begriff, dass sie nicht Johans erstes Opfer war.

Und sie begriff noch etwas anderes. Sie hatte die Nachrichten zwar nur am Rande verfolgt, aber sie wusste, dass drei junge Frauen Opfer einer Lobotomie geworden waren. Sie hatte nichts damit anzufangen gewusst, bis Svea ihr erklärt hatte, dass dabei ein Teil des Gehirns zerstört wurde.

Und nun stellte sie sich die Frage, ob Johan derjenige war, der diesen Frauen das angetan und aus ihnen seelenlose Marionetten gemacht hatte?

Die Angst schnürte ihr die Kehle zu. Sie wollte nicht so enden und den Rest ihres Lebens auf fremde Hilfe angewiesen sein. Ein verzweifeltes Schluchzen bahnte sich einen Weg an die Oberfläche. Wie hatte sie nur so dumm sein können, ihm zu vertrauen? Sie hätte doch merken müssen, dass seine charmante und lockere Art, mit ihr umzugehen, nur gespielt gewesen war. Stattdessen war sie so fasziniert von ihm gewesen, dass es ihr die Sinne vernebelt hatte. Erst beim leisen Klicken der Zentralverriegelung war sie zur Besinnung gekommen.

Marisa brauchte einen Moment, um sich zu sammeln. Dann tastete sie sich weiter behutsam voran, um den Raum zu erkunden. Auf der gegenüberliegenden Seite befand sich eine Stahltür. Sie spürte unter den Fingerspitzen das kühle Metall, das sie am Ausbrechen hindern würde. An einer anderen Stelle befand sich eine klebrige Substanz, von der sie gar nicht wissen wollte, was es war. Sie zog ihre Hand so hastig zurück, als hätte sie sich verbrannt.

Die Wände waren kahl, nur rauer Putz und kein einziges Fenster. Marisa streckte die Arme aus, um nun die Mitte des Raumes zu erkunden. Vorsichtig schob sie einen Fuß vor den anderen, bis sie gegen einen harten Gegenstand stieß. Mit fliegenden Fingern untersuchte sie den Stuhl, der fest mit dem Betonboden verschraubt war und an dessen Armlehnen Lederriemen angebracht waren.

Sie ahnte, wozu diese gedacht waren und spürte, wie eine warme Flüssigkeit an ihren Beinen entlanglief. Johan würde sie foltern, er würde ihr Gehirn und damit auch ihr bisheriges Leben zerstören. Eine lebende Hülle, in der keine Seele mehr wohnte.

Plötzlich flammte ein gleißend helles Licht auf und Marisa schloss geblendet die Augen. Die Stahltür wurde aufgestoßen und Johan betrat den Raum. Er warf ihr ein Stück Stoff mitten ins Gesicht.

„Umziehen!"

Marisa umklammerte zitternd das Bündel.

„Hast du mich nicht verstanden? Du sollst das anziehen."

„Ich ...", krächzte sie heiser.

Johan machte einen Schritt auf sie zu und sie wich zurück.

„Stehen bleiben!" Seine Stimme donnerte durch den Raum. „Du stehst mitten in der Pfütze. Zieh dich um und dann wirst du deinen Dreck aufwischen."

Ängstlich kam Marisa seiner Aufforderung nach. Sie schämte sich, als sie ihre Kleider ablegte und eine Art OP-Hemd überstreifte.

„Ich habe keine Schuhe", murmelte sie.

„Warum auch? Oder willst du wandern?" Er schüttelte belustigt den Kopf. „Wage nicht, dich zu rühren, ich bin gleich zurück."

Sie schluckte schwer und verharrte reglos. Was hatte sie verbrochen, um in dieser Hölle zu landen?

Ihr Blick wanderte durch den Raum. Braune Spritzer an den Wänden und der Stuhl in der Mitte war der

blanke Horror. Die Polster waren mit rostroten Flecken
übersät und man musste kein Genie sein, um zu erkennen, woher sie stammten. Johan hatte seine Opfer grausam misshandelt, kein Wunder, dass sie sich bei diesen
Gedanken eingenässt hatte.

Erneut flog die Stahltür auf und Johan stellte einen
Eimer mit warmem Seifenwasser vor sie hin.

„Aufwischen."

Marisa ging auf die Knie, fischte den Lappen aus dem
Eimer und beseitigte ihr Malheur. Bittere Tränen
brannten in ihren Augen, aber sie wollte vor Johan
keine Schwäche zeigen. Obwohl sie ahnte, dass er sie
früher oder später seelisch brechen würde. Es war nur
eine Frage der Zeit oder eine Frage des Schmerzes. Ihre
Tage waren jedenfalls gezählt, falls nicht ein Wunder
geschehen würde. Und daran glaubte sie nicht, so rar,
wie Wunder in der heutigen Zeit gesät waren.

Sie wrang den Lappen aus und wischte ein letztes Mal
über den Boden. Dann stand sie auf und blieb neben
dem Eimer stehen.

„Gib mir deine Sachen", sagte Johan.

Sie bückte sich und reichte ihm die Kleidung, die sie
noch vor wenigen Minuten am Leib getragen hatte.
Fröstelnd schlang sie die Arme um ihren Oberkörper
und fühlte sich nackt in diesem kurzen OP-Hemdchen.

„Deine stinkenden Klamotten werde ich verbrennen,
damit nichts von dir übrig bleibt. Anziehen wirst du die
sowieso nicht mehr."

Sie öffnete die Lippen, um etwas zu erwidern, überlegte es sich aber anders. Noch war nicht der richtige
Zeitpunkt, um ihn herauszufordern. Aber sie schwor
sich, bis zur letzten Minute zu kämpfen. Johan war ein

durch und durch bösartiger Mensch und sie hätte ihm niemals dieses teuflische Verhalten zugetraut. Der aufgeschlossene Gesichtsausdruck auf seinen Fotos täuschte. Jetzt spiegelte sich eine Eiseskälte in seinen Augen, dass einem bei diesem Anblick das Herz gefror. Ein emotionsloses Monster, das Freude daran hatte, andere Menschen zu zerstören. Am liebsten hätte sie ihm vor die Füße gespuckt, damit er ihre Abscheu und ihren Ekel zu spüren bekam.

„Was starrst du mich so an?", fragte er und warf die Kleidungsstücke in den Flur, um dann zum Eimer zu greifen.

Sie wendete ihren Blick ab.

„Hat es dir die Sprache verschlagen?"

„Nein", antwortete sie.

„Egal, wir werden noch viel Spaß miteinander haben."

Marisa konnte nicht anders, handelte aus dem Affekt heraus und spuckte ihm tatsächlich vor die Füße. Noch im selben Moment bereute sie diese Tat. Sein harter Schlag traf sie unvermittelt und sie geriet ins Straucheln. Tränen des Schmerzes schossen ihr in die Augen und aus der Nase sickerte warmes Blut.

„Los, aufwischen!" Johan hatte den Eimer wieder abgestellt, um Marisa zu zeigen, wer am längeren Hebel saß.

Sie hockte sich hin und wischte abermals über den Boden. Doch das war vergebene Mühe, denn das rote Rinnsal aus ihrer Nase war noch nicht versiegt.

„Was für eine elende Sauerei." Johan machte kehrt und verließ den Raum. Die Stahltür flog hinter ihm krachend ins Schloss.

Ein lautes Schluchzen verließ Marisas Kehle und sie verfluchte den Moment, in dem sie sich mit Johan eingelassen hatte. Mit zwei Fingern drückte sie die Nasenflügel zusammen, um die Blutung zu stoppen. Verdammt, es tat so weh. Aber sie hatte nur Verachtung für ihn übrig und fragte sich, ob er schon immer so gewesen war. Wer war an seinem Verhalten schuld? Die Gene oder eine dominante Mutter vielleicht? Oder war er schon so auf die Welt gekommen?

Johan betrat erneut den Raum und warf ihr einige Papiertücher vor die Füße.

„Das sollte reichen."

Er schnappte sich den Eimer und verließ den Raum. Das Licht erlosch und sie war wieder allein mit sich und der Welt, die so grausam sein konnte. Immerhin hatte sie eine Campingtoilette entdeckt. Allerdings gab es kein fließendes Wasser und Johan hatte ihr weder etwas zu trinken noch etwas zu essen dagelassen.

Sie tappte blind zur Matratze zurück und ließ sich niedersinken. Eine grenzenlose Erschöpfung machte sich breit, dabei hatte ihr Martyrium noch gar nicht angefangen. Johan hatte ihr lediglich eine Probe dessen geliefert, was noch kommen sollte. Aber das Schlimmste war, dass sich dieser Stuhl in der Mitte des Raumes befand. Dieses selbst gebaute Folterinstrument strahlte eine negative Energie aus und Marisa hatte das Gefühl, die Schreie ihrer Vorgängerin hören zu können. Bis zu dem Tag, an dem Johan seelenlose Hüllen aus ihnen gemacht hatte.

Sie rollte sich wie ein Embryo zusammen und presste die Papiertücher vor die Nase. Sie wollte nicht so enden, wollte kämpfen, um ihm zu entkommen. Die Frage war nur, wie? Niemand würde sie vermissen, weil sie Urlaub genommen hatte. Im Nachhinein musste sie erkennen, dass ihr sämtliche Fehler unterlaufen waren, die man hätte machen können.

Sie knüllte die Papiertücher zusammen, um sie in der Campingtoilette zu versenken. Das Rinnsal war versiegt. Wahrscheinlich, weil ihre Nasenflügel mittlerweile so zugeschwollen waren, dass sie kaum noch Luft bekam. Leise schniefend kehrte sie zur Matratze zurück. Was nun?

Es war grauenvoll, darauf zu warten, dass Johan wieder den Raum betrat. Aber gar nichts zu tun, war auch keine Lösung. Ein Plan und ein klarer Kopf mussten her. Jedoch war sie viel zu aufgewühlt, um schlafen zu können, obwohl sie sich vor Erschöpfung kaum noch auf den Beinen halten konnte. Sie schwor sich, Johan nicht damit durchkommen zu lassen und dafür zu sorgen, dass sie sein letztes Opfer sein würde.

KAPITEL 14

Anna saß gemeinsam mit Tomas vor dem Monitor, um die Videoaufzeichnungen auszuwerten.

„Wir müssen den Zeitraum checken, in dem sich Marisa Lind in der Bar aufgehalten hat", sagte Anna. „Der Täter wird wahrscheinlich in der Nähe gewartet haben, damit er sehen konnte, wann die junge Frau die Bar verlässt."

„Alles klar", erwiderte Tomas und warf einen sehnsüchtigen Blick aus dem Fenster. „Weißt du eigentlich, dass ich dieses Jahr noch nicht einmal im Meer baden gewesen bin?"

„Nein."

„Ich will, dass wir diesen Typen endlich aufhalten, damit wir zu einem halbwegs normalen Alltag zurückkehren können."

„Mit diesem Wunsch bist du nicht allein. Die Urlauber bevölkern Kalmars Straßen und wir hocken den ganzen Tag im Büro. Das macht mürbe."

„Als ich wegen meiner großen Liebe hierhergezogen bin, habe ich geglaubt, mir den entspanntesten Job der Welt geangelt zu haben."

„Unverhofft kommt oft", sagte Anna. „Wir sollten loslegen, vielleicht haben wir Glück."

Nach vier Stunden tränten ihnen die Augen, weil sie unentwegt auf den Monitor gestarrt hatten.

„Ich brauche eine kurze Pause und einen starken Kaffee“, sagte Anna und massierte sich die Schläfen. „Die Kopfschmerzen sind höllisch.“

„Bringe mir einen Kaffee mit.“

„Wird erledigt.“

Auf dem Flur wäre sie beinahe mit Lundgren zusammengestoßen.

„Ich bin auf dem Weg zu Ihnen“, sagte er.

„Gibt es Neuigkeiten?“

Er schüttelte den Kopf. „Schade, ich hatte gehofft, dass Sie mehr in Erfahrung bringen konnten.“

„Nein, nichts. Der Täter hat seinen Wagen sicher fernab der Kameras abgestellt.“

„Aber er muss Marisa Lind schon vorher beobachtet haben, um herauszufinden, welchen Weg sie genommen hat.“

„Niemand hat in der Nähe der Kameras in einem Fahrzeug gesessen“, erwiderte sie.

„Er macht es uns wirklich schwer.“

„Wir könnten die Anwohner rund um die Bar befragen. Soll ich zwei meiner Leute losschicken?“, fragte Anna.

„Machen Sie das. Vielleicht hat jemand etwas beobachtet, das uns voranbringen könnte.“

„Wird erledigt.“

Anna suchte zuerst zwei Kollegen auf, die die Befragung der Anwohner übernehmen sollten. Dann öffnete sie die Tür zum Aufenthaltsraum. Die leere Kanne war noch warm, aber keiner der Kollegen hatte es für nötig gehalten, neuen Kaffee aufzusetzen. Aber das machte nichts, so konnte sie in Ruhe über alles nachdenken.

Anschließend kehrte sie mit zwei dampfenden Tassen ins Büro zurück.

Tomas lächelte und nahm seine Tasse entgegen. „Ich habe schon gedacht, dass du ausgewandert wärst."

„Den Gedanken werde ich sicher irgendwann aufgreifen, aber zuerst möchte ich den Fall aufklären", antwortete sie. „Lundgren ist mir auf dem Flur begegnet und zu allem Überfluss war die Kaffeekanne leer."

„Schon okay", sagte Tomas.

„Ich habe übrigens Lina und Torbjörn losgeschickt, um die Anwohner zu befragen."

„Vielleicht haben die beiden mehr Glück als wir."

„Ich vertraue darauf. Du hast nichts mehr gefunden?"

„Nein. Das sind alle Videoaufzeichnungen gewesen."

„Und was machen wir nun?"

„Marisa Linds Freundin befragen. Ich habe schon mit ihr telefoniert, wir können gleich los."

„Perfekt."

Kurz darauf stiegen Anna und Tomas vor einem Bürogebäude in der Kalmarer Innenstadt aus dem Wagen. Viveca Bergman kam ihnen schon entgegen und bat sie, in der kleinen Kaffeeküche Platz zu nehmen.

„Sie haben immer noch keine Spur von Marisa?", fragte Viveca besorgt.

„Ganz so ist es nicht", antwortete Anna. „Wir wollten noch einmal nachfragen, ob Marisa Ihnen von ihrem letzten Date erzählt hat."

„Nein, das hat sie nicht. Ich habe mir schon Sorgen gemacht, weil es so still um sie geworden ist. Hat der Typ etwas mit ihrem Verschwinden zu tun?"

„Das können wir noch nicht sagen. Deshalb ist es wichtig, dass Sie uns jedes Detail erzählen."

„Sagen Sie nicht, dass dieser Kerl derjenige ist, der bei den Frauen diese Lobotomie durchführt …“ Vivecas Stimme brach und sie blinzelte die Tränen fort. „Das darf er Marisa nicht antun, nicht ihr. Das müssen Sie unbedingt verhindern.“

„Wir sollten uns erst einmal auf das Gespräch konzentrieren“, sagte Anna. „Mit wilden Spekulationen kommen wir nicht weiter.“

„Ich habe verstanden.“ Viveca nickte und fuhr sich mit dem Handrücken verstohlen über die Augen. „Also, was wollen Sie wissen?“

„Alles, was Marisa über diesen Mann preisgegeben hat.“

„Johan hat ihr mächtig den Kopf verdreht, würde ich sagen. Sie war von seiner charmanten Art begeistert und hat geschwärmt, dass er nicht so wie alle anderen wäre.“

„Hat Marisa auch seinen Nachnamen genannt?“

„Nein, das hat sie nicht. Er schien sehr gebildet zu sein, Akademiker oder so. Ich durfte einmal den Chatverlauf lesen, kein Wunder, dass sie von ihm so eingenommen war.“

„Hat Marisa Ihnen den Chatverlauf zugeschickt?“
Viveca verneinte.

„Sie hatte den Chat damals auf ihrem Handy gespeichert.“

„Schade.“

„Jedenfalls ist sein Ton sehr liebevoll und fürsorglich gewesen. Marisa hat ihn als einen Sechser im Lotto bezeichnet, was ich nachvollziehen kann. Inzwischen allerdings nicht mehr.“

„Was können Sie uns noch sagen?“

„Sie hat mir auch ein Foto von ihm gezeigt, das er auf
der Website veröffentlicht hat. Sein Profil war sehr ansprechend.“

„Wäre es möglich, ein Phantombild von ihm anfertigen zu lassen?“, fragte Tomas.

„Ich habe nur einen kurzen Blick auf das Bild geworfen, er ist ziemlich attraktiv.“ Viveca hielt kurz inne.
„Aber was ich nicht verstehe: Warum verdächtigen Sie
diesen Mann? Marisa ist doch nicht bei dem Date verschwunden.“

„Nein, das ist sie nicht. Aber etwas muss bei diesem
Date schiefgelaufen sein, weshalb sich Ihre Freundin
zurückgezogen hat. Hat sie vielleicht irgendetwas an-
gedeutet, dessen Relevanz Ihnen jetzt erst bewusst
wird?“

„Ich kann Ihnen keine Antwort darauf geben“, antwortete Viveca. „Ich habe geahnt, dass etwas nicht in
Ordnung ist. Aber ich wollte Marisa auch nicht bedrängen und in einer möglichen Wunde herumstochern.
Wenn er ihr gesagt hat, dass er nicht auf sie steht, dann
kann das für eine Frau ziemlich verletzend sein.“

„Da gebe ich Ihnen recht. Also hat Marisa sich Ihnen
gegenüber in Schweigen gehüllt?“

„Ja. Als ich einmal hartnäckig nachgefragt habe, hat
sie abgeblockt. Ich wusste danach nicht mehr, wie ich
mich ihr gegenüber verhalten soll.“

„Schade“, sagte Anna.

„Ich mache mir natürlich Vorwürfe, dass ich nicht
drangeblieben bin. Vielleicht wäre es dann gar nicht so
weit gekommen.“

Viveca Bergman ließ resigniert die Schultern sinken.

„Sie trifft absolut keine Schuld", erwiderte Anna sanft.

„Im Prinzip weiß ich das auch. Dennoch habe ich das Gefühl, ihr keine gute Freundin während dieser Zeit gewesen zu sein."

„Sie haben nichts falsch gemacht." Anna atmete tief durch. „Könnten Sie trotzdem versuchen, diesen Mann so detailliert wie möglich zu beschreiben."

„Wie schon gesagt, ich kann mich kaum erinnern." Viveca runzelte die Stirn und dachte angestrengt nach. „Kurzes, braunes Haar, leicht nach hinten gekämmt, eine hohe Stirn und ein kantiges Gesicht. Die Augenfarbe war wie die von dunkelfarbenem Bernstein, aber ich bin mir nicht sicher. Er hatte ein offenes Lächeln und wirkte sympathisch, ein bisschen wie der beste Kumpel von nebenan. Sein Hemd war aufgeknöpft, sodass man das dunkle Brusthaar erkennen konnte. Marisa fand ihn sehr männlich."

„Danke für dieses ausführliche Porträt. Das waren mehr Details, als ich erwartet habe. Ich werde Ihnen einen Kollegen vorbeischicken, der mit Ihnen ein Bild anfertigen wird."

„Ich weiß nicht so recht ...", antwortete Viveca.

„Sie schaffen das schon", sagte Tomas aufmunternd.

„Ich werde es versuchen."

„Gut." Anna erhob sich. „Sollte Ihnen noch etwas einfallen, dann können Sie mich zu jeder Tageszeit kontaktieren, Sie haben mein Wort." Anna drückte ihr die Visitenkarte in die Hand. Dann verabschiedeten sie sich von Viveca Bergman und liefen zum Wagen.

„Marisa muss ernsthafte Gefühle für diesen Mann entwickelt haben", sagte Anna.

„Kein Wunder, wenn er so kultiviert und männlich gewirkt hat. Dann müssen die Frauen regelrecht auf ihn geflogen sein."

„Jetzt mal ehrlich. Wenn er tatsächlich so ein toller Hecht gewesen wäre, dann wäre er schon längst unter der Haube und Familienvater."

„Vielleicht ist er das ja schon", sagte Tomas.

„Kaum auszudenken. Er täuscht Nähe und Wärme vor, aber sein Inneres besteht aus einem Eispalast."

„Ja, so sind sie halt, die netten Kumpel von nebenan."

Anna boxte Tomas sacht in die Seite. „Hoffentlich wird das was mit dem Phantombild. Vivecas Beschreibung war schon sehr detailgetreu."

„Ich habe es im Gefühl, dass wir bald einen Hinweis erhalten werden, der uns voranbringt", erwiderte Tomas. „Vorbei sind die Zeiten, in denen wir im Trüben fischen."

„Ich nehme dich beim Wort", sagte Anna.

„Das kannst du ruhig. Wir werden dem Täter die Stirn bieten und ihn aus dem Verkehr ziehen. Punkt."

Ich wünsche mir nichts sehnlicher, dachte Anna. Sie würde es sich nie verzeihen, auch noch Marisa Lind an diesen eiskalten Psychopathen zu verlieren.

KAPITEL 15

Karla setzte sich ruckartig auf. Ein leises Poltern hatte sie geweckt und ihr Herz klopfte wie verrückt. Seit ihrer Flucht waren die Sinne geschärft und sie befand sich ständig in Alarmbereitschaft. Hastig streifte sie sich die Schuhe über und schulterte den Rucksack. Ihre Sachen waren stets griffbereit in der Nähe.

Sie schlich zum Fenster und schob die schmutzig graue Gardine ein Stück beiseite. Es regnete, aber nicht mehr so heftig wie ein paar Stunden zuvor. In der Ferne grollte Donner und die Luft war noch immer drückend und schwül.

Karla schob die Kommode zur Seite, öffnete die Tür einen Spaltbreit und lauschte. Bis auf die Geräusche, die von draußen ins Haus drangen, war es still. Nur ab und zu knackte es im Gebälk, sobald eine stürmische Bö das Haus erfasste. Als es erneut polterte, zuckte sie zusammen und versuchte, das Geräusch zu orten. Es musste von der Rückseite des Hauses gekommen sein.

Sie lief in die Küche und spähte vorsichtig nach draußen. Es war keine Menschenseele zu sehen, nur die Bäume und Sträucher bewegten sich im Wind. Was nun? Sollte sie im Haus bleiben? Oder nachsehen, was es mit dem Poltern auf sich hatte?

Der Rucksack lastete schwer auf ihren Schultern, als sie nach draußen trat. Sie konnte nicht riskieren, mittellos dazustehen, auch wenn das Gepäck bei einer

Flucht hinderlich wäre. Das Geräusch kam aus dem hinteren Teil des Grundstücks. Der Regen tropfte von den Bäumen und sie schüttelte sich, als sie sich einen Weg durch das hüfthohe Gras bahnte. Jeans und Schuhe waren innerhalb von Sekunden durchnässt und sie schlang fröstelnd die Arme um den Oberkörper.

Am Ende des Grundstücks befand sich ein weiterer Schuppen, der als Holzlager diente. Karla ließ den Rucksack von den Schultern gleiten und näherte sich der windschiefen Hütte, die nur noch vom Ständerwerk zusammengehalten wurde. Ihr Puls war am Limit, als sie stehen blieb, um erneut zu lauschen.

Mittlerweile war sie bis auf die Haut durchnässt. Das Rumpeln erklang in unregelmäßigen Abständen und sie konnte sich keinen Reim darauf machen, was oder wer es verursachte. Als es erneut polterte, fasste sie sich ein Herz und stieß die Tür auf. Im ersten Moment konnte sie nichts erkennen, aber dann sah sie, wie sich eine löchrige Regentonne bewegte. Kurz darauf ertönte ein frustriertes Fauchen und Schmatzen.

Karla machte auf dem Absatz kehrt und eilte zu ihrem Rucksack, um das Smartphone zu holen. Sie richtete den hellen Lichtstrahl durch ein faustgroßes, vom Rost zerfressenes Loch. Ein Dachshund war auf der Suche nach Nahrung wahrscheinlich in die Regentonne gefallen und hatte sie zum Kippen gebracht. Die Tonne hatte sich aber so verkeilt, dass es dem Dachshund unmöglich war, sich daraus zu befreien.

Karla zögerte nicht lange und griff beherzt zu, um dem Tier wieder zur Freiheit zu verhelfen. Anschließend kehrte sie frierend zum Haus zurück und entledigte sich ihrer nassen Kleidung. Sie wickelte die Decke um ihre Schultern, die unangenehm auf ihrer Haut kratzte und legte sich wieder hin. Zum Glück war es nur falscher Alarm gewesen.

Karla saß am Frühstückstisch und verzehrte zwei Sandwiches, die sie zubereitet hatte. Der Himmel war noch immer bewölkt, aber die Temperaturen waren nicht mehr so hoch wie am Vortag. Nebenbei checkte sie noch einmal auf dem Smartphone die Entfernung zu den Häusern, die sie sich genauer anschauen wollte. Noch wusste sie nicht, was sie tun sollte, sobald sie das Haus gefunden hätte. Aber ihr würde schon etwas einfallen.

Sie wunderte sich, woher sie die Energie nahm, um ihr Vorhaben durchzuziehen. Vielleicht, weil sie nicht ewig so weitermachen konnte wie bisher. Sie war aufgewühlt und der Druck in ihrer Brust verstärkte sich. Nervös huschte ihr Blick immer wieder zum Fenster. Ihre Beine zuckten, stets bereit, aufzuspringen und zu fliehen.

Noch kann ich meine Pläne ändern, dachte sie. Ihr Körper wurde von einer Mischung aus Adrenalin und Furcht geflutet, die zwiespältige Gefühle in ihr auslöste. Die Fahrt nach Kalmar hatte sie eine Menge Überwindung gekostet, wegen der vielen Menschen, die dicht gedrängt ihr viel zu nahe gekommen waren. Und Nähe war absolut nichts fürs sie. Bis auf Filip. Er war der Einzige, den sie duldete, für den Moment zumindest.

Sie hoffte, dass er keiner dieser Wölfe im Schafspelz war, die nur Interesse vortäuschten, um sich dann an ihrer kranken Seele zu weiden. Oh ja, davon hatte sie einige erlebt. Nachdem sie ihrem Peiniger entkommen war, hatte sich ihr Blick auf die Welt verändert. Sie konnte sich noch gut daran erinnern, wie leichtgläubig sie ihm auf den Leim gegangen war, als er angeboten hatte, sie nach Hause zu fahren.

Das Klicken der Zentralverriegelung und die dünne Nadel der Spritze, die sich beinahe zeitgleich in ihren Oberarm gebohrt hatte. Das darauffolgende Martyrium, das sie, gefesselt auf einem Stuhl, ertragen hatte. Tiefe Schnitte in die Haut, die geübt wieder zusammengenäht worden waren und feine Narben hinterlassen hatten. Ein krankes Monster, dem kein Mensch Einhalt gebieten konnte. Allerdings wurde ihr auch in diesem Moment bewusst, dass sie diejenige war, die alles ändern konnte.

Aber konnte sie das wirklich?

Sie lachte verbittert auf. Nein, es war ein Spiel mit dem Feuer, das sie da veranstaltete, ein Balanceakt auf dem Drahtseil ohne Sicherung und doppelten Boden. Wenn sie fallen würde, wäre niemand da, um sie aufzufangen. Das Glück ein zweites Mal herauszufordern, kam einem Pakt mit dem Teufel gleich.

Sie verstaute die restlichen Lebensmittel wieder im Vorratskeller und packte den Rucksack. Dann holte sie das gestohlene Fahrrad aus dem Schuppen, schwang sich in den Sattel und radelte davon. Sie hatte sich die Straßennamen eingeprägt, um nicht ständig auf die Karte schauen zu müssen.

Die Luft war kühl und die Straßen noch immer von einem regenfeuchten Film bedeckt. Das Wasser hatte sich in den Schlaglöchern gesammelt, die Karla großzügig umrundete. Sie kam gut voran und würde bald ihr erstes Ziel erreicht haben. Sobald sich ihr ein Fahrzeug von hinten näherte, schaute sie besorgt über die

Schulter. Er würde garantiert noch den teuren anthrazitfarbenen Wagen fahren, davon war sie überzeugt.

Obwohl die kühle Morgenluft belebend wirkte, hätte Karla für einen starken Kaffee ihre Seele verkauft. Aber sie wagte sich mit dem gestohlenen Fahrrad nicht in Stadtnähe. Sie wollte das Glück nicht herausfordern, weil sie es an anderer Stelle sicher noch brauchen würde. Immerhin war bis jetzt alles reibungslos verlaufen.

Inzwischen war das abgelegene Grundstück in Sichtweite und ihre Nervosität steigerte sich. Ein von Birken umsäumter Schotterweg führte zu einem weißen Haus, das auf einer kleinen Anhöhe thronte. Karla versteckte das Fahrrad zwischen Sträuchern und beschloss, sich von der Rückseite dem Haus zu nähern. Es musste erst vor Kurzem renoviert worden sein, so hell wie die Fassade leuchtete. Grüne Fensterläden und bepflanzte Blumenkästen verliehen dem Haus eine malerische Note. Es war ein Ort, an dem man sich sofort heimisch fühlte und Karla ahnte, dass ihr Peiniger hier unmöglich wohnen konnte.

Sie verbarg sich hinter einer hohen Hecke und wartete darauf, dass die Bewohner das Haus verlassen würden. Und tatsächlich verließ nur kurze Zeit später ein junger Mann mit einem circa zweijährigen Knirps das Haus. Er öffnete die Seitentür des Wagens und hob den Kleinen in den Kindersitz. Karla war insgeheim froh darüber, dass eine ganz normale Familie dieses hübsche Haus bewohnte.

Erleichtert kehrte sie zum Fahrrad zurück und checkte die eingegangenen Nachrichten. Arne fragte nach, wann sie denn wieder zur Arbeit kommen würde, aber auch Filip hatte sich gemeldet.

Ich weiß, dass du sehr zurückhaltend bist. Trotzdem wollte ich fragen, ob du vielleicht Lust hättest, mit mir ins Kino oder Essen zu gehen? Ich würde mich freuen, dich näher kennenzulernen, weil ich spüre, dass wir auf einer Wellenlänge sind.

Wärme breitete sich in ihrem Inneren aus. Ja, sie konnte nicht leugnen, dass sie sich über Filips Interesse freute. Obwohl sie bezweifelte, dass diese Beziehung überhaupt eine Chance hatte. Zu viel war passiert, um überhaupt Vertrauen aufzubauen.

Ich würde sehr gern mit dir ins Kino gehen, aber ich habe Stockholm den Rücken gekehrt.

Du bist ohne ein einziges Wort des Abschieds abgereist? Warum? Und wo steckst du jetzt überhaupt?

Sie spürte seine Enttäuschung und schämte sich dafür. Aber sie konnte ihn unmöglich mit der Wahrheit konfrontieren. Niemand wusste, wo sie war – und so sollte es auch bleiben.

Sorry, aber es würde den Rahmen sprengen, dir alles zu erzählen. Ich musste gehen, um etwas in Ordnung zu bringen. Wünsch mir einfach Glück.

Natürlich wünsche ich dir Glück. Wirst du nach Stockholm zurückkommen?

Ich bin mir nicht sicher, wie die Sache ausgehen wird.

Du machst mir Angst. Steckst du in Schwierigkeiten?

Ich kann dir es nicht erklären, zumindest jetzt noch nicht.

Wenn ich dir irgendwie helfen kann, dann zögere nicht, mir eine Nachricht zu senden.

Es imponierte Karla, dass Filip dranblieb und sich nicht abwandte. Er schien es ernst zu meinen und sie beschloss, ihn mit einzubeziehen und ihre wahre Identität preiszugeben. Er antwortete sofort.

Danke für dein Vertrauen. Ich hoffe nicht, dass der Fall eintreten wird, aber falls du dich nicht wie vereinbart meldest, werde ich die Polizei informieren und deine Daten an sie weitergeben.

Ich danke dir. Sobald das alles ausgestanden ist, werde ich dir alles beichten.

Ich kann es kaum erwarten. Versprich mir, dass du auf dich aufpasst.

Ich verspreche es.

Zum ersten Mal nach langer Zeit spürte sie die Erleichterung darüber, etwas von dem Druck, der momentan auf ihr lastete, abgeben zu können. Sie war nicht mehr auf sich allein gestellt und konnte auf diese Weise auch den persönlichen Kontakt zur Polizei umgehen. Vielleicht würden die Beamten Filip mehr Vertrauen schenken, nachdem sie bei ihr schon so kläglich versagt hatten.

Mit einem beruhigenden Gefühl schwang sie sich wieder in den Sattel und radelte weiter. Die Tour war doch recht kräftezehrend, das hatte sie unterschätzt. Sie war völlig aus der Übung, kein Wunder, wenn man tagsüber schlief, um die Spätschichten zu übernehmen. Nein, sie hatte während dieser Zeit nicht gelebt, sie hatte nur überlebt, und erst jetzt begriff sie, wie furchtbar das für sie gewesen war. Aber das sollte schon bald der Vergangenheit angehören.

Das nächste Haus lag verborgen in einem kleinen Waldstück und sie musste drei Kilometer zurücklegen, um es zu erreichen. Inzwischen hatte sich die Sonne zwischen den Wolken hervorgekämpft und Karla kam gehörig ins Schwitzen. Aber wenn sie es beenden wollte, würde sie durchhalten müssen.

Irgendwann bog sie auf den schmalen Waldweg ein, der zum Haus führte. Sie kämpfte sich durchs dichte Unterholz, um ungesehen ihr Ziel zu erreichen. Aus der Nähe sah das Haus ziemlich heruntergekommen aus und sie bezweifelte, dass er sich so eine Bruchbude aussuchen würde, um unterzutauchen. Trotzdem wollte sie auf Nummer sicher gehen und wartete.

Die Zeit verstrich zäh und nichts rührte sich. War das Haus überhaupt bewohnt? Es stand kein Fahrzeug vor der Tür und eine Garage existierte nicht. Nur ein windschiefer Unterstand, in dem das Holz für den Winter gelagert wurde.

Nach einer halben Stunde, in der sie vergeblich gewartet hatte, hob sie einen kleinen Stein auf, um ihn gegen die Scheibe zu werfen. Sie verfehlte das Ziel und traf erst beim dritten Mal. Aber es zeigte die gewünschte Wirkung, denn sofort kam ein bärtiger alter Mann mit einem grimmigen Gesichtsausdruck aus dem Haus gestürmt.

„Was soll das?", brüllte er in ihre Richtung. „Runter von meinem Grundstück und scher dich zum Teufel."

Karla duckte sich und wartete darauf, dass der Alte wieder im Inneren seiner baufälligen Hütte verschwand. Überall auf dem Grundstück stand Gerümpel herum und sie war sich sicher, dass er sie nicht sehen konnte. Wütend schritt er einige Male auf und ab, schaute immer wieder in ihre Richtung, murmelte ein paar unverständliche Worte und stapfte zurück ins Haus.

Auch diese Location konnte sie von ihrer Liste streichen. Gut so. Blieben nur noch sieben Häuser übrig. Sie schätzte, dass sie ungefähr zwei bis drei Tage unterwegs sein würde und dann den Radius ausweiten müsste, falls sie ihn bis dahin noch nicht aufgespürt hatte. Innerlich war sie jedoch zwiegespalten. Auf der einen Seite sehnte sie einen Abschluss dieses Kapitels herbei, aber auf der anderen wollte sie ihm nie wieder begegnen.

Nur kurze Zeit später beschloss sie, eine Pause einzulegen und sie fuhr einen holprigen Feldweg entlang. Purpurfarbene Disteln und roter Mohn säumten den Weg. Schmetterlinge flatterten von einer Blüte zur

nächsten und saugten mit ihren langen Rüsseln den sü-
ßen Nektar auf. Eine Feldlerche stieg in die Höhe und
schmetterte fröhlich ihr Lied.

Karla hatte schon fast vergessen, wie wunderschön
und liebenswert diese Welt doch war. Der Wind fuhr
mit einem leisen Rauschen durch die Getreidehalme
und am liebsten hätte sie sich in das hohe Gras gelegt,
um der Melodie zu lauschen. Aber noch war es nicht so
weit, um sich diesem Genuss hinzugeben. Sie packte
das Sandwich aus, um ihren Hunger zu stillen, und
leerte die Wasserflasche. Dann schnürte sie den Rucksack und kehrte mit einem wehmütigen Gesichtsausdruck zur Straße zurück.

Ihr nächstes Ziel lag außerhalb von Kalmar und war
von einem schmalen Waldstück umgeben. Nicht ganz
so versteckt, wie das heruntergekommene Haus des alten Mannes, aber dennoch abseits genug, um in einer
gewissen Abgeschiedenheit zu wohnen. Die Strecke
hatte Karla schnell zurückgelegt und sie lehnte das
Fahrrad versteckt zwischen Sträuchern an einen
Baum.

Sie war schon gespannt darauf, was sie diesmal erwarten würde, und näherte sich mit Bedacht dem
Haus. Ein schmiedeeiserner Zaun umgab das Grundstück. Das Haus war aus Stein und sah sehr robust aus.
Der Rasen war kurz gemäht und alles wirkte auf eine
gewisse Weise steril. Es fehlte der so typische Charakter
der Schwedenhäuser mit ihrer roten Holzfassade, den
weißen Fensterläden und den bunt blühenden Gärten,
in denen meist Obstbäume standen.

Plötzlich verließ ein Junge das Haus, der einsam und
allein einen Ball auf dem Rasen vor sich her kickte.

Karla presste sich die Hand auf den Mund, um nicht laut loszuschreien. Dieser schmale und blasse Junge hatte ihr vor einem Jahr das Leben gerettet, als sie ihn in ihrer Verzweiflung angeherrscht hatte, die Tür zu öffnen. Damals hatte sie geglaubt, dass es sich um das Kind von Nachbarn handeln würde und den Jungen an der Hand gepackt, um ihn mit nach draußen zu zerren. Jetzt begriff sie, warum er sich gesträubt hatte, das Haus zu verlassen. Der Junge gehörte zu ihm. In Panik war sie damals um ihr Leben gerannt, ohne einen Blick zurückzuwerfen, und die Schuld lastete noch immer schwer auf ihren Schultern.

War er der Sohn ihres Peinigers? Oder hatte er den Jungen behalten, weil er ein Zeuge gewesen war?

Sie hatte den Beamten angefleht, ihr zu helfen, aber er hatte abgewiegelt und ihre Geschichte für frei erfunden gehalten. Dennoch hatte sie gehofft, dass die Polizei ihren Anschuldigungen nachgehen würde. Ein Irrtum, wie sich jetzt herausstellte.

Der Junge spielte freudlos mit dem Ball, trippelte auf dem Rasen hin und her. Trotz der sommerlichen Temperaturen war er genauso blass und schmal wie sie selbst. Wahrscheinlich durfte er nur selten nach draußen und sie bezweifelte, dass er gleichaltrige Freunde hatte, mit denen er toben konnte.

Sie wartete noch eine Weile und als der Junge wieder im Haus verschwunden war, zog sie sich ins Unterholz zurück. Sie hatte gehofft, ihren Peiniger zu sehen, um sich zu einhundert Prozent sicher zu sein. Auch der anthrazitfarbene Wagen stand nicht vor dem Haus. Wahrscheinlich fuhr er ein anderes Modell, um nicht aufzufallen, und setzte das spezielle Fahrzeug nur für die Jagd nach Opfern ein.

Sicherheitshalber ließ sie noch einige Minuten verstreichen und kehrte anschließend zum Fahrrad zurück. Ihr Auftrag war für heute erledigt und sie konnte sich um die nächste Mahlzeit kümmern, da ihre Vorräte zur Neige gingen. Sie ließ sich den nächsten Supermarkt anzeigen und brach auf. Es landeten mehr Lebensmittel im Wagen, als sie geplant hatte, und anschließend kehrte sie zu ihrem Nachtquartier zurück.

Sie setzte sich auf die verwitterten Holzbohlen der Terrasse und genoss den Augenblick der Stille. Hin und wieder rauschte ein Fahrzeug vorüber und vermittelte ihr den Eindruck, nicht allein auf dieser Welt zu sein.

Mit der Zeit entspannte sie sich und beschloss, am nächsten Tag erneut einen Abstecher zum Haus zu wagen. Sie musste sich ganz sicher sein, bevor sie die Polizei verständigen würde. Diesmal durfte absolut nichts schiefgehen, denn ihr Leben stand erneut auf dem Spiel.

KAPITEL 16

Marisa fuhr aus dem Schlaf, als das Licht anging. Zitternd presste sie sich mit dem Rücken an die Wand und war unfähig, auch nur einen einzigen klaren Gedanken zu fassen. Was würde als Nächstes auf sie zukommen?

Der Stuhl in der Mitte des Raumes schien sie zu verhöhnen. Dieses zusammengeschweißte Gestell mit dem fleckigen Lederpolster und den Gurten, aus denen es kein Entkommen gab. Am grausamsten war jedoch der Anblick der Apparatur, die ihren Kopf fixieren sollte. Was für ein Unmensch dieser Johan doch war! Und man sah es ihm nicht einmal an. Mit Humor, Charme und einer ausgezeichneten Allgemeinbildung hatte er sie beeindruckt und um den Finger gewickelt.

Die Tür wurde aufgestoßen und Johan trat ein.

„Du hast lange geschlafen", sagte er. „Jetzt müsstest du ausgeruht und wieder bei klarem Verstand sein."

Sie war alles andere, aber nicht bei klarem Verstand. Nein, sie wollte es auch nicht sein, wollte nicht wissen, was er mit ihr anstellen würde.

„Nun komm schon, steh auf und geh zum Stuhl."

Marisa schluckte und schüttelte den Kopf.

„Ich werde dich nicht zweimal bitten."

Der drohende Unterton in seiner Stimme war nicht zu überhören, trotzdem antwortete sie mit einem scharfen „Nein".

Noch bevor sie die Situation überhaupt erfassen konnte, war Johan mit einem Satz bei ihr, zerrte sie an den Haaren hoch und versetzte ihr einen Hieb in die Magengegend. Stöhnend sackte sie zu Boden.

„Setz dich auf den Stuhl!"

Mühsam richtete sie sich auf und rang nach Luft. Dann schleppte sie sich zum Stuhl. Ihre Beine zitterten so stark, dass Johan Schwierigkeiten hatte, die Knöchel zu fixieren.

„Einen Moment, ich bin gleich zurück."

Er verschwand nach draußen und ließ sie allein. Es war die pure Folter, nicht zu wissen, was als Nächstes geschehen würde. Sie betete, dass sich der Boden auftat, um sie zu verschlingen. Aber nichts geschah, das Wunder blieb aus. Die Zeit verstrich quälend langsam und ihr schossen tausend Dinge gleichzeitig durch den Kopf, während sie versuchte, die Lederriemen abzustreifen. Sie riss und zerrte an den Gurten und wurde immer panischer, weil es ihr nicht gelang. Vor ihrem geistigen Auge sah sie das Skalpell, in dessen poliertem Stahl sich das Deckenlicht spiegelt. Ein scharfer Schnitt folgte und die Haut ihrer Oberschenkel verfärbte sich rot. Genau in diesem Moment kehrte Johan zurück und sie starrte ihn mit weit aufgerissenen Augen an.

Er schob einen Metallwagen aus Edelstahl vor sich her, wie er in Krankenhäusern benutzt wurde, und stellte ihn neben dem Stuhl ab. Eine braune Ledermappe, die etwas abgegriffen und altertümlich aussah, lag oben auf. Johan öffnete diese und chirurgisches Besteck kam zum Vorschein. Er nahm ein Skalpell in die Hand und drehte und wendete es vor Marisas Augen. Bei diesem Anblick wurde ihr übel.

Er sortierte und ordnete eine Weile die Bestecke, bis er sich mit einem zufriedenen Gesichtsausdruck ihr wieder zuwandte. „Lasset die Spiele beginnen“, sagte er und klatschte in seine Hände.

Marisa riss und zerrte an den Lederriemen, die sich nur noch tiefer in ihre Haut schnitten. Das konnte doch nur ein böser Albtraum sein, aus dem sie gleich erwachen würde. Aber das tat sie nicht, alles war real. Sie brauchte sich nicht einmal zu kneifen, selbst, wenn sie es gekonnt hätte.

„Gut, wo soll ich ansetzen? Hast du einen Vorschlag?“

Er musterte sie fragend und in seinen Augen lag eine Kälte, die sie so niemals vermutet hätte.

„Bitte, lass mich gehen“, flehte sie. „Ich könnte mein Haus verkaufen und dir das Geld geben …“

„Ich bin auf deine Almosen nicht angewiesen“, sagte er kühl. „Wenn es eines gibt, was mir reichlich zur Verfügung steht, dann ist es Geld.“

„Warum tust du das dann, wenn du alles hast?“, fragte sie und ihre Stimme vibrierte leicht.

„Das geht dich nichts an.“

Seine Miene verdüsterte sich und Marisa ahnte, dass sie einen wunden Punkt getroffen hatte. Sollte sie riskieren, das Unausweichliche hinauszuzögern?

„Ist deine Frau mit einem anderen durchgebrannt und du willst dich stellvertretend an mir rächen?“

Ihr Kopf flog so heftig zur Seite, dass es im Genick knackte. Nein, das war keine gute Idee gewesen. Blut sickerte aus dem Mundwinkel und sie sah ein, dass sie nicht noch mehr Verletzungen riskieren konnte.

„Es reicht. Ich bin der Einzige, der hier die Fragen stellt“, herrschte er sie an.

Ihre Knie zitterten, als Johan erneut zum Skalpell griff.

„So, meine Liebe, jetzt darfst du sprechen. Wo soll ich deiner Meinung nach den ersten Schnitt setzen?"

„Bitte nicht …", hauchte sie.

„Antworte, oder du wirst es zu spüren bekommen."

Ihre Gedanken schossen kreuz und quer. Wo würde es am wenigsten wehtun? Schon ein kleiner Schnitt konnte schmerzhaft sein.

„Oberschenkel."

„Keine gute Wahl, dort macht es mir am wenigsten Spaß. Aber ich werde zu meinem Wort stehen."

Er beugte sich zu ihr herunter, um den ersten Schnitt zu setzen. Marisa bäumte sich auf, schrie und kämpfte gegen diese unbändige Angst an. Doch es war vergebens. Das Messer zerteilte ihre Haut und sie stieß einen animalischen Schrei aus.

KAPITEL 17

Anna beendete das Telefongespräch und schaute zu Tomas.

„Die Kriminaltechniker haben Marisa Linds Haus freigegeben. Wir können uns dort umsehen."

„Das wurde aber auch Zeit", erwiderte Tomas.

„Es hat diesmal länger gedauert, weil die Kollegen nichts übersehen wollten."

„Wir können nur hoffen, dass sie etwas gefunden haben."

„Ich vertraue darauf und kann es kaum erwarten, diesem miesen Typen die Handschellen anzulegen." Anna griff nach den Autoschlüsseln. „Und jetzt wäre es nett, wenn du dich vom Bildschirm lösen könntest, um mit mir zum Haus zu fahren."

„Mach doch nicht so einen Stress, ich komme ja schon." Tomas murmelte ein paar unverständliche Worte und folgte ihr zum Wagen.

Während der Fahrt unterhielten sie sich über private Dinge. Tomas berichtete von seinen beiden Töchtern, die kurz vor der Pubertät standen und deren Launen im Minutentakt wechselten.

„Ich weiß echt nicht, was ich machen soll, wenn eine von beiden einen Freund mit nach Hause bringt." Er seufzte.

„So, wie ich dich kenne, wird er geteert, gefedert und anschließend durchs Dorf getrieben", antwortete Anna mit einem Lächeln.

„Ich hatte es mir nicht so schwer vorgestellt, loszulassen. Am liebsten möchte ich, dass die Mädels für immer bei uns bleiben."

„Warum beschäftigt dich das so?"

„Es gibt so viel Irrsinn da draußen", erwiderte er. „Und dann habe ich ein Gespräch belauscht, bei dem Lisa ihrer Mutter gebeichtet hat, dass sie verliebt ist."

„Na ja, das soll mit dreizehn Jahren schon einmal vorkommen", entgegnete Anna.

„Meine Güte, wo ist die Zeit bloß geblieben? Gestern sind die Mädchen noch mit dem Dreirad durch die Nachbarschaft gedüst."

„Sie können sich wirklich glücklich schätzen, dich als Vater zu haben", sagte Anna.

„Danke für das Kompliment."

Inzwischen waren sie an Marisa Linds Haus angekommen. Es war genauso klein wie das Grundstück drum herum, aber liebevoll gestaltet. Die Wohngegend war ruhig und ansprechend.

Elina Lind stand schon vor dem Gartentor und wartete auf sie. Ihr Gesicht war vom Kummer um ihre Tochter gezeichnet.

„Hallo", sagte sie matt und reichte Anna und Tomas zur Begrüßung die Hand.

„Vielen Dank, dass Sie sich die Zeit genommen haben."

„Kein Problem", erwiderte Elina Lind. „Ich bin sowieso krankgeschrieben und zu Hause fällt mir die Decke auf den Kopf."

Sie schloss die Tür auf und ließ die Kommissare eintreten.

„Schauen Sie sich einfach um. Ich bin unten im Wohnzimmer, falls Sie Fragen haben."

Elina Lind ließ sie im Flur stehen und setzte sich im Wohnzimmer in einen Sessel.

„Die Frau ist am Ende ihrer Kräfte angekommen", flüsterte Anna. „Sie hat nicht einmal gefragt, wie weit wir mit den Ermittlungen sind."

„Wahrscheinlich will sie sich keinen falschen Hoffnungen hingeben", raunte Tomas.

„Wir müssen diesmal schneller als der Täter sein."

„Das werden wir", erwiderte er.

Zuerst schauten sie sich in der unteren Etage um. Man konnte nicht leugnen, dass hier ein ungleicher Kampf stattgefunden hatte. Der Läufer im Flur war verschoben und eine Vase lag zerborsten auf dem Boden.

„Warum hat der Täter seine Strategie geändert und Marisa Lind aus dem eigenen Haus entführt?", fragte Tomas.

„Es muss etwas vorgefallen sein, dass ihn zu diesem Schritt bewogen hat. Marisa Lind scheint sein wahres Ich zu kennen, was auch ihr ungewöhnliches Verhalten nach dem Treffen erklären würde. Ich glaube, dass die geplante Entführung missglückt ist."

„Aber ohne Zeugen wird es schwer, den Tathergang jenes Abends zu rekonstruieren."

„Irgendjemand wird etwas bemerkt haben", erwiderte Anna im Flüsterton.

„Sollen wir einen Aufruf in der Presse starten, um nach Zeugen zu suchen?"

„Das wird wohl das Beste sein, auch wenn es nach einem Schuldeingeständnis klingt, was unsere festgefahrenen Ermittlungen betrifft", antwortete sie.

„Das könnte den Täter in die Enge treiben", erwiderte Tomas.

„Das will ich doch hoffen. Er soll wissen, dass alle Augen auf ihn gerichtet sind."

„Hoffentlich steigt ihm die Aufmerksamkeit nicht zu Kopf", raunte er.

„Und wenn schon. Sobald ihm ein Fehler unterläuft, haben wir ihn."

Anna und Tomas hörten einen weiteren Wagen vorfahren und schauten aus dem Fenster. Lundgren stieg aus und näherte sich mit schnellen Schritten dem Haus. Anna öffnete ihm die Tür.

„Haben Sie mich absichtlich vergessen?", fragte er verärgert.

„Ähm ..." Anna wusste nicht, was sie darauf antworten sollte, denn das hatten sie tatsächlich. Sie waren so sehr darauf fixiert gewesen, die Eindrücke im Haus auf sich wirken zu lassen, dass ihnen Lundgren gar nicht in den Sinn gekommen war.

„Sie müssen schon mit mir kooperieren, wenn das mit dem Fall etwas werden soll", erklärte Lundgren.

Elina Lind erschien in der Tür. „Sie sind ...?", fragte sie.

„Jonas Lundgren, Fallanalytiker aus Göteborg."

Elina Linds Miene erhellte sich für einen Augenblick.

„Bitte, Sie müssen mir meine Tochter zurückbringen", sagte sie mit einem flehenden Unterton.

„Das gesamte Team macht nichts anderes, als nach Ihrer Tochter zu suchen, und wir kommen dem Täter Schritt für Schritt näher."

„Ich will, dass Marisa noch ein Bewusstsein hat, wenn ich sie wieder in meine Arme schließe." Elina Lind unterdrückte ein Schluchzen.

„Ich kann grundsätzlich keine Versprechen abgeben", entgegnete Lundgren. „Aber ich bin sehr zuversichtlich."

Elina Lind bedachte Lundgren mit einem skeptischen Blick.

„Sie sollten sich, falls das möglich ist, familiäre Unterstützung holen, um das nicht allein durchzustehen."

„Das werde ich", sagte Elina Lind. „Ich bin wieder im Wohnzimmer. Geben Sie mir Bescheid, wenn Sie fertig sind."

„Ja", antwortete Lundgren und bedachte Anna mit einem missbilligenden Blick, als er sich in Richtung Treppe wandte. „Ich möchte kurz allein sein", sagte er und stieg die Stufen nach oben.

Tomas kommentierte Lundgrens Verhalten mit einem Schulterzucken. „Er wird schon wissen, was er tut."

„Es ist mir ausgesprochen peinlich, dass wir ohne ihn gefahren sind", wisperte Anna.

„Sorry, wenn ich grinsen muss."

„Wahrscheinlich sind wir die einzigen Ermittler in ganz Schweden, denen das passiert ist. Aber im Ernst, wir haben Federn gelassen. Dieser Fall wird uns noch lange über die Ermittlungszeit hinaus beschäftigen, das steckt man nicht so einfach weg."

„Ja, das stimmt. Ich kann es kaum erwarten, bis das alles ein Ende hat und der Täter im Gefängnis sitzt."

Lundgren kam die Treppe wieder herunter.

„Sind Sie schon oben gewesen?"

Anna und Tomas verneinten zeitgleich.

„Gut, dann werde ich mich jetzt in der unteren Etage umsehen."

Sie schauten Lundgren hinterher und gingen nach oben.

„Marisa muss sich nach Kräften gewehrt haben, so wie das hier aussieht", sagte Anna beim Anblick der zerstörten Tür.

„Ich stelle mir immer wieder die Frage, warum Marisa Lind nicht zu uns gekommen ist?"

„Vielleicht war sie sich darüber nicht im Klaren, dass ihr Fall mit den anderen Frauen zusammenhängen könnte."

„So wird es wohl sein", antwortete Tomas.

Sie warfen einen Blick in das kleine Schlafzimmer, das von Kampfspuren verschont geblieben war.

„Gehen wir wieder nach unten", sagte Tomas und Anna folgte ihm.

Lundgren wartete schon auf sie.

„Ist Ihnen etwas Besonderes aufgefallen?", fragte Anna leise.

„Ja, das Telefonkabel wurde durchtrennt", antwortete er. „Der Täter hat sich schon vorher Zugang zum Haus verschafft, um alles zu arrangieren."

„Er hat demnach nichts dem Zufall überlassen", sagte Anna. „Dann würde ich sagen, dass wir uns jetzt von Marisas Mutter verabschieden und zurückfahren."

„Werden Sie mich mitnehmen?"

Lundgrens Stimme hatte einen spöttischen Unterton und Anna strafte ihn mit einem missbilligenden Blick.

„Unsere Nerven liegen blank, da kann das schon einmal passieren."

„Sie können gut austeilen", raunte Lundgren.

„Immer noch besser, als einzustecken."

Sie ging ins Wohnzimmer, um sich von Elina Lind zu verabschieden.

„Ich brauche wohl nicht zu fragen, ob Sie jetzt ein klareres Bild vom Täter haben?", fragte sie

„Wir fügen die jeweiligen Puzzleteile zusammen", entgegnete Anna.

„Schon gut", sagte Marisas Mutter. „Ich begleite Sie zur Tür."

„Und, was halten Sie davon?", fragte Tomas auf dem Weg zu den Fahrzeugen.

„Der Täter will das Risiko minimieren und kann das Opfer wieder in seine Gewalt bringen."

„So, wie Sie es ausdrücken, hatte er Marisa Lind schon in seiner Gewalt."

„Davon bin ich überzeugt, so verzweifelt, wie das Opfer gekämpft hat", sagte Lundgren.

„Aber letztendlich hat sie den Kampf verloren."

„Leider", erwiderte Lundgren

„Und das erkennen Sie an einer umgestürzten Vase?", fragte Tomas.

„Der Kampf hat auf zwei Wohnebenen stattgefunden und ist vom Täter mehr oder weniger inszeniert worden. Für ihn wäre es ein Leichtes gewesen, Marisa Lind im Schlaf zu überwältigen. Aber allein die Tatsache, dass er die Telefonleitung durchtrennt hat, deutet darauf hin, dass er mit ihr spielen und sie durch die Hölle schicken wollte", erklärte Lundgren.

„Schade, dass sie keine Anzeige erstattet hat", sagte Anna mit Bedauern.

„Wahrscheinlich sind ihre Zweifel zu groß gewesen."

„Aber wenn er sie schon einmal in seiner Gewalt hatte, dann hätte sie doch vorgewarnt sein müssen“, gab Anna zu bedenken.

„Noch können wir darüber nur spekulieren. Fest steht jedenfalls, dass sie nach diesem Date Probleme hatte, ihr normales Leben wieder aufzunehmen“, sagte Lundgren.

„Gut, aber jetzt sollten wir los“, sagte Tomas ungeduldig.

Sie stiegen wieder in die Fahrzeuge und fuhren zur Behörde zurück. Kaum saß Anna an ihrem Schreibtisch, klingelte auch schon das Telefon.

„Hallo, Anna, ich glaube, wir haben einen vielversprechenden Zeugen gefunden“, sagte Lina.

„Tatsächlich? Schieß los.“

„Er behauptet, eine Frau beobachtet zu haben, die vor einem Fahrzeug geflüchtet ist. Datum und Uhrzeit stimmen mit dem Treffen von Marisa Lind überein.“

„Das nenne ich mal eine gute Recherche“, sagte Anna.

„Ich gebe dir die Adresse des Mannes, er erwartet dich bereits.“

„Danke, Lina, und weiter so.“

„Ein Zeuge?“, fragte Tomas.

„Ja, endlich, nach all dieser Zeit. Drück mir die Daumen, dass er tatsächlich etwas Wichtiges zu sagen hat.“

„Aber immer doch. Wirst du mit Lundgren fahren?“
Sie nickte.

„So einen Fauxpas kann ich mir nicht noch einmal erlauben.“

„Ach was, Lundgren wird es überleben.“ Tomas zwinkerte ihr aufmunternd zu.

„Ich danke dir, du bist der weltbeste Partner, den man sich wünschen kann.“

„Ich wusste, dass du eines Tages erkennen würdest, was du an mir hast“, antwortete Tomas mit einem verschmitzten Grinsen und Anna musste trotz der ernsten Lage lachen. Es tat ausgesprochen gut, in diesem Team arbeiten zu dürfen. Der Zusammenhalt war unbezahlbar.

Sie nickte Tomas noch einmal zu, durchquerte den Flur und klopfte an Lundgrens Bürotür.

„Wir müssen los“, sagte sie knapp.

„Aber wir sind doch gerade erst …“

„Wollen Sie mitfahren oder hierbleiben? Nicht dass es hinterher wieder heißt, ich hätte Sie vergessen.“ Diesen Satz hatte sie sich nicht verkneifen können. Aber Lundgren tat so, als hätte er ihre Anspielung überhört, und schnappte sich seine Jacke.

„Wo geht es denn hin?“, fragte er stattdessen.

„Richtung Bar, die Kollegen konnten einen Zeugen ausfindig machen.“

„Das klingt doch schon einmal vielversprechend“, sagte Lundgren.

„Hauptsache, Ingmar Haller ist nicht einer jener Mitmenschen, die nur belanglose Dinge zu erzählen haben.“

„Wenn Sie mit dieser Einstellung an die Sache herangehen, dann wird das auch nichts.“

„Aha.“ Mehr wollte sie dazu nicht sagen, denn was wusste dieser Lundgren schon? Von den Kollegen wurde sie scherzhaft als Terrier bezeichnet, wenn sie sich wieder einmal in einen Fall verbissen hatte.

„Ich habe schon verstanden“, sagte er.

Die restliche Strecke legten sie schweigend zurück, was Anna nicht im Geringsten störte. Sie parkte den Wagen in einer schmalen Gasse und legte mit Lundgren die wenigen Meter zu Fuß zurück. Der Zeuge hatte Kaffee gekocht und bewirtete Anna und Lundgren sogar mit einem Stück Erdbeerkuchen. Er war Rentner und der Besuch schien ihm eine willkommene Abwechslung zu sein.

„Vielen Dank", sagte Anna. „Um gleich auf den Punkt zu kommen, was haben Sie beobachtet?"

„Bevor ich zu Bett gehe, werfe ich immer einen letzten Blick auf die Straße. Keine Ahnung, warum, aber ich habe mir das während meines Rentnerdaseins angewöhnt."

Ingmar Haller zerteilte den Kuchen und schob sich ein Stück in den Mund. Dann sprach er weiter.

„Jedenfalls ist eine junge Frau sehr zögerlich in ein Fahrzeug gestiegen, um nur Sekunden später die Tür wieder aufzustoßen und sich mit schnellen Schritten zu entfernen. Der Kerl – ich gehe davon aus, dass es einer war – hat den Motor des Fahrzeugs aufheulen lassen, was die junge Frau zur Flucht veranlasst hat. Ich weiß nicht, was geschehen wäre, wenn in diesem Moment nicht eine Gruppe Touristen auf die Straße eingebogen wäre."

„Wow, was für eine Story", sagte Anna. „Warum haben Sie sich nicht sofort bei uns gemeldet?"

„Ich habe dem keine große Bedeutung beigemessen. Erst jetzt ergibt es einen Sinn", erklärte Ingmar Haller. „Es hätte sich genauso gut auch um einen Streit unter Ehepartnern handeln können."

Anna war enttäuscht, wie wenig Vertrauen einige Menschen in die Arbeit der Polizei hatten. Aber das war jetzt nicht das Thema.

„Also haben Sie den Fahrer des Wagens nicht erkennen können?"

Ingmar Haller schüttelte bedauernd den Kopf. „Leider nein. Ich kann auch keine Angaben darüber machen, um was für einen Fahrzeugtyp es sich handelt." Er blickte betreten drein.

„Sie wissen also nicht, ob es ein Volvo oder ein Honda gewesen ist?", fragte Anna sicherheitshalber noch einmal nach.

„Nein. Ich bin von der Situation so gefangen gewesen, dass ich nicht darauf geachtet habe. Nur an die Lackierung kann ich mich erinnern, es war ein anthrazitfarbener Wagen."

Anna warf Lundgren einen Hilfe suchenden Blick zu. Mit diesen spärlichen Angaben konnten sie unmöglich dem Täter näher kommen.

„Wie sieht es mit dem Kennzeichen des Fahrzeugs aus?", fragte sie.

„Das konnte ich nicht erkennen, weil ich meine Brille nicht aufgesetzt hatte."

Anna musste sich beherrschen, um nicht laut zu fluchen. Ein Blick auf das Nummernschild und der Fall wäre geklärt gewesen. Aber nein, stattdessen stolperten sie weiter orientierungslos im dichten Ermittlungsnebel herum.

„Ich sehe schon, dass meine Beobachtungen nicht besonders hilfreich für Sie sind", sagte Ingmar Haller enttäuscht.

„Wir sind auf eine detaillierte Beschreibung angewiesen. Mit zwei oder drei Ziffern des Kennzeichens hätte die Sache schon ganz anders ausgesehen."

„Ich habe noch überlegt, meine Brille zu holen, aber dann war der Spuk auch schon wieder vorüber. Der Wagen wendete und die Frau ist davongelaufen."

Lundgren meldete sich zu Wort. „Immerhin wissen wir jetzt, wie der Abend abgelaufen sein könnte. Würden Sie die Frau wiedererkennen?"

„Ich glaube schon", antwortete Ingmar Haller.

Anna rief ein Foto von Marisa Lind auf und reichte ihr Smartphone an Haller weiter. „Ist das die junge Frau?"

„Ja, das ist sie", erwiderte er zögerlich.

„Aber hundertprozentig sicher sind Sie sich nicht?", fragte Anna nach.

„Haarfarbe und Statur passen."

„Vielen Dank."

Immerhin etwas. Uhrzeit und Datum entsprachen dem Tathergang.

„Dann werden wir uns wieder den Ermittlungen zuwenden und zurückfahren. Sollte Ihnen doch noch ein wichtiges Detail in den Sinn kommen, dann rufen Sie mich bitte an." Anna legte ihre Visitenkarte auf den Tisch.

„Vielen Dank für Kaffee und Kuchen", sagte sie und erhob sich.

Lundgren folgte ihr nach draußen.

„Wenn innerhalb von Sekunden die Hoffnung stirbt", sagte sie resigniert und stieg in den Wagen. „Ohne eine vernünftige Beschreibung werden wir dem Täter nie die Handschellen anlegen."

„Ich hatte mir auch mehr Informationen erhofft. Aber ich bin froh, dass wir den Tathergang dieses Abends rekonstruieren können.“

„Was meinen Sie? Ist die Story wahr oder erfunden?“, fragte Anna.

„Gelogen hat Haller auf gar keinen Fall“, erwiderte Lundgren.

„Sie haben seine Körpersprache also genauestens analysiert.“

„Das ist mein Spezialgebiet. Ingmar Haller war selbst frustriert darüber, nicht viel beitragen zu können.“

„Tja, unser Täter ist wie ein Phantom, das untertaucht, sobald wir uns ihm nähern.“

„Auch wenn Sie es nicht so sehen wollen, die Schlinge zieht sich zu“, sagte Lundgren.

„Es fällt mir ausgesprochen schwer, objektiv zu bleiben und nicht emotional zu werden“, erwiderte Anna. „Uns rennt die Zeit davon und wir sind noch nicht einmal ansatzweise in die Nähe des Täters gekommen.“ Anna hätte ihm gern noch an den Kopf geworfen, warum er eigentlich hier war, wenn er doch kaum etwas zur Aufklärung des Falles beitrug. Aber das wäre nicht gerade professionell, wenn sie die Contenance verlieren würde.

„Nun kommen Sie schon, sprechen Sie aus, was Sie denken.“

„Wie bitte?“

Wenn Lundgren ihre Gedanken lesen konnte, warum loggte er sich nicht in das Hirn des Täters ein?

„Sie sind enttäuscht, weil ich Ihnen den Täter noch nicht auf dem Silbertablett präsentiert habe, stimmt's?“

Er musterte sie aufmerksam. „Aber so läuft das nun einmal nicht. Immer einen Schritt nach dem anderen."

„Genau, immer schön langsam und ja nichts überstürzen, bis wir Marisa Lind irgendwo orientierungslos am Strand aufgreifen."

„Sie müssen Ihren Frust nicht an mir auslassen", entgegnete er.

„Sie nehmen den Platz meines Kollegen ein", sagte sie. „Tomas und ich, wir sind ständig im Austausch und spielen sämtliche Optionen durch. Wenn ich mit Ihnen zusammen bin, fühle ich mich ausgebremst."

„Immerhin sagen Sie mir offen und ehrlich Ihre Meinung."

„Ich will diesen Typen zur Strecke bringen, und das am liebsten vorgestern."

„Keine Sorge, das werden wir."

Inzwischen hatten sie die Behörde wieder erreicht und stiegen aus. Tomas hing regelrecht an Annas Lippen, als sie das Büro betrat.

„Nun erzähl schon, mach es nicht so spannend", sagte er.

Anna winkte ab.

„Wir wissen ungefähr, was an diesem Abend geschehen ist. Das war aber auch schon alles." Sie ließ sich auf ihren Bürostuhl fallen und streckte die Beine unter dem Schreibtisch aus.

„Täterbeschreibung, Autokennzeichen?"

„Nichts."

„Was soll das heißen?"

„Ingmar Haller hatte seine Brille nicht aufgesetzt."

„Echt jetzt?", fragte Tomas enttäuscht.

„Ich beliebe nicht zu scherzen. Der mögliche Täter hat einen anthrazitfarbenen Wagen gefahren.“

„Na wunderbar, davon gibt es einige in Kalmar.“ Tomas stöhnte resigniert.

Anna schilderte in knappen Sätzen, was Ingmar Haller ihnen berichtet hatte.

„Das ist mager. Was sollen wir damit anfangen?“

„Gute Frage.“ Anna massierte sich die Schläfen. „Ob wir wollen oder nicht, wir werden uns die Besitzer der anthrazitfarbenen Pkws genauer anschauen müssen.“

„Ich bezweifle, dass das etwas bringen wird“, widersprach Tomas.

„Hast du eine bessere Idee?“

„Nein. Aber so langsam könnte der Herr Fallanalytiker mal Gas geben ...“

„Sie sprechen gerade von mir?“

Ruckartig drehten Anna und Tomas ihre Köpfe zur Tür. Tomas’ Wangen waren feuerrot angelaufen. Es war ihm außerordentlich peinlich, dass Lundgren seine Worte mitbekommen hatte.

„Was soll ich lange drum herumreden, die Ermittlungen stagnieren und das stößt uns bitter auf.“

„Sie sind zu ungeduldig“, erwiderte Lundgren gelassen.

„Schön, dass Sie die Ruhe weghaben“, sagte Tomas.

Sein Gesicht hatte wieder eine normale Färbung angenommen, es schien ihm gutzutun, mal richtig Dampf abzulassen. Anna hätte sich gern eingereiht, aber es reichte schon, wenn ihr Kollege auf Lundgren herumhackte.

„Es kann eine Weile dauern, bis ich das komplette Profil eines Täters erstellt habe.“

„Und wie weit sind Sie jetzt?", fragte Tomas herausfordernd. „In zwei bis drei Wochen wird nämlich wieder eine junge Frau orientierungslos im Sand herumstolpern und vielleicht sogar in den Fluten ertrinken, wenn sich nicht zufällig jemand in der Nähe aufhält."

Anna musste Tomas zustimmen. Die Zeit drängte und sie hatte immer noch keinen blassen Schimmer, wer der Täter war. Selbst die Kriminaltechniker hatten nichts Verwertbares in Marisa Linds Haus finden können.

„Ich bin gerade dabei, die Verletzungen der Opfer mit einem Chirurgen zu besprechen", erklärte Lundgren. „Das beansprucht einige Stunden, bis wir das Ansetzen des Skalpells und die Tiefe der Schnitte analysiert haben."

„Das ist ja schön und gut, aber die Suche nach dem Täter sollte im Vordergrund stehen." Tomas zeigte sich uneinsichtig. „Die Analysen werden uns ganz sicher bei der Beweisaufnahme helfen, aber zuvor würde ich liebend gern den Täter dem Haftrichter vorführen."

„Sie missverstehen das", widersprach Lundgren. „Ich kann inzwischen behaupten, dass der Täter perfekt mit einem Skalpell umgehen kann."

„Was Sie nicht sagen ...", brummte Tomas.

„Schluss jetzt", sagte Anna. „Könnten Sie mir das mit dem Chirurgen einmal genauer erklären?"

„Er geht davon aus, dass es sich um einen gut ausgebildeten Kollegen handelt ..."

„Einen Moment." Sie hob die Hand. „Verstehe ich das richtig, dass wir nach einem Arzt suchen, der sein Medizinstudium erfolgreich abgeschlossen hat und praktiziert?"

„Das entspricht den Tatsachen, aber so leicht ist es wiederum auch nicht.“

„Sie sprechen in Rätseln“, sagte sie.

„Der Täter ist klug genug, um zu wissen, dass wir ihm auf die Schliche kommen werden. Er wird also nicht in einem Krankenhaus in Kalmar oder der näheren Umgebung praktizieren.“

„Aber um Urlaub zu machen, hält er sich definitiv zu lange in Kalmar auf.“

„Ich schließe mich Ihnen an“, erwiderte Lundgren.

„Nach wem suchen wir denn jetzt genau? Einem Ruheständler vielleicht?“

„An dem Täterprofil hat sich nichts geändert. Aber wir wissen jetzt, dass er mehrere Jahre praktiziert haben muss, weil er anatomisch versiert ist und die Schnitte genau dort setzt, wo keine Arterien oder Sehnen verletzt werden können.“

„Mit dieser Aussage kann ich genauso viel anfangen wie mit dem anthrazitfarbenen Wagen.“ Anna rieb sich müde über die Augen.

„Jedes noch so kleine Detail wird den Täter entlarven, auch wenn er über die Anpassungsfähigkeit eines Chamäleons verfügt“, entgegnete Lundgren.

„Was mich am meisten beschäftigt, ist die Frage, ob er hier aus der Gegend stammt“, sagte Anna.

„Nein, das wäre zu auffällig. Einige Telefonate mit Arztpraxen und Krankenhäusern und wir hätten ihn.“

„Aber er muss doch einer beruflichen Tätigkeit nachgehen.“

„Dafür habe ich noch keinen Lösungsansatz“, sagte Lundgren. „Vielleicht eröffnet mir das Gespräch mit dem Chirurgen neue Ansätze.“

„Und wieder treten wir auf der Stelle“, sagte Tomas frustriert. „Ich werde jetzt die Zulassungsstelle anrufen, um mir die Namen und Adressen der Fahrzeugbesitzer übermitteln zu lassen. Schließlich muss es ja weitergehen.“

„Ich bin dabei“, sagte Anna.

„Viel Erfolg.“ Mit diesen Worten verließ Lundgren das Büro.

„Im nächsten Leben werde ich Bäcker“, sagte Tomas. „Dann kann ich mir wenigstens mit einem Berg Zimtschnecken den Alltag versüßen.“

„Die momentane Situation schlägt nicht nur dir aufs Gemüt“, erwiderte sie. „Aber die Idee mit dem Chirurgen ist gar nicht so schlecht, ich wäre da niemals draufgekommen.“

„Wenn uns das wenigstens weiterbringen würde.“

„Diesmal wissen wir, wer sein Opfer ist, und das ändert auch den Fokus der Ermittlungen. Wir fühlen uns mit Marisa Lind verbunden, weil wir wissen, was sie zu erdulden hat.“

„Das ist besonders bitter und ich muss immerzu an meine Töchter denken“, sagte Tomas.

„Tu dir das nicht an“, erwiderte Anna sanft.

„Als Vater zweier Töchter kann ich gar nicht anders, als mir den Fall zu Herzen zu nehmen.“

„Dann sollten wir uns jetzt auf unsere Arbeit konzentrieren. Wir kriegen ihn, und dann machen wir ihn fertig.“

KAPITEL 18

Karla wurde am nächsten Morgen von lautem Vogelge-zwitscher geweckt. Es war noch sehr früh am Morgen, fünf Uhr, um genau zu sein, aber sie konnte nicht mehr einschlafen. Die Nacht war sehr ruhig gewesen, zum Glück hatte sich der Dachshund nicht mehr blicken lassen.

Karla schwang die Beine aus dem Bett, dehnte und streckte sich und ging in die Küche, um sich ein Früh-stück zuzubereiten. Das Rührei schmeckte und als Filip sich überraschend meldete, schlug ihr Herz eine Oktave höher.

Guten Morgen, alles gut bei dir?

Ja, alles easy.

Ich mache mir Sorgen, weil du so überraschend abge-reist bist. Auch wenn ich versprochen habe, dich nicht zu bedrängen, würde ich mich freuen, wenn du dich mir anvertraust. Ich bin verschwiegen, darauf kann ich dir mein Wort geben. Mir graut davor, dass du dich nicht wie vereinbart melden könntest.

Karla dachte eine Weile darüber nach, wie viel sie von sich preisgeben konnte.

*Ich habe noch nie mit jemandem über diese Sache ge-
sprochen. Obwohl, so ganz stimmt das nicht, denn ich
bin damit zur Polizei gegangen. Allerdings haben die
mich nicht ernst genommen. Zu groß ist die Furcht,
dass mir das wieder passiert.*

*Filip ließ sie einige Minuten warten, bis er sich wieder
meldete.*

*Das ist eine niederschmetternde Erfahrung und ich
traue mich kaum zu fragen, ob dir Gewalt angetan
wurde.*

*Ja, aber nicht auf die Art und Weise, wie du es vielleicht
vermuten würdest.*

Ich möchte dir so gern helfen.

*Das tust du doch schon, allein deine Anwesenheit beru-
higt mich. Es ist gut, zu wissen, dass da jemand ist, auf
den ich mich verlassen kann.*

Reicht das wirklich aus?

Für den Moment schon.

Sie schrieben sich noch eine Weile, bis Filip sich verabschiedete, um zur Arbeit zu fahren. Karla war froh,
jemanden an ihrer Seite zu haben, um für den Notfall
gewappnet zu sein, denn es war der pure Wahnsinn,
sich dem Haus ihres vermeintlichen Peinigers erneut
zu nähern. Aber sie hatte den Jungen ein Jahr lang nicht

gesehen. Er konnte ihm auch nur ähnlich sehen und was dann?

Dann würde sie eine Familie mit ihrer Aussage ins Unglück stürzen und wäre noch unglaubwürdiger als zuvor. Am liebsten hätte sie ihre Zelte abgebrochen und wäre wieder nach Stockholm zurückgereist. Aber sie wollte auch nicht, dass aus ihrem Leben auf der Flucht eine Never-Ending-Story wurde.

Sie räumte die Küche wieder auf, damit niemand Verdacht schöpfen würde, und brach auf. Lost Places wie dieser waren heiß begehrt. Das Haus war noch gut in Schuss und besonders in den Sommermonaten wurden solche Orte gern aufgesucht.

Der Fahrtwind wirbelte Karla durchs Haar und sie spürte die warmen Sonnenstrahlen im Nacken. Heute würde es wieder ein warmer Sommertag werden und sie hätte die Zeit lieber unbeschwert am Strand verbracht. Es lag noch ein langer Weg vor ihr, bis es so weit sein würde. Erst wenn für ihn die Handschellen klicken würden, wäre es vorbei.

Ihre Gedanken wanderten nach Öregrund. Die Gedanken an ihre Eltern verunsicherten sie, weil sie nicht wusste, wie sie auf ihre Rückkehr reagieren würden. Freude, Vorwürfe oder sogar Kontaktabbruch, weil sie sich nie gemeldet hatte?

Zwölf Monate war sie untergetaucht, aber es fühlte sich so an, als wären es mindestens zwanzig Jahre gewesen. Sehnsucht, Angst und Verzweiflung hatten sich in ihrem Herzen eingenistet und dachten nicht daran, von dort wieder zu verschwinden. Karla hatte es satt, eine Rolle spielen zu müssen, die aus der Not heraus entstanden war und sie noch unglücklicher machte, als sie es ohnehin schon war.

Das langärmlige Shirt klebte schweißnass am Rücken, als sie ihr Ziel erreicht hatte. Aber die dunkle Kleidung war wie geschaffen für die Tarnung im Wald. Karla würde mit der Umgebung verschmelzen, sobald sie reglos verharrte, um das Haus zu beobachten.

Sie versteckte das Rad wieder in den Büschen und benutzte einen schmalen Trampelpfad, den die Tiere hinterlassen hatten, um zum Haus zu gelangen. Wegen der vielen Kameras, die er mit Sicherheit angebracht hatte, musste sie auf der Hut sein. Seine Cleverness war nicht zu unterschätzen, ebenso sein unberechenbares, soziopathisches Verhalten.

Achtsam bahnte sie sich einen Weg durchs Unterholz. Als trotz aller Vorsicht ein vertrockneter Zweig unter ihren Füßen knackte, zuckte sie erschrocken zusammen und blieb stehen, um zu lauschen. Aber nichts rührte sich. Nur ein Specht hämmerte über ihr sein einsames Stakkato. Kurz darauf lichtete sich der Bewuchs und gab den Blick auf das Anwesen frei, das still und verlassen vor ihr lag.

Vom Jungen war diesmal nichts zu sehen, was sie sehr bedauerte. Sie hatte ihn noch einmal genauer ins Visier nehmen wollen, um sicherzugehen, dass sie nicht das falsche Haus beobachtete. Aus der Entfernung war es schwierig, Genaueres zu erkennen. Ein Fernglas wäre von Vorteil gewesen, weil das Risiko viel zu hoch war, sich dem Grundstück zu nähern. Sie dachte darüber nach, sich am Nachmittag eines zu besorgen. Dumm nur, dass die Kronen genauso schnell durch ihre Finger rieselten wie der Sand.

Sie zoomte mit dem Smartphone das Haus näher heran, um nach den Kameras Ausschau zu halten. Vielleicht gab es einen toten Winkel, den sie für sich nutzen konnte. Immer wieder musste sie sich bewegen, weil ihre Füße eingeschlafen waren und es unangenehm kribbelte. Nach wie vor regte sich nichts und man hätte meinen können, dass die Bewohner in den Urlaub gefahren wären. Ob er gerade wieder beschäftigt war und ein Opfer malträtierte? In ihren Augen war es das perfekte Versteck. Nobel genug, um Verbrechen dieser Art nicht zu vermuten, und einsam genug, um ungestört agieren zu können.

Mit der Zeit wurde Karla des Wartens überdrüssig. Sie hatte Hunger und Durst und die Beine schmerzten. Gerade als sie sich abwenden wollte, verließ der Junge das Haus. Sofort waren ihre Sinne in Alarmbereitschaft. Anhand seines Aussehens analysierte sie ihn. Wie groß war die Chance, dass er einem anderen Jungen zum Verwechseln ähnlich sah?

Bevor sie sich dazu entschloss, zur Polizei zu gehen, wollte sie die letzten Zweifel aus dem Weg räumen. Sie beobachtete den Jungen eine Weile, wie er reglos auf dem Rasen verharrte und nichts mit sich anzufangen wusste. Das arme Kind, dachte Karla und ihr schlechtes Gewissen regte sich, weil sie den Jungen damals ausgenutzt hatte, um sich in Sicherheit zu bringen.

Die Erinnerung daran war bitter. Nachdem alles Betteln und Flehen nichts genützt hatte, hatte sie den Jungen angebrüllt, die Tür zu öffnen. Er war so eingeschüchtert gewesen, dass er das Querriegelschloss geöffnet hatte, um sie herauszulassen. Ohne ein Wort des Dankes hatte sie einen Weg nach draußen gesucht, war aus einem zwei Meter hohen Fenster gesprungen und trotz des verstauchten Knöchels in den Wald geflohen.

Der Junge hatte sich geweigert, mitzukommen und noch heute fühlte sie sich ihm gegenüber schuldig. Es war ihr ein Bedürfnis, alles wiedergutzumachen, sich erkenntlich zu zeigen. Sie hatte versucht, ihm Hilfe zukommen zu lassen, aber dieser bornierte Beamte hatte von ihren Anschuldigungen nichts wissen wollen.

Der Junge hatte sich noch immer keinen Millimeter bewegt und sie machte sich auf den Weg, um ein Fernglas zu besorgen. In geduckter Haltung entfernte sie sich und war erleichtert, als sie das Fahrrad erreicht hatte. Sie wollte diese Gegend so schnell wie möglich wieder verlassen, denn sobald das Haus in Sichtweite war, bekam sie Herzrasen und spürte Übelkeit aufsteigen. Es war unerträglich, ihrem Peiniger so nahe zu sein.

Auf der einen Seite wollte sie sich am liebsten wieder in den Bus setzen, um nach Stockholm zurückzukehren, aber auf der anderen wollte sie es so schnell wie möglich beenden. Doch ohne Beweise würde man sie wahrscheinlich wieder als Lügnerin abstempeln, und dem musste sie diesmal vorbeugen.

Während der Rückfahrt beschloss sie, trotz des gestohlenen Fahrrads einige Besorgungen zu erledigen. Das würde viel Zeit und Kraft sparen. Die Lebensmittel gingen zur Neige und sie müsste in die Innenstadt von Kalmar fahren, um das Fernglas zu besorgen. Was soll's, no risk, no fun, dachte sie und trat in die Pedale.

Zuerst steuerte sie das Geschäft an, das Ferngläser im Sortiment hatte. Beim Blick auf das Preisschild musste sie schlucken. Im Internet wurden die Dinger bedeutend günstiger angeboten, aber sie konnte sich ja schlecht eins liefern lassen. Also drückte sie dem Verkäufer widerwillig das Bündel Kronen in die Hand und verließ den Laden. Ganz in der Nähe gab es einen Discounter, so konnte sie zwei Fliegen mit einer Klappe schlagen.

Sie lehnte das Fahrrad im hinteren Bereich des Parkplatzes an einen Container für Altglas, damit es nicht jedem sofort ins Auge fiel. Sie beeilte sich, warf achtlos die Lebensmittel in den Korb und marschierte zur Kasse, um zu zahlen. Immer wieder warf sie einen nervösen Blick über die Schulter, aber niemand beachtete sie. Es hatte auch seine Vorteile, als graue Maus in der Menge unterzugehen. Filip war ihre einzige Verbindung zur Außenwelt, das musste reichen.

Sie verstaute die Lebensmittel in einer Tüte und lief mit schnellen Schritten nach draußen. Das Fahrrad stand noch immer an seinem Platz, was sie mit Erleichterung zur Kenntnis nahm. Nichts wie weg von hier. Nachdem sie die Tüte auf dem Gepäckträger befestigt hatte, stieg sie in den Sattel, um loszufahren.

„Ist das Ihr Fahrrad?"

Erschrocken drehte sie sich um und blickte einem Uniformierten direkt in die Augen. Das war das Ende.

KAPITEL 19

Marisa erlangte das Bewusstsein wieder und schlug blinzelnd die Augen auf. Um sie herum war es stockdunkel und Johan nicht mehr anwesend. Nur Sekunden später kehrte die Erinnerung mit aller Macht zurück und Marisa richtete sich ruckartig auf. Besorgt tastete sie den Oberschenkel ab. Ein Pflaster bedeckte die Stelle, an der Johan angesetzt hatte. Sie riss es ab, um zu fühlen, wie tief der Schnitt war. Etwa einen halben Zentimeter lang und die Haut nur angeritzt, dachte sie erleichtert. Die Ohnmacht hatte sie glücklicherweise vor Schlimmeren bewahrt.

Sie lehnte sich mit dem Rücken an die Wand und schloss wieder die Augen. Jegliches Zeitgefühl war ihr abhandengekommen. Sie musste sich seit ungefähr zwei Tagen in Johans Gewalt befinden und hatte noch immer nichts zu essen oder trinken bekommen. Ihre Zunge klebte wie ein unförmiger Fremdkörper am Gaumen und der Magen zog sich schmerzhaft zusammen.

Würde Johan sie erst mit dem Nötigsten versorgen, wenn er seinen Willen durchgesetzt hätte? Aber warum machte er das überhaupt? Er war ja ganz versessen darauf, mit dem Skalpell zu hantieren. War bei ihm nur eine Schraube locker? Oder waren andere Dinge für sein abnormales Handeln verantwortlich?

Marisa konnte sich nicht vorstellen, absichtlich einen Menschen zu verletzen, das lag außerhalb ihrer Vorstellungskraft. Wahrscheinlich hatte Johan längst gecheckt, was für ein Typ Mensch sie war. Es schien ihm ein besonderes Vergnügen zu bereiten, sich an ihr abzuarbeiten. Mit ihrer Bemerkung hatte sie ins Schwarze getroffen, ein latenter Frauenhass war bei ihm spürbar gewesen.

Sie würde ihm auch weiterhin die Stirn bieten und war stolz darauf, dass es ihr bereits zweimal gelungen war. Obwohl sie ahnte, dass er sie am Ende doch in einen gefühllosen Zombie verwandeln würde. Ein leises Geräusch riss sie aus ihren Gedanken und sie hielt den Atem an, um zu lauschen. Nein, sie hatte sich getäuscht, da war nichts.

Erschöpft ließ sie sich zurück auf die Matratze sinken. Noch immer litt sie unter starken Kopfschmerzen und fühlte sich so schwach, dass sie sich anstrengen musste, um wieder auf die Beine zu kommen. Nein, es hatte keinen Zweck, dachte sie, bleib ausgestreckt liegen. Sie schloss die Augen und es dauerte nicht lange, bis sie in einen leichten Dämmerschlaf fiel.

Aber plötzlich war sie wieder hellwach. Doch, sie konnte ein leises Kratzen an der Tür hören. Mühsam richtete sie sich auf und taumelte in Richtung Tür. Sie lehnte die Stirn an das kühle Metall, um zu lauschen. Zuerst blieb alles still, aber dann vernahm sie ein leises Rascheln.

„Hallo?", fragte sie. „Ist da jemand?"

Das Rascheln verstummte.

Ob es Johan war? Er würde ihr sicher wieder wehtun, wenn er mitbekam, dass sie wieder bei Bewusstsein war. Aber gar nichts tun, war auch keine Option, und so klopfte sie zaghaft an die Tür. Das Rascheln erklang erneut und Marisa glaubte, leise Schritte zu hören.

„Hallo?“, rief sie diesmal etwas lauter. „Wer bist du?“

Die Schritte näherten sich der Tür.

„Hallo?“

Sie klopfte erneut und horchte. Und tatsächlich, jemand antwortete mit einem Klopfen. Sie wählte einen Rhythmus und hoffte, dass ihr Gegenüber diesen erwidern würde. Ihr Herz schlug schneller, als das rhythmische Klopfen erklang.

„Wer bist du?“, fragte sie.

„Ben.“

„Hallo, Ben, schön dich kennenzulernen“, sagte sie und überlegte, ob Johan eine Kamera in ihrem Verlies installiert hatte. Das würde schmerzhafte Konsequenzen haben, wenn er herausfand, was sie gerade tat.

Leider blieb ihr Gegenüber stumm, sodass sie eine weitere Frage stellte.

„Wie alt bist du?“

„Sieben“, lautete die Antwort.

Wie kam ein siebenjähriges Kind an einen Ort wie diesen?

„Ist Johan dein Vater?“

„Wer ist Johan?“

„Der Mann, der hier wohnt. Er hat braunes kurzes Haar und sieht sehr sportlich aus. Kennst du ihn vielleicht?“

„Nein.“

„Bist du auch eingesperrt worden?“

„Nein, bin ich nicht.“

„Warum bist du dann hier?“

„Die Tür stand offen …“

Marisa spielte in ihrem Kopf sämtliche Szenarien durch.

„Bist du schon öfter in diesem Haus gewesen?“, fragte sie.

„Ja. Immer, wenn niemand da ist und die Tür offen steht, schleiche ich mich rein.“

„Bist du durch die Eingangstür gekommen?“

Sie wollte so viele Informationen wie möglich sammeln, um eine mögliche Flucht ins Auge zu fassen.

„Nein, durch den Hintereingang.“

„Und du kannst sehen, ob er geöffnet ist?“

„Klar.“

„Bist du ein Nachbarsjunge.“

„Ja.“

„Könntest du deiner Mutter etwas von mir ausrichten?“, fragte sie voller Hoffnung.

„Nein.“

Seine Antwort kam überraschend schnell.

„Warum nicht? Ich müsste dringend mit ihr sprechen.“

„Sie darf nicht wissen, dass ich mich in fremde Häuser schleiche, um mit dir zu sprechen“, antwortete er.

„Ben, bitte hör mir jetzt ganz genau zu. Ich werde hier gegen meinen Willen festgehalten und bin auf deine Hilfe angewiesen. Du musst deiner Mutter sagen, dass in diesem Haus eine Frau gefangen gehalten und gefoltert wird“, flehte sie.

„Ich habe dir doch schon gesagt, dass ich das nicht tun werde“, sagte er.

„Du könntest ihr doch sagen, dass du Schreie gehört hast und sie die Polizei rufen soll, weil jemand in Gefahr ist.“

„Aber dann müsste ich lügen, und ich darf nicht lügen.“

Am liebsten hätte sie den Jungen angeschrien, er solle sich zusammenreißen, aber sie war nicht in der Position, um das zu tun. „Aber du bist doch auch nicht ehrlich zu deiner Mutter, wenn du ihr verheimlichst, dass du dich in fremden Häusern herumtreibst.“

„Na ja ...“

„Bitte, Ben, ich bin auf deine Hilfe angewiesen. Willst du wirklich, dass mir wieder wehgetan wird?“

„Woher soll ich wissen, ob das stimmt?“

„Ich bin ehrlich zu dir.“

„Ich weiß nicht“, sagte er zögerlich.

Ruhig Blut, ermahnte sie sich, um nicht die Nerven zu verlieren. Dieser Junge war irgendwie ... seltsam. Aber wahrscheinlich waren Kinder in diesem Alter so.

„Ich würde in so einer Situation niemals lügen. Wenn du mir misstraust, dann kannst du die Polizei anrufen und sie bitten, herzukommen. Dann wirst du sehen, dass ich die Wahrheit gesagt habe.“

„Das kann ich nicht.“

Bitte nicht schon wieder, dachte sie frustriert. Die Rettung war zum Greifen nah und doch so fern.

„Du könntest doch deine Mutter holen, ich meine, wo gerade die Tür offen steht.“

„Ich glaube, da kommt jemand“, sagte er leise und kurz darauf war nichts mehr zu hören.

„Ben, bist du noch da?“, rief sie verzweifelt, aber niemand antwortete ihr.

Sie fluchte leise und ließ resigniert die Schultern sinken. Verdammt, es wäre so leicht gewesen. Sie hätte ihm sagen sollen, dass er ein Held wäre, wenn er Hilfe holen und die Polizei verständigen würde. Vielleicht würde er noch einmal wiederkommen, aber es bestand kaum Anlass für Hoffnung. Noch immer konnte sie nicht fassen, wie es dem Jungen gelungen war, in das Haus einzudringen.

Johan hatte alles perfekt geplant und dann sollte ihm so ein grober Fehler unterlaufen? Ben – falls der Junge überhaupt so hieß – hatte bestimmt gelogen und war durch irgendein Kellerfenster eingestiegen. Auch sein merkwürdiges Verhalten, sich so vehement zu weigern, Hilfe zu holen, ließen Zweifel aufkommen. Aber es hatte wenig Sinn, sich noch länger darüber zu ärgern, diese Chance war vertan.

Marisa kroch auf die Matratze zurück und rollte sich wie ein junges Kätzchen zusammen. Die verpatzte Chance ließ sie jedoch nicht zur Ruhe kommen. Der Junge hätte doch nur zu seiner Mutter laufen müssen und sie wäre in ein paar Stunden wieder frei gewesen. Stattdessen würde sie weiterhin Johans Martyrium ausgeliefert sein und alles über sich ergehen lassen müssen.

Als plötzlich das grelle Deckenlicht aufflammte, kniff sie geblendet die Augen zusammen. Sie wartete darauf, dass Johan den Raum betrat, aber er tauchte nicht auf. Es war schon mehrmals vorgekommen, dass er immer wieder das Licht an- und ausschaltete, ohne sich blicken zu lassen.

Auch diesmal schnürte die Furcht ihr die Kehle zu, weil sie nicht wusste, was ihr bevorstand. Hatte eben

Metall geklappert? Oder bildete sie sich das nur ein? Ihr Herz raste und der Puls war am Limit. Sie wischte die feuchten Hände an der Decke ab und konnte ihren Angstschweiß riechen. Es machte sie wahnsinnig, nicht zu wissen, ob er gleich eintreten würde, um sie zu quälen.

Ihr Blick war fest auf die Tür gerichtet. Sie konnte keinen klaren Gedanken fassen. Was zur Hölle hatte er vor? Ein unkontrolliertes Zittern durchfuhr ihren Körper. Bitte, lass es aufhören, flehte sie stumm. Immer wieder glaubte sie, das leise Klappern der Instrumente zu hören. Aber nichts rührte sich. Dieses sinnlose Warten brachte sie ihm den Verstand.

Schritte näherten sich der Tür, um dann zu verstummen. Sie drückte sich ängstlich in die hinterste Ecke. Hektisch rang sie nach Luft, weil der Druck auf dem Brustkorb zunahm. Sie steigerte sich in ihre Angst hinein. Aber Erlösung war nicht in Sicht.

„Aufhören! Sofort aufhören!" Ihre Stimme klang hysterisch.

Die Hände waren eiskalt, die Muskeln angespannt. Alles war auf Flucht ausgelegt. Sie umschlang ihre Knie, damit das Zittern aufhörte. Dann ging das Licht aus. Dunkelheit hüllte sie ein. Zusammengekrümmt lag sie auf der Matratze und verfluchte ihr Schicksal. Nur Sekunden später löste sich ein animalischer Schrei von ihren Lippen, der dumpf von den Wänden widerhallte. Würde sie das Sonnenlicht je wiedersehen?

KAPITEL 20

Anna klopfte an Lundgrens Tür und trat ein.

„Ich habe da etwas für Sie", sagte Anna und Lundgren schaute erwartungsvoll auf. „Als die Pflegerin am späten Vormittag Lena Jakobssons Zimmer betreten hat, lag ein Skalpell auf ihrem Schoß."

„Das soll wohl ein schlechter Scherz sein?", fragte Lundgren irritiert.

„Leider nein. Lenas Mutter hat uns völlig aufgelöst verständigt."

„Und worauf warten wir dann noch?" Lundgren stand auf, umrundete den Schreibtisch und lief an Anna vorbei nach draußen.

Sie folgte ihm mit schnellen Schritten zum Wagen und stieg ein. „Was meinen Sie? Handelt es sich um eine Botschaft des Täters?", fragte sie, nachdem sie losgefahren war.

„Ich vermute es. Er will das Opfer verhöhnen und damit auch seine Macht demonstrieren. Schaut her, ihr Dummköpfe, ihr könnt mich nicht stoppen."

„Wenn ich diesen Typen in die Finger kriege ..." Anna ließ den Satz unvollendet.

„Bitte keine Selbstjustiz", entgegnete er. „Was mich interessiert, ist, ob das Skalpell entfernt wurde."

„Nein. Lenas Mutter hat explizit nachgefragt, ob sie alles so belassen soll, wie sie es vorgefunden hat."

„Das ist gut so."

Inzwischen hatten sie ihr Ziel erreicht und zeigten an der Rezeption ihre Dienstausweise vor. Sie wurden bis zu Lena Jakobssons Zimmer begleitet und traten ein.

„Gut, dass Sie endlich da sind", sagte Alma Jakobsson. „Der Anblick ist für mich unerträglich."

„Keine Sorge, wir kümmern uns darum", erwiderte Lundgren. „Es wäre besser, wenn Sie das Zimmer für einen Moment verlassen würden."

Alma Jakobsson schaute unschlüssig von Lundgren zu Anna und wieder zurück. Dann öffnete sie zögerlich die Tür und trat in den Flur.

„Dann wollen wir mal …", sagte Lundgren und ging neben der jungen Frau in die Hocke. Jemand hatte eine Decke auf ihre Beine gelegt, damit das Skalpell nicht verrutschen konnte. Dessen Spitze zeigte symbolisch auf Lena Jakobsson.

„Und, was meinen Sie?", fragte Anna leise.

„Ich würde auf den Täter tippen, aber wir sollten auf Nummer sicher gehen. Würden Sie die Befragung des Personals übernehmen?"

„Ja, natürlich."

Anna ließ Lundgren mit Lena Jakobsson allein. Insgeheim war sie froh darüber, den Raum verlassen zu können. Der Anblick dieser jungen und ausgesprochen hübschen Frau, die völlig emotionslos auf dem Stuhl saß, zerriss ihr das Herz. Anna machte sich auf den Weg zur Rezeption, um den Dienstplan einsehen zu können. Nachdem sie sich die Namen notiert hatte, bat sie darum, die Videoaufzeichnungen des gesamten Bereiches sichten zu dürfen.

„Einen Moment bitte", sagte die Angestellte und führte ein Telefonat. Kurz darauf tauchte ein älterer

Herr auf, der Anna bat, ihn zu begleiten. Sie betraten einen Raum, der mit mehreren Monitoren ausgestattet war. Gemeinsam durchforsteten sie die Videoaufnahmen.

„Stopp! Könnte ich diese Sequenz noch einmal sehen?"

Anna war ein Mann aufgefallen, der den Eingangsbereich betreten hatte. Er trug einen dunklen Hoodie, schwarze Jeans und sein Gesicht wurde vom Schirm des Basecaps bedeckt. Die Hände hatte er in den Hosentaschen vergraben und er schlenderte gelangweilt an der Rezeption vorbei, ohne sich anzumelden. Einen Atemzug später war er auch schon aus dem Sichtfeld der Kamera verschwunden.

„Ich werde meinen Kollegen holen, damit er einen Blick auf das Video werfen kann", sagte Anna.

„Ist das der gesuchte Mann?", fragte der Angestellte.

„Könnte schon möglich sein", antwortete sie. „Aber ich möchte Sie bitten, Stillschweigen darüber zu bewahren. Von den laufenden Ermittlungen darf nichts an die Öffentlichkeit gelangen."

„Ich kann schweigen."

„Davon gehe ich aus", erwiderte Anna. „Falls nicht, würde das ernsthafte Konsequenzen haben."

„Schon klar."

Anna schritt den Flur entlang, klopfte an Lena Jakobssons Zimmertür und trat ein.

„Haben Sie einen Moment?", fragte sie Lundgren, der gedankenverloren am Fenster stand und nach draußen blickte. Langsam drehte er sich zu ihr um.

„Ja, ich habe mir alles genau angesehen und eingeprägt." Er hielt das Skalpell in die Höhe, das er in einen durchsichtigen Asservatenbeutel gesteckt hatte. „Ich glaube nicht, dass die Kollegen Fingerabdrücke darauf finden werden, aber sie sollen es trotzdem untersuchen.“

„Das gehört zum Job“, erwiderte Anna knapp. Es war unnötig von Lundgren, ihr erklären zu wollen, was sie zu tun und zu lassen hatte. Sie kannte die Dienstvorschriften in- und auswendig. Nun ja, zumindest zum größten Teil.

Nur wenige Minuten später standen sie zu dritt vor dem Monitor und schauten sich die Videoaufzeichnung einige Male an. Anschließend ließ Anna sich die Kopien aushändigen.

„Was glauben Sie?“, fragte Anna, nachdem sie den Raum verlassen und sich in eine Nische des langen Flures zurückgezogen hatten. „Ist das unser Mann?“

Lundgren wiegte bedächtig den Kopf.

„Könnte schon sein. Da er auf den Außenaufnahmen nicht zu sehen ist, muss er den toten Winkel der Kameras ausgenutzt haben, um das Gebäude zu betreten. Welcher Besucher würde sich dermaßen seltsam verhalten?“

„Das sehe ich ganz genauso.“

„Unser Täter wird allmählich übermütig, weil er sich zu sicher fühlt“, sagte Lundgren. „Und ich glaube nicht, dass es sich hier um einen Spaßvogel handelt. Derjenige hätte sich nicht die Zeit genommen, um das Skalpell so akkurat auszurichten.“

„Schade, dass man so rein gar nichts auf dem Video erkennen kann.“

„Sagen Sie das nicht“, entgegnete Lundgren. „Ich werde den gesamten Nachmittag damit beschäftigt sein, seine Gestik zu studieren.“

„Glauben Sie, dass das etwas bringt?“, fragte sie skeptisch. „Er wird uns garantiert nicht auf offener Straße begegnen.“

„Vielleicht ist er das schon, so unvorsichtig, wie er sich momentan verhält. Er will eine Bühne? Bitte schön, dann geben wir sie ihm.“

„Das ist nicht ihr Ernst?“ Anna schüttelte verständnislos den Kopf.

„Wie soll ich ihn sonst aus der Reserve locken?“

„Was haben Sie vor?“ Sie musterte ihn fragend. Aus diesem Mann wurde sie einfach nicht schlau.

„Wir werden behaupten, dass ihm die Lobotomie an Inga Nilson misslungen ist und sie nach einer neuen bahnbrechenden Therapie wieder Anzeichen von bewusst herbeigeführten Reaktionen auf äußere Einflüsse zeigt. Dadurch wird er sich gezwungen fühlen, rasch und hoffentlich unvorsichtig, zu handeln.“

Anna erblasste. „Aber wenn er unter Druck steht, dann könnte er die Lobotomie bei Marisa Lind schon viel früher durchführen, und nicht wie üblich nach ein bis zwei Monaten. Das dürfen wir nicht zulassen.“

„Wir sind ihm näher, als Sie sich vorstellen können“, versicherte Lundgren.

„Näher?“ Sie starrte ihn fassungslos an. „Wir haben nichts, absolut gar nichts gegen ihn in der Hand.“

„Doch, es sind bereits eine Menge Daten zusammengetragen worden“, widersprach er.

„Ich bitte Sie“, sagte sie kopfschüttelnd. „Wenn dem so wäre, dann würde unser Puppenmacher schon längst hinter Gittern sitzen.“

„Puppenmacher?“

„So nennen ihn die Leute mittlerweile. Ich habe die Bezeichnung bei meinem wöchentlichen Großeinkauf aufgeschnappt. Schließlich kann ich mir nichts vom Zimmerservice liefern lassen.“

„Sie können mit Ihren Sticheleien einfach nicht aufhören.“

„Man tut, was man kann“, antwortete sie mit einem Schulterzucken. „Haben Sie schon eine Idee, wie wir an die Adresse des Täters kommen können?“

„Ich arbeite daran“, sagte Lundgren.

„Aha.“

„Was mich am meisten beschäftigt, ist die Frage, ob der Täter gebürtig aus dieser Gegend stammt.“

„Wir haben in der unmittelbaren Umgebung, aber auch landesweit gesucht und keine weiteren Fälle dieser Art gefunden“, erwiderte Anna.

„Dann würde ich vorschlagen, dass wir in einer Teamkonferenz besprechen, in welche Richtung wir die Ermittlungen lenken“, sagte er.

„In der Hoffnung, dass die Kollegen Ihrem Vorhaben zustimmen?“ Sie neigte skeptisch ihren Kopf.

„Ich dachte, es wäre nur fair, wenn ich alle mit einbeziehe.“

„Aha, wir sollen Ihnen also dankbar dafür sein?“

„Ich bin nicht Ihr Feind“, erwiderte Lundgren verstimmt. „Und es wäre durchaus hilfreich, wenn Sie dieses Kompetenzgerangel endlich abstellen würden.“

„Kompetenzgerangel?“

„Wir sollten jetzt zurückfahren, um die Aufzeichnungen auszuwerten, und anschließend treffen wir uns im Konferenzraum zur Teambesprechung."

Sie meldeten sich an der Rezeption wieder ab und liefen zum Wagen.

„Sie haben doch Fotos vom sogenannten Tatort gemacht, bevor Sie das Skalpell eingetütet haben?"

Er nickte. „Ich werde alles akribisch analysieren."

„Okay, dann kann ja nichts mehr schiefgehen."

Nachdem sie die Behörde erreicht hatten, trennten sich ihre Wege und Anna betrat das Büro.

„Und?" Tomas hob erwartungsvoll seinen Blick. „Ist das unser Mann gewesen?"

„Ja, alles deutet darauf hin. Aber eine hundertprozentige Sicherheit gibt es nicht."

„Ihr habt ihn demnach nicht identifizieren können?"

„Leider nein. Es war nichts zu erkennen, was für ein Fahndungsfoto ausgereicht hätte. Der Typ spielt auch weiterhin mit uns sein perfides Spiel."

„Wie ärgerlich", erwiderte Tomas. „Was sagt unser Genie?"

„Er will die Gestik des Täters studieren."

„Und das soll uns weiterhelfen?"

„Außerdem will er herausfinden, wo wir nach ihm suchen müssen."

„Mich überzeugt das nicht", antwortete Tomas.

„Ich kann nur hoffen, dass Lundgren weiß, was er tut", sagte Anna zweifelnd. Sie wollte Marisa Lind retten, und das so schnell wie möglich.

KAPITEL 21

Karla war zur Salzsäule erstarrt und brachte kein einziges Wort hervor.

„Würden Sie bitte auf meine Frage antworten?" Der Polizist musterte sie aufmerksam.

„Ich ... ich ..." Sie brach ab und schluckte schwer.

„Ja?" Er neigte fragend seinen Kopf.

Erst jetzt bemerke Karla die junge Frau, die neben dem Fahrrad stand und in die Hocke ging, um die Nummer zu vergleichen. „Das ist meins", sagte sie.

Karla schloss für einen Moment die Augen. Wie hoch standen die Chancen, genau in diesem Moment erwischt zu werden? Da hätte sie es auch gleich mit den Lottozahlen versuchen können.

Der Beamte wandte sich wieder an Karla. „Haben Sie das Fahrrad entwendet?"

Es hatte wenig Sinn, die Tatsachen zu leugnen. „Ja."

Inzwischen waren immer mehr Leute auf das Trio am Rande des Parkplatzes aufmerksam geworden und Karla wäre am liebsten im Erdboden versunken. Was für ein bescheidener Tag, den sie lieber im Ferienhaus hätte verbringen sollen.

Die Besitzerin nahm das Fahrrad entgegen, setzte ihre Unterschrift unter ein Formular und verabschiedete sich.

„Ich möchte Sie bitten, mitzukommen, um den Sachverhalt zu klären."

„Ja." Karla folgte dem Polizisten unter den zahlreichen neugierigen Blicken zum Streifenwagen und hatte sich selten so gedemütigt gefühlt. Sie stieg in das Fahrzeug und war froh, der Menschenmenge zu entkommen. Falls die Besitzerin bereits Anzeige erstattet hatte, wäre sie nach der Verhandlung vorbestraft. Dabei waren die Narben auf ihrer Haut schon Strafe genug.

Nachdem sie die Behörde erreicht hatten, wurde sie in ein Büro geführt, in dem ihre Personalien aufgenommen werden sollten. Eine junge Beamtin in Zivil saß hinter dem Schreibtisch und blickte Karla freundlich an.

„Sie bestreiten also nicht, das Fahrrad entwendet zu haben?"

„Nein, warum sollte ich, wo es doch so offensichtlich ist", erwiderte Karla.

„Warum haben Sie das getan?"

Was sollte sie darauf antworten?

„Ich habe ein Fahrrad gebraucht und es genommen."

„Verbringen Sie Ihren Urlaub in Kalmar?"

„Es ist kein Urlaub", widersprach Karla knapp.

„Warum sind Sie dann hier?"

„Das würden Sie mir sowieso nicht glauben."

„Dann versuchen Sie, es mir glaubhaft zu machen." Die Beamtin nickte ihr aufmunternd zu.

Alles nur Show, dachte Karla und war sich unsicher, ob sie mit dem wahren Grund ihres Besuches herausrücken sollte. Aber vielleicht war das die Chance, auf die sie so lange gewartet hatte, um endlich Gerechtigkeit zu erfahren.

„Was ist? Warum zögern Sie?", fragte die Beamtin und strich sich eine Strähne ihrer rötlich schimmernden Locken hinter das Ohr.

„Weil ich Angst habe, es Ihnen zu erzählen."

„Sie können mir vertrauen."

„Damit Sie es anschließend gegen mich verwenden können?"

Die Beamtin atmete tief durch. „Überlegen Sie es sich gut, wenn es der Entlastung dient. Die Besitzerin hat bereits Strafanzeige gegen Sie erstattet, dem müssen wir nachgehen."

„Dürfte ich ein Glas Wasser haben?", fragte Karla, um mehr Zeit zu gewinnen.

„Ja, einen Moment." Die Beamtin telefonierte kurz und nur wenig später hielt Karla ein Wasserglas in der Hand. Sie ließ sich Zeit und trank mit kleinen Schlucken, was die Beamtin verärgert registrierte.

„Sind Sie jetzt bereit?"

Karla nickte. „Ich bin hierhergekommen, um den Mann aufzuspüren, der die Lobotomien durchführt."

„Was Sie nichts sagen ..." Die Beamtin reagierte überrascht.

„Sehen Sie, ich habe schon geahnt, dass Sie so reagieren würden."

„Sich einem Fahrraddiebstahl mit dieser Ausrede zu entziehen, finde ich schon ziemlich dreist."

„Das ist nicht dreist, das ist mein voller Ernst. Ich kann für meine Fehler geradestehen."

„Kann sein, dass ich übertrieben reagiert habe, aber ich lasse mich nur ungern anlügen", erwiderte die Beamtin kühl.

„Ich lüge nicht, ich will nur helfen. Lassen Sie mich meine Geschichte erzählen, dann werden Sie sehen, dass es die Wahrheit ist.“

Karla lupfte den Ärmel, damit die Beamtin einen Blick auf die Narben werfen konnte.

„Nicht wir brauchen Hilfe, sondern Sie. Ich möchte Ihnen nicht zu nahetreten, aber Sie sollten sich therapeutische Hilfe suchen. Dort wird man Sie unterstützen, sich nicht mehr selbst zu verletzen.“

„Sie sind doch alle aus dem gleichen Holz geschnitzt“, fauchte Karla.

„Soll ich noch eine Anzeige wegen Beamtenbeleidigung draufschlagen?“

Die Augen der jungen Beamtin funkelten zornig. Karla erkannte sofort, dass dieser Frau die Erfahrung fehlte, mit Menschen wie ihr umzugehen.

„Sie weigern sich also, mir den wahren Grund zu nennen?“ Die Beamtin forschte in ihrem Gesicht.

„Ohne Anwalt sage ich kein einziges Wort mehr.“

„Gut, wie lange planen Sie, in Kalmar zu bleiben?“

„Ein paar Tage.“

„Wir können Sie danach unter Ihrer Adresse in Stockholm erreichen?“

„Ja.“

„Wahrscheinlich wird eine Geldstrafe auf Sie zukommen.“

„Das habe ich mir schon gedacht. Dürfte ich jetzt gehen?“

„Im Prinzip hätten wir alles geklärt. Bitte halten Sie sich in Zukunft von fremdem Eigentum fern.“

„Selbstverständlich.“

Karla erhob sich und stürmte zur Tür, um wortlos das Büro zu verlassen. Sie eilte dem Ausgang entgegen und atmete auf, als sie die warmen Sonnenstrahlen wieder auf ihrer Haut spürte.

Ihr könnt mich alle mal ..., dachte sie wütend und lief zum nächsten Fahrradständer, der sich außer Sichtweite der Kameras befand. Sie schnappte sich eines der Räder, hängte die Tüte mit den Lebensmitteln an den Lenker, schwang sich in den Sattel und fuhr davon.

Natürlich war sie sich ihrer Trotzreaktion bewusst. Aber dass sie wieder nicht ernst genommen worden war, machte sie ausgesprochen zornig. Zumindest hatte sie die Polizei an der Nase herumgeführt und ihnen eine falsche Adresse in Kalmar genannt. Das ließ ein wenig Schadenfreude aufkommen. Die junge Beamtin hatte nicht einmal ihre Geschichte anhören wollen und war anscheinend nicht an der Aufklärung des Falles interessiert. Das ließ tief blicken.

Karla atmete auf, als sie das Ferienhaus endlich erreicht hatte. Sie schob das Fahrrad wieder in den Schuppen und betrat das Haus. Alles war noch so, wie sie es verlassen hatte. Nachdem sie die Kommode wieder vor die Eingangstür geschoben hatte, bereitete sie sich in der Küche eine warme Mahlzeit zu. Ihr Kreislauf schwächelte, weil die Befragung sie sehr mitgenommen hatte. Stress pur.

Anschließend stellte sie einen Stuhl auf die Terrasse und machte es sich bequem. Die jungen Bäume spendeten genügend Schatten und machten den Aufenthalt im Freien erträglich. Nachdem sie das Smartphone wieder aufgeladen hatte, sah sie, dass eine neue Nachricht von Filip eingegangen war.

*Alles klar bei dir? Ich hatte heute so ein komisches Ge-
fühl, pass bitte auf dich auf.*

Wow. Karla staunte über Filips sensible Antennen
und seine feinfühlige Art. Sie antwortete ihm sofort.

*Alles wieder okay. Ich bin nur beim Fahrraddiebstahl
erwischt worden.*

In knappen Sätzen schilderte sie ihm, was sie erlebt
hatte. Allerdings verschwieg sie, dass sie schon nach
fünf Minuten wieder rückfällig geworden war.

*Ich kann dich verstehen. Meine Mutter hat in der Ga-
rage ein Fahrrad stehen, das sie nicht mehr benutzt.
Wenn du zurück bist, könntest du es abholen.*

Danke, aber das kann ich nicht annehmen.

*Und ob du das kannst. Meine Mutter ist froh, wenn es
keinen Platz mehr wegnimmt.*

*Das klären wir dann, wenn ich in Stockholm zurück
bin.*

*Alles klar, du kleine Fahrraddiebin. Versprich mir, dass
du in Zukunft besser auf dich aufpassen wirst.*

Ich verspreche es.

Filip hatte zur Aufmunterung einige lustige Smileys geschickt, was ihre Stimmung ein wenig hob. Er war ein feiner Kerl, der sie so annahm, wie sie nun einmal war. Mit all ihren Makeln und Narben auf Seele und Haut.

Sie verbrachte den gesamten Nachmittag auf der Terrasse und färbte sich am Abend die Haare, damit der blonde Ansatz wieder verschwand. Anschließend betrachtete sie sich zufrieden im Spiegel, von ihrem früheren Ich war so gut wie nichts mehr zu erkennen. Dann legte sie sich schlafen, um für den nächsten Tag fit zu sein. Ein letztes Mal wollte sie zum Haus, um ganz sicher zu sein.

KAPITEL 22

Marisa lag zusammengekrümmt auf der Matratze und kämpfte gegen die Übelkeit an. Johan hatte sie mit Wasser und zwei Sandwiches versorgt und sie hatte sich darüber hergemacht wie ein ausgehungerter Wolf. Nun rebellierte ihr Magen, weil sie die Nahrung zu hastig heruntergeschlungen hatte.

Auch die immerwährende Dunkelheit machte ihr zu schaffen und so träumte sie sich nach draußen. Sie lag auf einer Decke am Strand und ließ den feinen Sand durch ihre Finger rieseln. In der Ferne konnte sie die historische Burg sehen, die, einer Festung gleich, am Ufer thronte. Uneinnehmbar und von dicken Mauern geschützt. Sie wusste, warum gerade dieses Bild in ihrem Kopf herumspukte, denn genauso wollte sie selbst sein – hart und unerbittlich, um Johan die Stirn zu bieten. Er sollte sich an ihr die Zähne ausbeißen und zu spüren bekommen, dass er mit Gegenwehr zu rechnen hatte. Natürlich war das nur Wunschdenken, denn kaum ein Mensch hielt den grausamen Schmerzen lange stand. Und sie selbst war weiß Gott keine Märtyrerin.

Sie drehte sich auf den Rücken und blickte in einen strahlend blauen Himmel. Hin und wieder zog eine dieser fluffigen Schäfchenwolken vorüber und es roch nach Sonnencreme und Tang. Die Wellen brachen sich am Ufer und in der Ferne lachten Kinder. Eine kühle

Meeresbrise streichelte sanft über Marisas Haut. Ja, Momente wie dieser konnten wundervoll sein.

In ihren Augen war Kalmar eine der schönsten Städte der Welt und voller Kontraste – historische Bauwerke und mit Kopfsteinpflaster bedeckte Straßen, aber auch internationale Firmen, die sich hier angesiedelt hatten. Außerdem gab es einen Flughafen und eine Universität. Die liebevoll angelegten Parkanlagen verliehen Kalmar Charakter und Charme und das Stadtzentrum lag sogar auf einer Insel.

Ein leises Geräusch weckte ihre Aufmerksamkeit und sie setzte sich auf. War der Junge vielleicht zurückgekommen? Sie tastete sich an der Wand entlang in Richtung Tür und lauschte. Hoffentlich war es nicht Johan, dann würde sie ihm direkt in die Arme fallen. Minuten verstrichen, ohne dass sich etwas regte. Sie wollte sich gerade enttäuscht abwenden, als sie die Stimme des Jungen hörte.

„Bist du noch da drin?"

„Ja, das bin ich."

Ihr Herz klopfte vor lauter Aufregung wie verrückt, dieses Mal durfte sie es nicht vermasseln. Sie musste Bens Vertrauen gewinnen, das hatte oberste Priorität.

„Was machst du so?"

Diese Frage warf ihr gesamtes Vorhaben über den Haufen. Mit diesem Kind stimmte etwas nicht, es schien keine Empathie zu besitzen.

„Ich bin hier gefangen und hocke den ganzen Tag auf einer Matratze", flüsterte sie.

„Dann kannst du ausschlafen, stimmt's?"

Verdammt, wie sollte sie es bloß anstellen, dass er endlich Hilfe holte?

„Nein. Ich liege wach und denke darüber nach, wie sich Freiheit anfühlt."

Der Junge würde mit dieser Information kaum etwas anfangen können und sie spürte dieselbe Frustration wie beim letzten Gespräch.

„Das ist ja langweilig", sagte er.

„Was dachtest du denn, was ich hier mache? In diesem Loch gibt es kein Licht und keine Bücher, um sich die Zeit mit Lesen zu vertreiben."

Ihr Sarkasmus lief auf Hochtouren und sie musste sich daran erinnern, dass der Junge erst sieben Jahre alt war. Vielleicht war er schon so auf die Welt gekommen. Es bestand auch die Möglichkeit, dass er Johans Sohn und genau wie sein Vater auf emotionaler Ebene gehandicapt war. Wahrscheinlich konnte er deshalb keine Hilfe holen.

„Ich zocke lieber Computerspiele", sagte Ben.

Für einen Knirps wie Ben klang die Antwort ziemlich erwachsen.

„Schön. Würdest du mir heute helfen?"

„Was soll ich tun?", fragte er.

„Hilfe holen. Ich möchte zu meiner Mutter zurück, sie wird mich schon sehr vermissen."

„Aber wenn sie weiß, dass du sie vermisst, warum hilft sie dir nicht?"

Gute Frage. Ben hatte ein völlig anderes Denkmuster und antwortete meist überraschend. Sich Sätze zurechtzulegen, hatte wenig Sinn, so spontan und unberechenbar, wie er reagierte.

„Weil sie keine Ahnung hat, dass ich gefangen gehalten werde. Sie vermisst mich, wie eine Mutter ihr Kind vermisst. Verstehst du das?" Sie setzte kaum noch Hoffnung in die Konversation mit ihm.

„Nein, nicht so richtig."

„Wenn es möglich wäre, mit deiner Mutter zu reden, könnte ich ihr meine Situation erklären. Deshalb bitte ich dich, ihr von mir zu erzählen. Sie wird es sicher verstehen."

„Meinst du?"

„Natürlich. Dann kann sie selbst entscheiden, ob sie mir helfen möchte."

Ein Fünkchen Hoffnung kehrte zurück.

„Hm, ich werde es mir überlegen."

Wollte Ben sie zum Narren halten?

„Bitte, denk nicht so lange darüber nach", flehte sie, aber er antwortete nicht mehr.

„Ben, bist du noch da?"

Stille.

Enttäuscht lehnte sie sich mit dem Rücken an die Tür. Sie war in der Hölle gelandet und jeder Versuch, sich daraus zu befreien, wurde torpediert. Als plötzlich das grelle Deckenlicht anging, zuckte sie panisch zusammen und hastete zur Matratze zurück. Genau in diesem Moment stieß Johan auch schon die Tür auf.

„Und, wie fühlst du dich heute?", fragte er.

„Bescheiden", murmelte sie und presste sich mit dem Rücken an die Wand. Sie hatte Angst vor ihm, konnte kaum atmen, wollte sich aber auch nichts anmerken lassen. Bei dem Gedanken, was gleich folgen könnte, stieg bittere Galle auf.

„Was hältst du davon, wenn ich heute dort anknüpfe, wo wir das letzte Mal aufgehört haben? Diesmal wird dein Kreislauf nicht absacken, schließlich hast du gegessen und getrunken."

Mit einem Kopfnicken deutete er auf den leeren Teller und die halb volle Plastikflasche. Marisas Herz flatterte wie ein wildes Vögelchen, das in einem Käfig gefangen gehalten wurde. Nein, bitte nicht!, flehte sie stumm.

„Deine Freude darüber scheint sich in Grenzen zu halten", sagte er mit spöttischer Stimme.

„Wenn wundert's", sagte sie und bereute ihre Worte sofort. Aber der erwartete Schlag blieb aus. Sie musste ihre Zunge zügeln und durfte sich keine weiteren Verletzungen mehr leisten, wenn sie ernsthaft Widerstand leisten wollte.

„Ich würde an deiner Stelle nicht so vorlaut sein." Er musterte sie abfällig. „Aber ich habe da auch schon eine Idee, wie ich dich bestrafen könnte."

Er würde es nicht durchgehen lassen und sie hasste sich für ihr impulsives Verhalten. Aber da war diese Wut in ihrem Bauch, dieses Ungerechtigkeitsgefühl, von Gott und der Welt verlassen worden zu sein. Warum suchte niemand nach ihr? Die Polizei schien immer noch im Dunkeln zu tappen und hatte sich nicht mit Ruhm bekleckert, wenn es darum ging, die jungen Frauen von Kalmar zu beschützen.

Aber dann stoppte sie ihre Gedankengänge. Selbstmitleid war keine Option, denn sie hatte nur ein einziges Ziel – nicht so enden zu wollen wie die anderen Opfer. Sie durfte sich nicht auf Johans Provokationen einlassen und musste versuchen, die Contenance zu bewahren. Allerdings war das leichter gedacht als getan.

„Dann darf ich dich jetzt bitten, Platz zu nehmen."

Johan deutete eine Verbeugung an und zeigte auf den Stuhl. Aber Marisa rührte sich nicht. Zu groß war die Angst vor dem, was er ihr gleich antun würde.

„Was ist? Willst du es auf die harte Tour?"

Hatte Johan gar keinen Job? Was tat er den ganzen Tag? Däumchen drehen und junge Frauen foltern?

Ihre Knie waren weich wie Butter und sie unterdrückte den Würgereiz, als sie sich dem Stuhl näherte.

„Na also, geht doch", sagte Johan zufrieden und legte die Gurte an.

„Du musst das nicht tun", sagte Marisa, obwohl sie sich geschworen hatte, den Mund zu halten.

„Und ob ich das tun muss", entgegnete er.

„Ich habe dir nie etwas getan."

„Das mag schon sein. Aber du stehst stellvertretend für jene Frau, die mir das Leben zur Hölle gemacht hat. Ich lasse mich von euch nicht ruinieren, weder privat noch geschäftlich."

„Wo bleibt da die Gerechtigkeit für das, was dir angetan wurde?", fragte sie.

„Hier geht es nicht um Gerechtigkeit", sagte Johan und ging nach draußen, um sein OP-Besteck zu holen.

Marisa presste die Lippen fest zusammen, um ja nichts Falsches zu sagen. Es war so schwer, alles schweigend über sich ergehen zu lassen.

Johan klapperte eifrig mit den Bestecken. Dann löste er den Gurt der linken Hand und umfasste ihren Oberarm, um ihn mit einer Manschette abzubinden. Er zog eine Spritze auf und jagte sie ihr in die Vene. Marisa schrie auf, als es in der Armbeuge brannte.

„Immer mit der Ruhe, gleich ist es vorbei", sagte er und fixierte ihr Handgelenk wieder mit dem Gurt.

Marisa wartete auf die Wirkung der Spritze und sie fragte sich, was er ihr da verabreicht hatte. Das Blut in ihren Adern pulsierte und die Luft blieb ihr weg. Panisch schrie sie auf.

„Ruhe, verdammt!", herrschte er sie an. „Schließlich wirst du den Trip deines Lebens haben."

Seine Worte drangen schon nicht mehr in ihr Bewusstsein durch. Sie bäumte sich auf, schrie und zerrte an den Gurten, die tiefer und tiefer in ihre Haut schnitten. „Ich will hier raus …"

Irgendwann registrierte sie, dass ihre Schreie in ein unverständliches Nuscheln übergegangen waren. Was zum Teufel hatte er ihr da verabreicht? Sie fühlte sich wie auf einem Höllentrip, aus dem es kein Entrinnen gab.

„Du sollst jetzt endlich stillhalten!", brüllte er.

Marisa sah das Skalpell in seiner Hand blitzen und bäumte sich abermals auf. Solange sie sich bewegte, würde er keinen Schnitt setzen können. Sie fühlte sich wie in Watte gepackt und ganz weit weg. Und dennoch war alles so real. Die Umgebung verschwamm vor ihren Augen, sie konnte grelle Blitze sehen, aber auch warme Farben wahrnehmen. Irgendwann erstarb ihre Gegenwehr, weil sie sich total verausgabt hatte.

„Na also, geht doch", sagte er.

Und dann spürte sie ihn, den ersten Schnitt. Bitte, bitte, lass mich ohnmächtig werden oder schicke mir Hilfe, flehte sie. Aber wer sollte sie schon hören, hier in diesem finsteren Loch? Die Welt da draußen schien sie vergessen zu haben und ließ sie mit ihrem Schmerz allein.

Irgendwann klinkte sie sich aus und versank in einer
alles verschlingenden Gleichgültigkeit. Sie zuckte zwar
noch zusammen, sobald der kalte Edelstahl des Skalpells ihre Haut berührte, aber mehr auch nicht. In Gedanken schwebte sie durch Raum und Zeit und ließ sogar Kindheitserinnerungen aufleben. Ihren Körper
konnte er schinden, aber ihren Geist würde er niemals
brechen.

KAPITEL 23

Anna saß mit den Kollegen im Konferenzraum und wartete ungeduldig auf Lundgrens Erscheinen. Nach einer zehnminütigen Verspätung trat er endlich ein.

„Tut mir leid, ich habe vollkommen die Zeit vergessen", sagte er zerstreut.

Ein missbilligendes Raunen erklang, dann herrschte wieder Stille.

„Ich hatte mit Kommissarin Grönberg bereits darüber beratschlagt, dem Täter einen Stolperstein in den Weg zu legen und ich möchte Ihre Meinung dazu wissen. Ich würde durch die Medien verbreiten lassen, dass die Lobotomie bei Inga Nilson misslungen ist und sie durch eine neuartige Therapie wieder auf äußere Einflüsse reagiert."

„Das ist doch vollkommener Blödsinn", sagte Tomas. „Das nimmt uns der Typ niemals ab."

„Es gibt genügend Computerprogramme, die das simulieren könnten, Videos dieser Art kursieren zuhauf im Internet. So präzise der Täter auch arbeitet, in Sachen Lobotomie ist er kein Fachmann, weil ihm die Routine fehlt. Er kann sich nicht sicher sein, die Lobotomie bei jedem Opfer korrekt ausgeführt zu haben. Außerdem gibt es heutzutage unzählige Möglichkeiten der Rehabilitation."

„Das überzeugt mich nicht wirklich", sagte Karsten.

„Ich weiß, dass diese These sehr gewagt ist. Aber der Täter soll einen Dämpfer erhalten und sich persönlich davon überzeugen, dass es Inga Nilson besser geht.“

„Er wird garantiert nicht in diese Falle tappen“, entgegnete Tomas.

„Ich habe geplant, das Video noch heute in den Lokalnachrichten zu präsentieren.“

„Wow, wie soll das auf die Schnelle funktionieren?“, fragte Anna.

„Es gibt eine Menge KIs, die dazu in der Lage sind, in Sekundenschnelle derartige Clips zu generieren. Wir müssen nur noch das Einverständnis der Eltern einholen.“

„Wenn das so einfach ist, und Sie darauf vertrauen, dann machen wir das“, sagte Anna und Lundgren bedachte sie mit einem erstaunten Blick.

„Ich möchte Sie nun auffordern, als Team darüber abzustimmen.“ Er schaute von einem zum anderen und wartete darauf, dass sich die Kollegen dazu äußerten. Die Fürsprecher waren in der Mehrzahl.

„Einen Versuch ist es wert“, sagte Katja, die Jüngste im Team und frisch von der Akademie. Sie war bekannt dafür, neue Wege einzuschlagen, während sich die alten Hasen meist zurückhielten.

„Gut, dann werde ich jetzt die Eltern informieren.“ Lundgren sah zufrieden in die Runde und deutete mit einem Kopfnicken in Annas Richtung an, dass sie ihm folgen sollte. Sie stand auf und warf Tomas einen skeptischen Blick zu. Aber der hob den Daumen, getreu dem Motto, das wird schon.

Schweigend lief sie neben Lundgren zum Wagen und setzte sich hinters Steuer. Weil er sich in Kalmar nicht auskannte, musste sie die Rolle der Chauffeurin übernehmen. Ein weiterer Minuspunkt in der Zusammenarbeit, weil sie sich stets von ihm bevormundet fühlte. Außerdem machte er alles mit sich selbst aus, war nicht sehr mitteilsam und schien im stillen Kämmerlein seine Pläne zu schmieden. Oder am Täterprofil, dachte sie mit einem Anflug von Sarkasmus.

Die Nilsons wohnten am Rande der Stadt in einem Einfamilienhaus, das erst vor Kurzem modernisiert worden war. Ein für Schweden untypisches Pultdach ließ das Haus auf gewisse Weise futuristisch wirken. Zumindest schienen die Nilsons keine armen Leute zu sein, was die Angelegenheit glaubhafter machen würde. Sie könnten sich eine kostspielige Therapie locker leisten.

Anna drückte auf den Klingelknopf und wartete geduldig, bis ihnen die Tür geöffnet wurde.

„Wir haben miteinander telefoniert", sagte sie und deutete auf Lundgren. „Meinen Kollegen kennen Sie ja bereits."

Silja Nilson nickte und bat sie ins Haus.

Anna und Lundgren folgten ihr auf die Terrasse, wo schon eine Kanne Kaffee für sie bereitstand.

„Darf ich Ihnen eine Tasse einschenken?", fragte Silja Nilson.

„Sehr gerne", antworteten Anna und Lundgren beinahe zeitgleich.

Silja Nilson setzte sich neben ihren Mann und schaute Anna und Lundgren erwartungsvoll an.

„Worum geht es denn? Ist der Täter endlich gefasst worden?"

Anna verneinte. „Mein Kollege möchte Ihnen einen Vorschlag unterbreiten, in der Hoffnung, dass Sie zustimmen werden."

„Warum haben Sie diesem Mistkerl noch immer nicht die Handschellen angelegt?", fragte Silja Nilson wütend. „Soll ich für Sie die Arbeit erledigen?"

„Nein, nur kooperieren", erwiderte Lundgren mit leiser Stimme. „Wir haben es hier mit einem Sadisten zu tun, der überdurchschnittlich intelligent ist. Diese Menschen kann man nur mit den eigenen Waffen schlagen."

„Inwiefern?"

Nachdem Lundgren ausführlich sein Vorhaben erklärt hatte, sah Anna Tränen in Silja Nilsons Augen schimmern. Gunna Nilson schluckte schwer und seine Hände zitterten leicht.

„Wissen Sie, was Sie da von uns verlangen?" Silja Nilsson schluchzte. „Wir werden unsere Tochter in ihrem Normalzustand zu sehen bekommen und es wird uns erneut das Herz brechen."

„Ich weiß um Ihr Leid", sagte Lundgren. „Aber der Täter spielt mit uns – und gerade aus diesem Grund will ich die Regeln ändern."

Silja Nilson erhob sich. „Geben Sie uns ein paar Minuten Bedenkzeit", sagte sie.

Sie stand auf und ging zur Bar, um sich und ihrem Mann ein Glas einzuschenken. Er war ihr gefolgt und sie reichte es ihm, bevor sie sich in den Sessel setzte und mit leerem Blick an die gegenüberliegende Wand starrte.

„Was meinen Sie? Werden sie zustimmen?", wisperte Anna.

„Ja, das werden sie. Wenn die Nilsons dagegen wären, hätten sie meinen Vorschlag sofort abgeschmettert."

„Sind Sie sich wirklich sicher, dass uns das voranbringen wird?", fragte sie zweifelnd.

„Es gibt keine hundertprozentige Sicherheit, auch wenn Sie das gerne von mir hören würden."

„Dann verstehe ich nicht, warum Sie mit dem Leben von Marisa Lind spielen."

„Ich bin nicht derjenige, der Spielchen spielt. Mir geht es nur darum, diesen Mann zu stoppen, bevor er weitere Opfer in seine Gewalt bringen kann."

„Ich will aufrichtig zu Ihnen sein", sagte Anna. „Falls Marisa Lind etwas zustößt, werde ich mir das niemals verzeihen."

„Für gewöhnlich behält der Täter seine Opfer so lange bei sich, bis er ihren Willen gebrochen hat", entgegnete Lundgren.

„Natürlich, und bis dahin foltert er sie auf bestialische Weise. Das muss ein Ende haben."

„Genau aus diesem Grund sind wir hier."

Anna schluckte ihre bissige Bemerkung herunter. Es fühlte sich nicht richtig an, worum sie das Ehepaar Nilson baten. Sie noch einmal durch die Hölle zu schicken, war in ihren Augen nicht fair und sie forschte in Lundgrens Gesicht, ob er tatsächlich so gefühlskalt war. Dabei entging ihr nicht sein sorgenvoller Blick und der bittere Zug um seinen Mund. Auch ihm schien das Ganze nahezugehen.

Genau in diesem Moment erhob sich Silja Nilson und warf mit einem verzweifelten Schrei das Glas an die Wand. Gunna Nilson war sofort bei ihr und sie ließ sich mit bebenden Schultern in seine Arme sinken. Es verstrichen einige Minuten, bis sie sich beruhigt hatte und eine hitzige Diskussion mit ihrem Mann entbrannte.

„Das Ganze ist doch Irrsinn“, sagte sie.

„Bitte beruhige dich. Du musst es einmal von diesem Standpunkt aus sehen, dass wir weiteres Leid verhindern könnten.“

„Aber dadurch wird unsere Tochter auch nicht wieder gesund“, widersprach sie.

„Das stimmt, aber ich will, dass dieser Mistkerl endlich zur Verantwortung gezogen wird, für das, was er unserem Mädchen angetan hat.“

Sie redeten noch eine Weile aufeinander ein und nachdem sich die Wogen geglättet hatten, kehrten beide auf die Terrasse zurück.

Anna und Lundgren hoben erwartungsvoll den Blick.

„Ziehen wir die Sache durch, wenn es hilft, dass weitere junge Frauen verschont bleiben. Keine Eltern sollten so etwas durchmachen müssen“, sagte Gunna Nilson.

Lundgren atmete auf. „Sie haben die richtige Entscheidung getroffen, noch ist es nicht zu spät.“

„Gut. Dann lassen Sie uns an Ihren Plänen teilhaben, wie wir die Sache angehen“, antwortete Gunna Nilson.

Er und seine Frau lauschten gespannt Lundgrens Ausführungen.

Nachdem er geendet hatte, schaute er nacheinander Silja und Gunna Nilson an. „Sie wirken wenig überzeugt“, sagte er.

Silja Nilson zuckte nur mit den Schultern. „Sie sind der Ermittler, ich kann das nicht beurteilen. Tun Sie, was immer nötig ist, um Schlimmeres zu verhindern.“

„Das werden wir", antwortete Lundgren. „Vielen Dank für Ihre Offenheit und Ihr Vertrauen."

Sie unterhielten sich noch eine Weile, dann brachen Anna und Lundgren auf, um zur Behörde zurückzufahren.

„Dann ziehen wir das also durch", sagte Anna, auf dem Weg nach draußen.

„Ja. Je eher wir uns damit an die Öffentlichkeit wenden, desto besser", erwiderte Lundgren

„Können wir noch eine Runde um den Block laufen? Ich habe Kopfschmerzen, das nimmt mich alles zu sehr mit."

„Gute Idee."

Stumm liefen sie nebeneinanderher, bis Anna das Schweigen brach.

„Wer soll eigentlich das Video anfertigen?", fragte sie.

„Ich habe bereits einen IT-Experten in Göteborg damit beauftragt", antwortete er.

„Aber Sie wussten doch gar nicht, ob uns die Nilsons ihre Zustimmung geben würde?"

„Welche Eltern würden nicht so handeln? Sie haben viel Leid ertragen müssen und jeder halbwegs empathische Mensch kann sich in diese schmerzhafte Situation hineinversetzen."

Anna stellte erstaunt fest, dass Lundgren tatsächlich über Empathie verfügte. Er wirkte auf andere eher kühl und distanziert.

„Aber gepokert haben Sie schon."

„Habe ich das je bestritten?"

„Nein, nicht wirklich."

„Sehen Sie. Gleich können wir uns in die Vorbereitungen stürzen, um dem Täter endgültig das Handwerk zu legen.“

„Ich werde Sie beim Wort nehmen.“

Obwohl Anna ernsthaft am Erfolg zweifelte, war sie froh, dass endlich Bewegung in den Fall kam. Sie wollte nur noch, dass es vorbei war.

KAPITEL 24

Das Knacken eines vertrockneten Zweiges ließ Karla aufschrecken. Ihr Herz hämmerte hart gegen die Brust, als sie sich aufsetzte und lauschte. Sie hörte ein leises Rascheln und ihre Sinne waren sofort alarmiert. Das klang nicht nach einem Tier. Ihre Gedanken überschlugen sich auf der Suche nach einem geeigneten Versteck. Keller gab es keinen, blieb nur noch der Dachboden übrig. Für die Flucht nach draußen war es zu spät, das Geräusch war ziemlich nah am Haus gewesen.

Also hastete sie in den Flur, zog die Luke nach unten und klappte die Holzleiter auf. Sie kletterte nach oben, holte die Leiter wieder ein und schloss die Luke. Lautlos schlich sie über die Bohlen und verkroch sich in der hintersten Ecke. Erst jetzt fiel ihr ein, dass sie den Rucksack neben dem Bett hatte stehen lassen. Verdammt, dieser Fehler hätte ihr nicht passieren dürfen. Immerhin hatte sie ihr Smartphone mitgenommen, um im Notfall Hilfe rufen zu können.

Zitternd schlang sie die Arme um die Knie, lauschte und wartete. Nachdem es einige Minuten still geblieben war, wollte sie schon erleichtert aufatmen. Aber dann hörte sie, wie jemand versuchte, die Eingangstür zu öffnen. Die Füße der Kommode schabten geräuschvoll über den abgewetzten Dielenboden.

Karla bedauerte, dass ihr Versteck nicht mehr sicher war. Sie hatte sich hier wohlgefühlt und sogar das

Smartphone aufladen können. Von den warmen Mahlzeiten ganz zu schweigen. Nun würde sie weiterziehen müssen. Vielleicht wäre es das Beste, Kalmar den Rücken zu kehren und nach Stockholm zurückzufahren. Dort wartete Filip auf sie und wenn sie ehrlich war, dann freute sie sich darauf, ihn wiederzusehen.

Im Flur wurde eine Tür kraftvoll aufgestoßen und prallte gegen die Wand. Wer zum Teufel trieb sich im Haus herum? Da keine Stimmen zu hören waren, musste es sich um eine Einzelperson handeln, und den harten Schritten nach zu urteilen, konnte es nur ein Mann sein. Das machte ihr Angst. Was, wenn dieser Mistkerl ihr gefolgt war, ohne dass sie es bemerkt hatte?

Ein dicker Kloß steckte in ihrem Hals, bei dem Gedanken daran, in der Falle zu sitzen. Warum hatte sie sich nicht den Rucksack geschnappt und war aus dem Fenster gesprungen? Rauf aufs Fahrrad und nichts wie weg von hier? Stattdessen hockte sie zitternd in einer Ecke und flehte das Universum um Beistand an. Keine guten Aussichten.

Die scharrenden Schritte entfernten sich, dann konnte sie ein Klappern aus der Küche hören. Bloß gut, dass sie das Geschirr abgewaschen und weggeräumt hatte. Hoffentlich würde der Typ keinen Blick in den winzigen Erdkeller werfen ...

Zu spät, das Knarren der Luke war nicht zu überhören. Ich muss mich verteidigen, ich darf nicht aufgeben, dachte sie. Blindlings tastete sie über den Boden und als ein Balken unter ihrem Gewicht knarrte, hielt sie erschrocken inne. Spätestens jetzt könnte dem Eindringling ein Licht aufgegangen sein, wo er nach ihr suchen musste.

Dann war es mit einem Mal ganz still. Die Zeit verstrich zäh, ohne dass ein Laut aus der unteren Etage zu hören war. Karla verharrte in der unbequemen Position und wagte nicht, sich zu rühren. Am liebsten hätte sie auch das Atmen eingestellt, um ja kein Geräusch zu verpassen. Noch immer war nichts zu hören und ihre Nervosität steigerte sich.

Als die Leiter ausgeklappt wurde, musste sie mit aller Macht einen Schrei unterdrücken und kroch hinter einen Stapel alter Kartons. Sie presste die Hand auf den Mund, damit ihr kein einziger Laut entwich. Der grelle Lichtstrahl einer Taschenlampe wanderte über den Boden, bis er den Stapel mit den Kartons erreicht hatte.

Schweres Schuhwerk polterte über den Boden, geradewegs auf sie zu. Sie brauchte sich nichts mehr vorzumachen, er hatte sie gefunden. Der Lichtstrahl streifte kurz ihr Gesicht und sie duckte sich instinktiv. Wann würde er sie an den Haaren packen und hervorzerren?

Der Kerl hob Karton für Karton vom Stapel, um sie zu öffnen und darin herumzuschnüffeln. Irgendwann wurde er der Sache überdrüssig, versetzte dem Karton einen Tritt und wandte sich ab. Vor der Luke klemmte er die Taschenlampe zwischen die Zähne, um wieder hinunterzuklettern, und genau in diesem Moment konnte Karla sein Gesicht erkennen.

Verdammt, er war es!

Was nun? Wo sollte sie hin? Ihr Herz raste, sie war hier nicht mehr sicher. Hektisch wanderte ihr Blick über den Dachboden. Die Dachluke vielleicht? Zu gefährlich. Der Schrank? Die Tür könnte knarren. Nichts versprach Sicherheit.

Die Leiter ächzte unter seinem Gewicht, dann schlug er die Luke wieder zu. Karla hockte noch immer verstört in der Ecke und ihr Magen rebellierte. Vorsichtig kroch sie über die Bohlen, um sich in der Dachschräge hinter dem Schrank zu verbergen. Angewidert wischte sie sich die Spinnweben aus dem Gesicht. Was nun? Sie konnte sich nicht ewig hinter dem Schrank verstecken.

In der unteren Etage klappten Türen auf und zu, während Karla sich auf ihre Atmung konzentrierte. Sie litt unter Platzangst und dass sie in dieser engen Nische feststeckte, war der blanke Horror für sie. Verschwinde endlich!, flehte sie stumm. Wie hatte dieser Mistkerl sie nur aufspüren können, wo sie doch so umsichtig gewesen war?

Die Kleidung klebte schweißnass am Körper, Hände und Füße kribbelten unangenehm. Noch immer hörte sie ihn in der unteren Etage rumoren. Er musste doch merken, dass sie nicht da war, verdammt. Als es still wurde, hob sie beunruhigt den Kopf? War er noch da? Oder wartete er darauf, dass sie ihr sicheres Versteck verlassen würde? Was sollte sie nur tun? Schon jetzt hielt sie es in dieser engen Nische nicht mehr aus. Sie befürchtete, wegen ihrer Platzangst zu hyperventilieren.

Es dauert ewig, bis sie in der Ferne das Klappen einer Autotür vernahm. Der Motor heulte auf und das Fahrzeug entfernte sich. Er war endlich weg. Sicherheitshalber ließ sie noch einige Zeit verstreichen, bis sie wieder nach unten kletterte. Zum Glück war der Rucksack umgekippt und halb unter dem Bett verschwunden. Das Monster schien ihn nicht bemerkt zu haben.

Sie raffte ihre wenigen Habseligkeiten zusammen und stopfte sie zusammen mit den restlichen Lebensmitteln in den Rucksack. Immer wieder hielt sie inne, um zu lauschen. War er zurückgekommen? Oder spielten ihr die Sinne einen Streich? Sicherheitshalber kletterte sie aus dem Fenster und schlich zum Schuppen, um das Fahrrad zu holen. So leise wie möglich schob sie es durch den verwilderten Garten zur Straße. Sie warf einen letzten wehmütigen Blick zurück und schwang sich aufs Rad. Eine kühle Brise wehte vom Meer herüber und Karla begrüßte den erwachenden Tag. In der Ferne krähte ein Hahn und zwei Landmaschinen ernteten ein Maisfeld. Alles wirkte so friedlich und man hätte denken können, dass alles Böse auf dieser Welt getilgt worden wäre. Ein Irrglaube.

Am liebsten hätte sie die ganze Sache aufgegeben, weil die Angst noch in ihren Knochen steckte. Schließlich war sie geradeso noch einmal davongekommen. Aber sie wollte Rache für das, was er ihr angetan hatte. Er sollte am eigenen Leib zu spüren bekommen, wie es war, seiner Freiheit beraubt zu werden. Nur noch ein letzter Blick auf dieses Haus, damit sie sich auch sicher sein konnte, dass er dort wohnte, und dann ein anonymer Tipp an die Polizei. Dieses Versteckspiel musste endlich aufhören, sie hatte es so satt.

Sie war froh, als sie endlich ihr Ziel erreicht hatte, und versteckte das Rad wieder zwischen den Sträuchern. Sie tauchte in das grüne Blätterdach ein und wurde mit dem so typisch erdigen Geruch des Waldes begrüßt. So idyllisch sich die Landschaft auch präsentierte, die Gefahr lauerte überall, und Karla beschloss spontan, noch am Abend nach Stockholm zurückzukehren. Damit wäre sie auf der sicheren Seite.

Diesmal wagte sie sich näher an das Grundstück heran und kletterte wegen der besseren Sicht auf einen stark verzweigten Baum. Rings um das Haus war keine Menschenseele zu sehen. Hatte er sich aus Angst, doch aufgespürt zu werden, so verbarrikadiert?

Sie suchte mit dem Fernglas das Haus nach Kameras ab und wurde fündig. Die dunkle Linse war genau auf sie gerichtet. Hastig kletterte Karla vom Baum herunter und zog sich ins Dickicht zurück. Hoffentlich hatte er sie nicht gesehen. Sie war nachlässig geworden, das durfte ihr nicht noch einmal passieren.

Sie harrte geduldig aus und beobachtete das Anwesen. Um die Wartezeit zu überbrücken, checkte sie die eingegangenen Nachrichten. Arne fragte an, wann sie gedenke, wieder ihrem Job nachzugehen. Falls sie sich nicht innerhalb der nächsten zwei Tage melden würde, würde er die Stelle an jemand anderen vergeben. Sie schickte ihm umgehend eine Nachricht, damit er sich wieder beruhigte. Auch Filip hatte sich gemeldet.

Guten Morgen. Alles klar bei dir?

Ja, so weit ist alles in Ordnung.

Klingt nicht sehr überzeugend. Ist etwas passiert?

Ja, jemand ist nachts im Haus gewesen.

Das, was du gerade machst, schient ziemlich gefährlich zu sein. Ich mache mir wirklich Sorgen.

Ich habe beschlossen, heute den letzten Zug zu nehmen und nach Stockholm zurückzufahren.

Gute Entscheidung, ich freue mich. Wann wirst du ankommen?

Karla nannte ihm die Uhrzeit und spürte ein freudiges Kribbeln in der Bauchgegend. Vielleicht würde doch noch alles gut werden.

Was hältst du davon, wenn ich dich abholen würde?

Meinst du das ernst?

Klar. Ich werde am Bahnsteig auf dich warten.

Sie bedankte sich bei Filip und schloss für einen kurzen Moment erleichtert die Augen. Es fühlte sich gut an, was sich zwischen ihnen entwickelte. Vielleicht sollte sie sich weitere Papiere auf dem Schwarzmarkt besorgen, um sich wieder an einer Uni einzuschreiben und ihr Studium fortzusetzen. Mit etwas Glück könnte sie ihren Eltern auch ein Lebenszeichen zukommen lassen. Ein Quäntchen Hoffnung war alles, was sie jetzt brauchte.

Nachdem eine halbe Stunde vergangen war, suchte sie einen anderen Standpunkt, um das Haus weiter beobachten zu können. Von dort versuchte sie, mit dem Fernglas durch die Fenster zu schauen. Sie sah einen

Schrank und daneben ein Gemälde und vermutete, dass es sich um ein Schlafzimmer handeln könnte.

Fenster für Fenster tastete sie sich voran, ohne etwas Interessantes zu entdecken. Auch der Junge ließ sich nicht blicken, trotz des strahlend blauen Himmels. Schade, sie war wohl umsonst hierhergekommen. Sie schoss noch ein paar Fotos von dem Anwesen, um für den Fall der Fälle gewappnet zu sein. Schließlich war sie noch mit dem gestohlenen Fahrrad unterwegs und es bestand durchaus die Möglichkeit, wiederholt erwischt zu werden.

Sie beschloss, das Anwesen noch ein letztes Mal zu umrunden und dann in Richtung Kalmar aufzubrechen. Genau in diesem Moment wurde die Vordertür geöffnet und der Junge trat nach draußen. Er hielt den Fußball in seinen Händen und kickte ihn einige Male ungelenk hin und her. Sie zoomte ihn näher heran und war sich ganz sicher, ihren Retter von damals vor sich zu haben. Von Nahem wirkte er noch blasser und zarter und der Anblick ging ihr nahe. Diesem Kind musste dringend geholfen werden.

Auch sie hätte sich schon längst für eine Therapie entschieden, wenn ihre Papiere nicht gefälscht gewesen wären. Aber es war zu riskant, sich jemandem zu offenbaren und anzuvertrauen. Vielleicht wäre sie in die geschlossene Abteilung eingewiesen worden, weil auch der behandelnde Arzt sie für verrückt gehalten hätte.

Ihr Fokus war so auf den Jungen gerichtet, dass sie erschrak, als eine dunkle Silhouette ihn verdeckte. Sie hatte den Mann gar nicht aus dem Haus kommen sehen und seine Anwesenheit versetzte sie in Panik. Das markante Kinn, die etwas arrogant wirkenden Gesichtszüge, das volle Haar und die durchtrainierte stattliche Figur. Er war attraktiv, was es ihm leicht machte, seine Opfer geschickt zu umgarnen.

Wie konnte es sein, dass ein Teufel in Menschengestalt so einnehmend daherkam? Aus dem Artikel, den sie vor ihrer Abreise im Internet gelesen hatte, ging hervor, dass er sich nun offensichtlich Johan nannte. Was für eine Blasphemie. Der Name bedeutete, dass Gott gnädig, gütig und huldreich ist. Aber dieser Mensch war alles andere als das. Er zerstörte nicht nur den intakten Körper einer Frau, nein, er zerstörte auch noch deren Seele.

Der Mann umfasste die Hand des Jungen und wollte ins Haus zurückkehren, aber er sträubte sich.

„Nein, ich will draußen bleiben", rief der Junge und versuchte, sich dem Klammergriff zu entwinden.

„Schluss jetzt!"

„Aber es ist so schönes Wetter und ich langweile mich", rief er mit tränenerstickter Stimme.

„Hör sofort auf damit und gehorche, wenn ich dir etwas sage."

Schließlich beugte sich der Junge seinem Willen und verschwand mit ihm im Haus. Damals hatte ihr diese Hörigkeit geholfen, ihrem Peiniger zu entkommen. Ein harscher Befehl – und der Junge spurte. Kein Kind sollte auf diese Weise aufwachsen.

Sie ließ diesen Moment nachklingen und hatte nicht den geringsten Zweifel, dass es sich bei dem Jungen um seinen Sohn handelte. Die Gesichtszüge, die sich stark ähnelten und das volle Haar. Nur dass der Junge schmächtig und so verloren wirkte. Aber wenn es ihm an Sonne, Liebe und Gesellschaft mangelte, dann war das auch kein Wunder.

Karla verließ ihren Beobachtungsposten, setzte sich auf ein weiches Moosbett und lehnte sich mit dem Rücken an einen Baum. In ihrer Aufregung hatte sie natürlich kein Foto geschossen, worüber sie sich maßlos ärgerte. Aber noch länger zu warten, hatte wenig Sinn. Sie hatte gesehen, was sie sehen musste, und jetzt war es an der Zeit, nach einer Lösung zu suchen. Vielleicht würde ihr anonymer Tipp den Stein endlich ins Rollen bringen. Irgendwann würde die Polizei doch aus ihrem Dauerschlaf erwachen müssen.

Sie schickte Filip eine letzte Message, bevor sie aufbrach.

Mission beendet, ich mache mich auf den Weg zum Bahnhof.

Ich bin sehr erleichtert und werde dich abholen, du hast mein Wort.

Es tat ausgesprochen gut, mit Filip zu kommunizieren. Die Bürde, die tagtäglich auf ihren Schultern lastete, war halbiert worden, weil es endlich eine Person gab, die sich im Notfall für sie einsetzen würde. Wenn das kein gutes Omen war, was dann?

KAPITEL 25

Marisa erwachte aus ihrem Dämmerschlaf. Wirre Träume hatten sie geplagt und ihr Zunge fühlte sich wie eine unförmige, dicke Kröte an. Die immerwährende Dunkelheit war inzwischen unerträglich geworden. Mühsam richtete sie sich auf, weil sie sich so entsetzlich schwach und benommen fühlte. Genau in diesem Moment traf sie der Schmerz mit voller Wucht. Sie ballte die Hände zu Fäusten und stöhnte auf.

Himmel, was hatte er ihr nur angetan? Am liebsten hätte sie die Wunden behutsam abgetastet. Aber sie wagte es nicht, weil sie befürchtete, dann durchzudrehen. Wie hatte sie nur in diesen nicht enden wollenden Albtraum hineingeraten können? Wo sie doch immer so achtsam gewesen war, damit genau das nicht passieren konnte. Und nun war sie mittendrin, ohne Hoffnung auf Rettung. Die Polizei schien zu schlafen, genauso wie der Rest der Welt. Irgendwem musste doch etwas aufgefallen sein. Schließlich hatte Johan sie bewusstlos zum Wagen getragen. Sonst hingen die Nachbarn doch immer an ihren Fenstern. Warum nicht auch in dieser Nacht?

Marisa war außer sich und dermaßen aufgewühlt, dass sie sich zurück auf die Matratze sinken ließ, um dem Schwindelgefühl Einhalt zu gebieten. Eine weitere Stuhl-Session würde sie nicht durchstehen. Ihre Haut spannte sich und schmerzte an den Stellen, an denen das Skalpell zum Einsatz gekommen war. Großer Durst plagte sie. Aber sie befürchtete, es nicht bis zur Tür zu schaffen, um nachzusehen, ob er Nahrungsmittel dagelassen hatte.

Sie versank wieder in wirren Träumen, die wahrscheinlich noch die Nachwirkungen der Droge waren. Ihr Geist reiste durch dunkle Landschaften und verlassene Spitäler, in denen ausgesprochen hübsche und junge Frauen in altertümlichen Rollstühlen seelenlos ausharrten. Dieser Anblick erschütterte sie bis ins Mark und sie schluchzte. Sie alle waren von der Welt vergessen worden.

Irgendwann erwachte sie mit schweißverklebten Haaren. Der quälende Durst war kaum noch auszuhalten und ihre Stirn fühlte sich fiebrig an. Das sah gar nicht gut aus. Mühsam rappelte sie sich auf und kroch in Richtung Tür. Dort tastete sie mit der freien Hand über den Betonboden und bekam die Wasserflasche zu fassen. Sie schraubte den Verschluss auf und setzte die Flasche an ihre Lippen. Leise gluckernd rann das kühle, belebende Nass durch ihre Kehle. Nachdem sie ihren Durst gelöscht hatte, ließ sie sich wieder auf der Matratze nieder und tastete behutsam die Verletzungen ab.

Die Schnitte waren akkurat vernäht worden, aber das Narbengewebe fühlte sich geschwollen an. Wahrscheinlich würden sich die Wunden entzünden, falls Johan keine Gegenmaßnahmen ergriff. Sie konnte einfach nicht begreifen, warum ihn diese Art der Folter befriedigte. Bereitete es ihm Freude, junge Frauen zu verstümmeln? Aber warum? Hatte er vielleicht irgendwann eine Abfuhr erhalten, die sein Ego nicht verkraften konnte? Oder wollte er nur seine Macht demonstrieren, um zu zeigen, wer am längeren Hebel saß?

„Hallo?“

Marisa war sofort hellwach und kroch zur Tür zurück.

„Bist du wieder da?“, fragte sie im Flüsterton.

„Ja, bin ich.“

„Hast du deiner Mutter von mir erzählt?“

Sie ahnte schon, wie Bens Antwort ausfallen würde. Dennoch keimte das zarte Pflänzchen der Hoffnung in ihr.

„Ich habe ihr alles erzählt, wie du es wolltest“, sagte der Junge, sichtlich voller Stolz.

Sollte das stimmen, dann war vielleicht schon Hilfe unterwegs.

„Was hat sie gesagt?“

„Nichts“, antwortete er.

„Nichts?“ Hatte Ben sie angelogen? „Sie muss doch irgendetwas gesagt haben. Zum Beispiel, dass sie die Polizei informiert.“

„Nein, sie spricht schon lange nicht mehr mit mir“, sagte er mit trauriger Stimme.

„Was soll das? Willst du mich zum Narren halten?“

Kaum hatte sie die Worte ausgesprochen, bereute sie diese auch sofort. Er war doch noch ein Kind.

Statt einer Antwort folgte Stille und Marisa presste das Ohr an die Tür.

„Bist du noch da?“

„Ja.“

„Warum lügst du mich an?“

„Ich lüge nicht.“ Er klang wütend.

„Was ist mit deiner Mutter?“

„Ich weiß es nicht. Papa sagt, dass sie krank geworden ist und es keine Heilung mehr gibt.“

„Oh, das tut mir leid.“ Damit hatte sie nicht gerechnet. „Aber du hast deiner Mama alles erzählt, ja?“

„Das habe ich doch schon gesagt.“

„Könntest du deinen Vater vielleicht um Hilfe bitten?“, fragte sie, um sich an den letzten verbliebenen Strohhalm zu klammern. Die darauffolgende Stille war kaum zu ertragen. „Hallo, bist du noch da?“

„Ja.“

Und wieder spürte sie, dass mit diesem Jungen etwas nicht stimmte. Er wirkte auf eine gewisse Weise verloren, bedrückt und sie konnte sich nicht vorstellen, ihn jemals lachen zu hören. Wahrscheinlich war seine Familie stark problembehaftet und er litt darunter. Einer schwer kranken Mutter beim Leiden zuzusehen, musste für ihn die Hölle sein.

„Warum kann mir dein Vater nicht helfen?“

„Weil er keine Zeit dafür hat. Er sagt, dass andere Leute ihn ins Unglück gestürzt hätten.“

„Und wenn du trotzdem versuchst, ihm von mir zu erzählen?“

„Nein!“

Seine Antwort war unmissverständlich.

„Hast du Angst vor ihm?“

„Ja, und er darf nicht wissen, dass ich hier bin.“

„Hat er dir wehgetan?“

Stille.

„Ben?“

„Manchmal.“

Marisa verfluchte das Universum, ihr ausgerechnet diesen Jungen geschickt zu haben. Dennoch schwor sie sich, Ben nach einer möglichen Flucht nicht zu vergessen, damit ihm geholfen werden konnte.

„Gibt es denn einen netten Nachbarn, den du um Hilfe bitten könntest?"

„Nein, wir wohnen ganz allein."

Diese Aussage verwunderte sie.

„Aber wenn das hier das Nachbarhaus ist, dann kann doch etwas nicht stimmen."

„Sorry, ich muss jetzt los", sagte Ben unvermittelt und sie konnte seine Schritte hören, die sich rasch entfernten.

Es konnte gar nicht anders sein, Ben war Johans Sohn und sie hatte das Gefühl, von einem Extrem ins nächste zu fallen. Sie brauchte nicht auf Rettung zu hoffen.

Erschöpft von den Strapazen kroch sie zurück auf die Matratze. Ihre Stirn fühlte sich noch immer fiebrig an und kalter Schweiß bedeckte ihre Haut. Sie trank noch ein paar Schlucke und schloss die Augen. So elend hatte sie sich noch nie gefühlt und sie bezweifelte, dass sie lange durchhalten würde.

Sie wusste, dass Johans Opfer einen oder sogar zwei Monate in seiner Gewalt gewesen waren. Woher hatten sie die mentale Stärke genommen, um nicht daran zu zerbrechen? Sie selbst war schon jetzt an einem Punkt, wo es stetig mit ihr bergab ging. Und dabei war das erst der Anfang ihres Martyriums. Johan war nicht gerade zimperlich, wenn es darum ging, seinen Opfern Verletzungen zuzufügen. Ihr wurde übel, wenn sie nur daran dachte, dass sie ein Leben lang gezeichnet sein würde.

Obwohl, sobald die Lobotomie erfolgt war, würde sie sich sowieso an nichts erinnern können.

Leise schluchzend schlug sie die Hände vors Gesicht und gab sich ihrem seelischen Schmerz hin. Wie sollte sie in diesem katastrophalen gesundheitlichen Zustand einen Fluchtplan ausarbeiten? Wo sie es gerade bis zur Tür und wieder zurück schaffte?

Plötzlich ging das Licht an und sie schloss geblendet die Augen.

„Guten Morgen", sagte er beim Eintreten.

Marisa entdeckte die Spritze in seiner Hand und wich entsetzt zurück. Er würde doch wohl nicht dort weitermachen, wo er gestern aufgehört hatte?

„Keine Angst, ich will dir nur helfen", sagte er und hockte sich neben sie. „Mach deinen Oberarm frei."

Sie schüttelte energisch den Kopf und rückte von ihm ab.

„Wie du willst. Dann lass mich wenigstens deine Stirn fühlen."

Zitternd ließ sie die Berührung über sich ergehen.

„Du hast ziemlich hohes Fieber, dagegen müssen wir etwas unternehmen. Zieh jetzt den Ärmel hoch, es ist nur zu deinem Besten."

Zögerlich kam sie seiner Aufforderung nach und er injizierte die Spritze, die ein wenig brannte.

„Ein Antibiotikum, dir sollte es bald besser gehen."

„Ich brauche ein Schmerzmittel."

„Das wäre dann doch zu viel des Guten."

Seine Lippen verzogen sich zu einem verächtlichen Grinsen.

„Warum fügst du mir die Wunden zu, um mich dann notdürftig wieder zusammenzuflicken?", fauchte sie.

„Damit ich länger meinen Spaß mit dir haben kann.“

„Was geht nur in deinem kranken Hirn vor?“ Diesmal war sie es, die in einem verächtlichen Tonfall mit ihm sprach.

„Zügle deine Zunge. Ich habe kein Problem damit, dich wieder auf dem Stuhl festzuschnallen.“

Marisa schluckte. Er war so abartig, so verteufelt und sie fragte sich, wie die Natur nur so einen Menschen hervorbringen konnte. Warum gab es nicht mehr empathische Menschen, die voller Mitgefühl die Welt zum Positiven veränderten?

„Worüber denkst du so angestrengt nach?“

„Ich würde gern wissen, ob du schon als Dämon geboren wurdest, oder was dich hat so werden lassen?“

Der Schlag traf sie völlig unvorbereitet und ihr Kopf prallte gegen die Wand. Benommen sank sie auf die Matratze. Aus ihrer Nase sickerte Blut, das sie mit dem Handrücken abwischte. Eine Welle des Hasses flutete ihr Innerstes und sie schwor sich, Rache zu nehmen. Wenn nicht in diesem Leben, dann vielleicht in einem anderen.

„Ich hoffe, du hast mich verstanden?“

Sie nahm allen Mut zusammen und spuckte ihm vor die Füße.

„Mach dich nicht lächerlich“, sagte er und wandte sich ab. „Zur Strafe wirst du mit dem Wasser auskommen müssen, das ich dir gestern hingestellt habe.“

Das Licht erlosch und die Stahltür krachte ins Schloss. Marisa war wieder allein.

Seine Finger brannten noch auf ihrer Haut und sie legte den Kopf in den Nacken, um die Blutung zu stoppen. Der Kerl war ein total durchgeknallter Psychopath, der endlich aufgehalten werden musste.

Sie rollte sich auf der Matratze zusammen und umschlang ihre Knie. Schon jetzt war sie mit ihren Kräften am Ende. Kalter Schweiß bedeckte ihre fahle Haut und sie zitterte. Innerhalb weniger Minuten schlief sie wieder ein, um erneut von Fieberträumen geplagt zu werden. Sie sah Ben durch dieses ihr unbekannte Haus geistern und wie er seinen Kopf auf den Schoß seiner Mutter legte. Sie strich dem Jungen liebevoll durchs Haar ... mit ihrer skelettierten Hand.

Schreiend fuhr Marisa aus ihrem Fieberwahn. Ihr Kopf glühte regelrecht und als sie mit den Fingerspitzen die Wunden abtastete, spürte sie, dass diese stark geschwollen waren. Das Antibiotikum schien nicht zu wirken, vielleicht hatte Johan ihr auch etwas ganz anderes verabreicht. Ihm war schließlich alles zuzutrauen.

Hektisch schraubte sie die Wasserflasche auf, um den Rest zu leeren. Gierig trank sie Zug um Zug und ließ sich wieder auf die Matratze sinken. Erschöpft strich sie sich die verschwitzten Strähnen aus der Stirn. Überall pulsierte der Schmerz, wahrscheinlich waren die Schnitte viel zu tief gewesen. Sie wollte nur noch, dass dieser Albtraum vorüber war, egal um welchen Preis. Vielleicht wäre die Lobotomie sogar eine Erlösung.

Nichts ergab mehr einen Sinn, für den es sich zu leben lohnte.

KAPITEL 26

Nach einem anstrengenden Arbeitstag verließ Anna am späten Abend das Büro. Sie hatte Tomas schon vor Stunden nach Hause zu seiner Familie geschickt und einen Teil des Arbeitspensums von ihm übernommen. Ihre Augen brannten und sie unterdrückte ein Gähnen. Bis jetzt hatte sich der Täter noch nicht bei Inga Nilson blicken lassen, die Rechnung des Fallanalytikers schien nicht aufzugehen.

Als sie den Flur entlang in Richtung Ausgang schritt, bemerkte sie, dass in Lundgrens Büro noch Licht brannte. Er ist genauso ein Arbeitstier wie ich, dachte sie und stieß einen leisen Seufzer aus. Auch der Gedanke an den leeren Kühlschrank hob nicht unbedingt ihre Feierabendstimmung.

„Sie sind noch hier?"

Überrascht drehte sie sich um. „Ja, es war noch eine Menge Papierkram zu erledigen. Und Sie?"

„Ich habe daran gearbeitet, dem Täter ein Stück näher zu kommen", sagte er.

„Hat es geklappt?"

„Das wird sich zeigen. Wahrscheinlich habe ich mich zu sehr darauf fixiert, dass er gebürtig aus Kalmar stammt."

„Sie denken also, dass er nicht aus der Gegend kommt?"

Bevor Lundgren antwortete, schaute er auf seine Armbanduhr.

„Können Sie mir erst ein gutes Restaurant empfehlen, dessen Küche noch nicht geschlossen hat? Mein Kreislauf schwächelt."

Anna nannte ihm die Adresse.

„Soll ich Sie mitnehmen?", fragte sie.

„Gerne. Vielleicht wollen Sie mir ein wenig Gesellschaft leisten?"

In Anbetracht ihres leeren Kühlschranks gar keine so schlechte Idee.

„Da sage ich nicht Nein", erwiderte sie und hielt den Autoschlüssel in die Höhe. „Auf geht's."

Anna parkte vor einem nobleren Restaurant, dessen Küche einen ausgezeichneten Ruf hatte. Da sie aufgrund der Arbeitszeiten nur selten Essen ging, konnte sie diesmal tiefer in die Tasche greifen und sich etwas gönnen. Die letzten Wochen waren sehr arbeitsintensiv gewesen und sie hatte sich hauptsächlich von Fertiggerichten ernährt. Das musste ein Ende haben.

„Nett hier", sagte Lundgren, als sie eintraten.

Sie wählten einen Tisch im hinteren Bereich, wo sie ungestört reden konnten. Nachdem sie die Bestellung aufgegeben hatten, wandte sich Anna an Lundgren. „Also, was haben Sie in Ihrem stillen Kämmerlein ausgeheckt?", fragte sie.

„Nichts Besonderes", erwiderte er.

„Das klang vorhin aber vielversprechender. Oder wollen Sie mich absichtlich im Dunklen tappen lassen?"

„Ich habe mir für meine Suche verschiedene Strategien zurechtgelegt", erklärte er.

„Ergibt Sinn. Und weiter?"

„Falls der Täter zugezogen ist, müssen wir komplett umdenken."

„Also gehen Sie davon aus, dass es kein Einheimischer ist?"

„Im Prinzip schon und das bedeutet auch, dass unsere Denkansätze grundlegend falsch sind."

„Was müssen wir ändern?"

„Ich schlage vor, dass wir uns vor Dienstbeginn im Konferenzraum einfinden, um das zu besprechen. Aber jetzt möchte ich den Feierabend genießen, wenn Sie nichts dagegen haben."

„Ganz wie Sie wollen", sagte sie enttäuscht. „Und über welches Thema wollen wir jetzt reden?"

„Schlagen Sie eines vor", antwortete er.

„Was ist Ihr spannendster Fall gewesen?"

„Da gibt es eine Menge, und dieser gehört definitiv dazu."

„Wenn Sie nicht darüber reden wollen, ist das in Ordnung", sagte sie.

„Nein, nein, damit habe ich kein Problem", erwiderte er. „Einen Fall fand ich besonders emotional. Es ging um einen Menschenhändlerring, der obdachlose Kinder aus Sankt Petersburg gekidnappt und anschließend in ganz Europa verkauft hat."

„Ich hasse es, wenn Kinder mit im Spiel sind", sagte sie mitfühlend. „Ist Ihre Mission erfolgreich gewesen?"

„Das war sie. Aber Sie wissen doch, wie das so läuft. Kaum sind die Schuldigen verhaftet, bildet sich ein neuer Händlerring. Angebot und Nachfrage. Und bei Ihnen?"

„So einen aufwühlenden und emotionalen Fall wie den aktuellen habe ich während meiner Laufbahn noch nicht erlebt. Kalmar ist eine ruhige Stadt und bis auf mehrere Einbrüche oder einige Ermittlungen wegen Totschlags habe ich nicht sonderlich viel vorzuweisen. Trotzdem ist der Job sehr stressig und das Privatleben leidet."

Er deutete auf ihre Hand. „Tragen Sie deshalb keinen Ehering?"

Sie errötete und war überrascht, dass er darauf geachtet hatte. „Aus diesem und aus anderen Gründen. Bis jetzt ist mir Mr Right noch nicht über den Weg gelaufen", antwortete sie. „Und bei Ihnen?"

„Ich bin viel unterwegs und dieser Umstand hat kaum einer Partnerin gefallen." Er zuckte mit den Schultern. „Und falls ich dann einmal anwesend war, hat mich der Fall gedanklich so in den Bann gezogen, dass es zu weiteren Konfrontationen in der Beziehung gekommen ist."

Anna war von seiner Offenheit überrascht, aber vielleicht brauchte auch er nur jemanden zum Reden. Schließlich würden sie sich nach der Aufklärung des Falles nie wiedersehen und das machte es leichter, sich auf emotionaler Ebene zu öffnen.

„Ja, davon kann ich auch ein Lied singen", erwiderte sie. „Ich bewundere die Kollegen, denen es gelingt, Familie und Job unter einen Hut zu bringen."

„Ich habe es mir leichter vorgestellt und mit mehr Verständnis gerechnet. Schließlich sagen wir dem Bösen den Kampf an. Am Ende sind nur gegenseitige Vorwürfe geblieben, nie für den anderen da zu sein."

Das Essen wurde serviert und das Gespräch für einige Minuten unterbrochen.

„Schmeckt vorzüglich, der Koch versteht sein Handwerk.“

„Freut mich, dass es Ihnen schmeckt.“

Anna schlang das Abendessen regelrecht herunter, so einen Hunger hatte sie. Zufrieden tupfte sie sich mit der Serviette die Mundwinkel ab und schob den leeren Teller beiseite. „Es fällt mir schwer, mich nach einem langen Arbeitstag noch einmal aufzuraffen, um etwas zu unternehmen. An den Wochenenden lege ich meist die Beine hoch oder gehe wandern. Und wenn man einsam im Wald unterwegs ist, lernt man auch nicht unbedingt den Mann seiner Träume kennen.“

„Höre ich da ein wenig Sarkasmus heraus?“

„Damit liegen Sie gar nicht so verkehrt. Und dass Singleportale nicht das Nonplusultra sind, haben wir gerade bei Marisa Lind gesehen.“

„Das stimmt. Auch mir fällt es schwer, jemanden kennenzulernen“, sagte er. „Ich bin mir bewusst, dass ich auf mein Gegenüber recht kauzig wirkte und es oft den Anschein hat, als würde ich in meiner eigenen Welt leben.“

„Wow, doch so viel Selbstreflexion.“

„Sie teilen gern aus?“

„Könnte schon sein.“

Anna entspannte sich zusehends und begann, den Abend zu genießen. Alles war besser, als sich schlaflos von einer Seite auf die andere zu wälzen und über sämtliche Einzelheiten des Falles nachzudenken.

„Eigentlich hatte ich die Liebe meines Lebens bereits gefunden“, sagte Lundgren nach seinem zweiten Glas Wein.

„Eigentlich?“

„Malin war die perfekte Frau für mich. Sie hat meine Marotten akzeptiert und ihre Zeit nicht damit verschwendet, am Abend auf mich zu warten."

Anna hatte den Kopf auf ihre Hände gestützt und hörte ihm aufmerksam zu. Dass er so offen über alles sprach, verblüffte sie.

„Anstatt zu jammern und mich mit den üblichen Vorwürfen zu bombardieren, hat sie damit begonnen, ihren Traum zu verwirklichen und riesige Leinwände zu kaufen, um darauf abstrakte Kunstwerke zu malen. Sie ist sehr erfolgreich gewesen und hat ganz gut nebenbei verdient." Er hielt kurz inne und nippte an seinem Wein. „Wir waren auf einem guten Weg und ich hatte sogar geplant, ihr einen Antrag zu machen."

„Was ist dazwischengekommen?", fragte Anna.

„Mein Plan war, sie an einem freien Tag mit der Frage aller Fragen zu überraschen und sie in das Museum zu bitten, wo wir uns kennengelernt haben." Lundgren machte erneut eine kurze Pause. „Auf dem Weg dorthin hat ein Transporter ihr die Vorfahrt genommen. Sie war auf der Stelle tot."

Er stockte und rang um Fassung.

„Oh nein, das tut mir unendlich leid."

Anna hasste Floskeln, aber in diesem Moment fehlten ihr die passenden Worte. Sie bedauerte Lundgren zutiefst und war dankbar, dass er ihr seine feinfühlige Seite gezeigt hatte.

„Das Grausamste an der Sache war, dass ich erst nach Malins Tod erfahren habe, dass sie schwanger war. Ich konnte mich anschließend nicht dazu überwinden, wieder eine tiefere Beziehung einzugehen."

„Das ist nur zu verständlich", erwiderte sie und es fiel ihr schwer, auf seinen Schicksalsschlag angemessen zu reagieren. Nach seiner Beichte herrschte eine bedrückte Stimmung zwischen ihnen und Anna schaute verstohlen auf die Uhr. Es war bereits kurz nach Mitternacht.

„Wir sollten allmählich aufbrechen", sagte Lundgren. Er schien ihren Blick bemerkt zu haben.

„Ja, das sollten wir. Ich fiebere dem neuen Tag entgegen und bin gespannt, was Sie zu sagen haben", antwortete sie.

„Ich werde jetzt noch ein wenig an meinen Ausführungen feilen, damit morgen alles perfekt läuft."

„Dann gutes Gelingen", sagte Anna, nachdem sie gezahlt hatten und zum Wagen liefen.

Sie setzte Lundgren vor dem Hotel ab und fuhr nach Hause. Was für ein aufwühlender Abend ...

Nervöses Stimmengemurmel füllte den Konferenzraum. Anna und ihre Kollegen warteten bereits seit einer Viertelstunde auf Lundgren. Es herrschte eine angespannte Stimmung, weil jeder im Team darauf hoffte, dass Lundgrens neueste Erkenntnisse endlich zur Klärung des Falles beitragen würden.

„Verdammt, wo steckt er nur?", fragte Tomas und wippte nervös mit seinem Fuß. „Was hat er zu dir gesagt?"

„Lundgren wollte sich nicht dazu äußern", antwortete sie.

„Nicht einmal den Hauch einer Andeutung?"

„Nein, nichts", erwiderte sie. „Meine Nerven sind zum Zerreißen gespannt und ich frage mich, warum er uns wieder warten lässt."

„Vielleicht ist ihm ein Fehler unterlaufen und er will ihn korrigieren?"

„Keine Ahnung." Anna zuckte ratlos mit den Schultern und ärgerte sich darüber, dass Lundgren sie so hängen ließ.

Als er endlich den Konferenzraum betrat, atmeten die Kollegen erleichtert auf. Lundgren stellte sich hinter das Pult und begann mit seinen Ausführungen. „Da uns die Ermittlungen nicht einmal ansatzweise in die Nähe des Täters geführt haben, müssen wir davon ausgehen, dass es kein Einheimischer ist. Dieser Punkt erschwert die Suche nach ihm und deshalb werde ich den Fokus erweitern. Ich bin mir absolut sicher, dass er eine medizinische Ausbildung hat."

Karsten unterbrach ihn. „Und wie wollen Sie ihn aufspüren?"

„Immer der Reihe nach", erklärte Lundgren und ließ sich nicht aus der Ruhe bringen.

„Alles schön und gut, aber die Zeit rennt uns davon", sagte Karsten.

„Wenn Sie glauben, dass ich mit einem Fingerschnippen alle Fälle lösen kann, dann sind Sie auf dem Holzweg."

„Tja, was soll ich sagen? Das wurde uns zumindest angekündigt."

„Karsten, lass es gut sein."

Anna legte beschwichtigend die Hand auf die Schulter des Kollegen, der ein Problem mit Lundgren zu haben schien.

„Nein", erwiderte Karsten stur und beharrte auf seinem Standpunkt. „Wir haben eine Menge Zeit verloren, weil wir nach seinen Regeln ermittelt haben. Vielleicht wären wir schon viel weiter."

Ein zustimmendes Raunen erklang. Anna hätte sich garantiert Karstens Meinung angeschlossen, wenn der gestrige Abend mit Lundgren nicht so emotional verlaufen wäre. Dieses Gespräch hatte eine Menge zwischen ihnen verändert.

„Jetzt warte doch erst einmal ab, was er zu sagen hat", rief sie aufgebracht.

„Habe ich etwas verpasst?", fragte Tomas erstaunt. „Seit wann schlägst du dich auf seine Seite?"

Glühende Lava schoss in ihre Wangen. „Nichts, du hast absolut nichts verpasst", raunte sie. „Aber die Zwischenrufe kosten uns eine Menge Zeit."

„Aha." Tomas bedachte sie mit einem undefinierbaren Blick, auf den sie nicht reagierte. Sie wollte endlich Lundgrens Vorschlag hören.

„Bevor die Stimmung weiter hochkocht, werde ich die ganze Sache abkürzen", dröhnte Lundgrens tiefer Bass durch den Raum. „Ich brauche sofort die Adressen sämtlicher Immobilienmakler in dieser Gegend, um die verkauften Grundstücke abzugleichen."

„Was soll uns das helfen?" Diesmal war es Tomas, der seinen Unmut zum Ausdruck brachte.

„Das Team wollte sich meine Ausführungen nicht anhören. Oder habe ich da etwas falsch verstanden?", antwortete Lundgren.

„Jetzt sagen Sie einfach, was Sache ist", rief Anna dazwischen. „Während wir hier warten und diskutieren, könnte der Täter genau in diesem Augenblick die Lobotomie bei Marisa Lind durchführen. Wollt ihr dafür die Verantwortung übernehmen?"

Die schlagartig eintretende Stille war Antwort genug.

Lundgren nahm einen Stift in die Hand und malte ein Datum auf die Tafel.

„Ich möchte die Daten der Immobilienverkäufe für diesen eingegrenzten Zeitraum. Bevorzugt werden Häuser mit großem Grundstück, die abseits von Kalmar liegen, weil ich davon ausgehe, dass der Täter unfreiwillig seinen Lebensmittelpunkt verlassen hat. Über mögliche Gründe kann ich nur spekulieren, nach erfolgter Festnahme wissen wir sicher mehr."

Anna schaute in die Runde, die zweifelnden Gesichter sprachen für sich. Aber Lundgren würde sich schon etwas dabei gedacht haben und sie vertraute ihm.

Karsten meldete sich erneut zu Wort. „Das wird eine Menge Arbeit."

„Unsere Recherchen werden uns zum Täter führen, davon bin ich felsenfest überzeugt", sagte Lundgren

„Immerhin einer von uns", brummte Karsten und stand auf, um den Konferenzraum zu verlassen.

Anna teilte die Kollegen ein, um die Suche nach dem Grundstück möglichst schnell voranzutreiben. Dann wandte sie sich an Lundgren.

„Angenommen, wir haben innerhalb eines Tages sämtliche Adressen mit den dazugehörigen Namen zusammen. Wie wollen Sie den Täter herausfiltern?"

„Anhand der Grundstückslage und der Namen, die wir sofort durch unser System jagen. Falls das nicht zum gewünschten Erfolg führt, wird das Team zusätzlich die beruflichen Hintergründe überprüfen müssen."

„Ergibt Sinn. Dann wollen wir einmal hoffen, dass Sie richtigliegen", sagte sie.

„Zweifeln Sie nicht, wir sind nah dran."

Anna kehrte mit Tomas in das Büro zurück. Sie werteten umgehend die Daten aus, die ihnen die Kollegen übermittelten. Am Ende des Tages lagen ihnen knapp zwanzig Adressen vor, die sie anhand der Satellitenfotos und mit Lundgrens Hilfe aussortierten.

„Und wenn wir versehentlich den Täter herausfiltern?", fragte Anna besorgt.

„Keine Sorge, das wird nicht passieren", sagte Lundgren.

Tomas mischte sich in das Gespräch ein. „Aber Anna hat recht. Er könnte auch in einem Wohngebiet leben, wenn er die Wände schalldicht isoliert hat."

„Nein, das wäre viel zu auffällig. Irgendein Nachbar würde immer etwas Verdächtiges bemerken", widersprach Lundgren. „Es muss etwas vorgefallen sein, das den Täter veranlasst hat, den Wohnort zu wechseln."

„Das ist gut gedacht. Aber da uns der Täter immer einen Schritt voraus ist, könnte er damit rechnen, auf diese Weise ausgesiebt zu werden."

„Er braucht seinen Freiraum, um gezielt agieren zu können. Außerdem würden die Anwohner wissen, welches Fahrzeug er benutzt. Er führt uns an der Nase herum, weil er genau weiß, wie schwierig es ist, ihn aufzuspüren."

Nach zwei Stunden des genauen Abwägens blieben fünf Grundstücke übrig, die nach Lundgrens Ansicht alle Merkmale erfüllten.

„Drei davon sind Familienväter", sagte Anna. „Ergibt es wirklich einen Sinn, dass sie im Rennen bleiben?"

„Die Häuser haben die perfekte Lage", erwiderte er.

„Hm, ich bin immer davon ausgegangen, dass er ein Einzelgänger ist."

„Das ist er mit Sicherheit auch. Trotzdem kann er Vater sein."

„Dieser Gedanke stört mich enorm."

„Wir müssen mit allem rechnen", sagte Lundgren.

„Ich kann mir diesen Menschen absolut nicht als treu sorgenden Ehemann und Familienvater vorstellen."

„Eine romantische Vorstellung von einem intakten Familienleben wird bei ihm auch nicht existieren. Er quält und dominiert, um seine Stärke zu beweisen, und wehe, jemand wagt es, an seinem Ego zu kratzen. Er wird alle anderen dafür büßen lassen."

„Noch ein Grund mehr, ihn so schnell wie möglich aus dem Verkehr zu ziehen."

„Wir sollten jetzt schnellstens überprüfen, welche Berufe die Eigentümer ausüben. Das geht am besten über die Meldestelle."

„Die Mitarbeiter haben bereits Feierabend", sagte Anna mit einem Blick auf die Uhr.

„Kennen Sie vielleicht jemanden, der uns helfen würde?", fragte Lundgren.

„Nein, ich habe nur die Nummer vom Büro."

„Aber einen Namen haben Sie im Kopf?"

Anna nickte.

„Suchen Sie die private Telefonnummer und Adresse heraus, damit wir uns mit der Angestellten in Verbindung setzen können. Sobald wir wissen, mit wem wir es zu tun haben, können wir den Täter verhaften.“

„Sie sind also felsenfest davon überzeugt, dass es einer von ihnen ist?“, fragte Anna zweifelnd.

„Ja, zu einem hohen Prozentsatz. Es ist die letzte mögliche Option, die uns bleibt.“

„Wollen Sie noch heute die Festnahme vorbereiten?“

„Zumindest für den frühen Morgen. Die Aktion muss gut vorbereitet sein.“

„Und was machen wir, wenn zwei der infrage kommenden Personen über eine medizinische Ausbildung verfügen?“

„Sie machen es einem wirklich nicht leicht.“ Lundgren seufzte. „Finden Sie jemanden von der Meldestelle, der uns weiterhelfen kann.“

Sein strenger Blick reichte aus, um Anna verstummen zu lassen. Sie spürte, dass es ernst wurde. Hoffentlich würde Lundgrens Plan aufgehen, bevor der Täter die Lobotomie an Marisa Lind vornehmen konnte.

KAPITEL 27

Karla stand auf, klopfte sich den Staub von der Jeans und schulterte den Rucksack. Irgendwann bist du fällig, dafür werde ich sorgen, dachte sie grimmig und kämpfte sich durchs Unterholz. Es waren nur noch wenige Meter bis zum Fahrrad, als sie das Knacken eines Zweiges vernahm. Ruckartig drehte sie sich um.

Ihr einstmaliger Peiniger stand direkt hinter ihr und ließ den Zweig fallen, den er soeben zerbrochen hatte.

„Eines muss ich dir zugestehen, du hast ordentlich Mumm, hier wieder aufzukreuzen. Ich an deiner Stelle hätte sofort das Land verlassen."

Karla blieb ihm eine Antwort schuldig und wich zurück.

„Weißt du eigentlich, wie lange ich nach dir gesucht habe?" Er machte einen Schritt auf sie zu. „Ich habe sogar jemanden engagiert, der dich aufspüren sollte. Aber du hast es gut verstanden, alle Spuren hinter dir zu verwischen."

Hektisch schaute sie sich um. Es musste doch einen Ausweg geben. Nach links ins Unterholz? Nein, da würde sie viel Zeit vergeuden. Die Straße? Zu weit entfernt.

„Wo hast du eigentlich gestern Abend gesteckt? Warum bist du nicht in deinem Quartier gewesen?"

Verdammt, wie lange hatte er sie schon auf dem Schirm?

„Übrigens, ich habe nicht nur Kameras am Haus angebracht, ich habe sie auch im Wald verteilt. Ich wusste, dass es sich eines Tages rentieren würde."

„Hast du mich so gefunden?"

„Genau, ich musste dir nur noch folgen. So lange habe ich auf diesen Moment gewartet, und jetzt bist du endlich in die Falle getappt. Es war einfach nur dumm von dir, nach mir zu suchen, aber dessen bist du dir sicher bewusst." Er grinste verächtlich.

„Was du nichts sagst", erwiderte sie, während sie verzweifelt nach einer Lösung suchte. Sie konzentrierte sich ausschließlich auf das Fahrrad. Die Rettung war nah, sie musste es nur geschickt anstellen. In Gedanken sah sie sich schon den Lenker umfassen und davonrasen.

„Denk nicht einmal dran", sagte er. „Glaubst du ernsthaft, dass ich das Fahrrad stehen lassen würde?"

Mist, er war ihr zuvorgekommen. Sie war so unfassbar wütend auf sich selbst, weil sie noch einmal hierhergekommen war. Sie hätte schon längst im Zug nach Stockholm sitzen können. Aber aufgeben kam nicht infrage. Sie machte einen Satz zur Seite und preschte ins Unterholz. Nichts wie weg von hier. Zweige peitschten ihr ins Gesicht und zerkratzen die Haut, aber sie achtete nicht darauf.

„Keine Sorge, ich werde dich erwischen", rief er ihr hinterher und setzte zum Sprint an.

Ein Blick über die Schulter hätte sie zu viel Zeit gekostet, deshalb hastete sie weiter und weiter. Du schaffst das, spann sie ihr Mantra, aber der Vorsprung schmolz wie Schnee in der Frühlingssonne. Blut tropfte aus einer Wunde am Oberarm, die spitze Dornen hinterlassen hatten, und sie rang keuchend nach Luft. Sie verfügte über keine Kraftreserven, die sie hätte mobilisieren können.

Als ein Bach ihren Weg kreuzte, stoppte sie kurz ihre Schritte. Aber dann watete sie durch das Wasser und nahm am gegenüberliegenden Ufer wieder Fahrt auf. Inzwischen konnte sie deutlich seinen Atem hören, was sie in Panik versetzte. Nach einigen wenigen Metern brauchte er nur noch seine Hand auszustrecken, um sie zu packen. Dann war sie geliefert.

Der Schweiß brannte in ihren Augen und sie fuhr sich mit dem Handrücken über die Stirn. Sie hatte in den letzten Tagen zu wenig gegessen und das rächte sich jetzt, denn nicht nur ihr Kreislauf schwächelte. An einer steilen Böschung verzweifelte sie fast und kletterte förmlich auf allen vieren nach oben. Als eine kräftige Hand ihren Knöchel umschlang, schrie sie entsetzt auf.

Sie drehte sich um und trat mit dem freien Fuß nach seinem Kopf. Aber er wich geschickt ihren Tritten aus. Kraftvoll zog er sie zu sich heran, und nachdem er sie zu fassen bekommen hatte, drehte er sie auf den Rücken, um ihr Handschellen anzulegen.

„Nicht mit mir", sagte er mit einem drohenden Unterton. „Du hast wohl gedacht, du könntest mir entkommen?"

Sie spuckte ihm vor die Füße, doch er lachte nur.

„Man sieht sich immer zweimal im Leben und glaube mir, jetzt bist du fällig."

Karla versuchte, ihre Gedanken zu ordnen. Alles in ihr war noch auf Flucht ausgelegt, sie wollte sich diesem Schicksal kein zweites Mal beugen. Hektisch wanderte ihr Blick hin und her, um nach einem Ausweg Ausschau zu halten. Am Fuße der Böschung gab es nur wenige Möglichkeiten, ihm zu entkommen.

Er versetzte ihr einen derben Stoß zwischen die Schulterblätter, sodass sie ins Straucheln geriet.

„Vorwärts, habe ich gesagt", dröhnte seine Stimme und sie setzte sich widerwillig in Bewegung.

Wie ein Stück Vieh trieb er sie vor sich her. Als sie in einem günstigen Moment zur Seite ausscherte, um zu fliehen, hatte er sie sofort wieder eingeholt. Hart riss er sie am Oberarm zurück.

„An deiner Stelle würde ich jeden weiteren Fluchtversuch unterlassen", knurrte Johan.

Sein harter Klammergriff schmerzte, als er sie mit sich zerrte. Immer wieder geriet sie ins Straucheln, weil er ihre Arme auf dem Rücken fixiert hatte, und das harte Metall scheuerte die Haut an den Handgelenken wund. Jetzt konnte sie nur noch ein Wunder retten, nur waren diese in der heutigen Zeit bekanntlich rar gesät.

„Los jetzt, nicht trödeln", sagte er und versetzte ihr einen weiteren Stoß.

Sie unterdrückte einen Schmerzenslaut und taumelte weiter. Wenn sie etwas bereute, dann nach Kalmar gefahren zu sein und sich nie bei ihren Eltern gemeldet zu haben. Als das Haus vor ihnen auftauchte, wurde ihr schwer ums Herz.

Goodbye, du schöne Welt, wir werden uns nie wiedersehen, dachte sie wehmütig.

„Beeil dich, verdammt."

Er beschleunigte seine Schritte und riss sie mit sich. Aber sie dachte nicht daran und setzte betont langsam einen Fuß vor den anderen, sodass er mehr Kraft aufbieten musste. Aber auch das letzte Aufbäumen nützte nichts, denn sie hatten inzwischen das Haus erreicht. Er öffnete die Tür und stieß Karla hinein. Ihr gelang es nicht, den Stoß abzufangen, und sie fiel vornüber. Der Aufprall war hart und trieb ihr die Tränen in die Augen.

Rücksichtslos packte er sie am Kragen und schleifte sie durch den Eingangsbereich in Richtung Keller. Auf dem Rücken liegend konnte sie zur Empore sehen. Dort kauerte der Junge zwischen den Gitterstäben des Geländers und beobachtete sie verängstigt. Ob er sie wiedererkannte?

Plötzlich schoss ihr ein Gedanke durch den Kopf. Wo es ein Kind gab, da musste es auch eine Mutter geben.

„Hilfe!", schrie sie. „Bitte, so helfen Sie mir doch!"

Sie bäumte sich auf und trat mit dem freien Fuß nach ihm. Er war überrascht, reagierte aber sofort und versetzte ihr einen Tritt in die Rippengegend. Sie schrie vor Schmerzen und wand sich auf dem Boden.

„Es reicht", zischte er. „Du kannst so viel brüllen und schreien, wie du willst, hier wird dich niemand hören."

Sie krümmte sich und rang keuchend nach Luft. Aus den Augenwinkeln heraus konnte sie sehen, wie er in seine Hosentasche griff. Nur Sekunden später spürte sie ein leichtes Brennen im Oberarm. Die Umgebung verschwamm vor ihre Augen und sie musste mehrmals blinzeln, um noch etwas erkennen zu können. Dann wurde ihr Körper schwer und sie gab sich der erlösenden Schwärze hin.

KAPITEL 28

Als das grelle Deckenlicht anging, schreckte Marisa aus dem Dämmerschlaf. Kalter Schweiß bedeckte ihre Haut, die Stirn glühte und sie fühlte sich elend. Wollte Johan dort weitermachen, wo er aufgehört hatte, oder ihre Wunden versorgen?

Nur Sekunden später zuckte sie zusammen, als die Tür aufgestoßen wurde. Johan schien irgendetwas in seinen Armen zu tragen und sie reckte sich, um besser sehen zu können. Dunkle Haare, dunkle Kleidung und ein bleiches Gesicht.

Johan legte die junge Frau unsanft auf dem Boden ab.

„Viel Spaß euch beiden", sagte er, dann fiel die Tür hinter ihm ins Schloss und das Licht erlosch.

Marisa verfluchte Johan und die Dunkelheit und sie fragte sich, warum er eine zweite Frau in seiner Gewalt hatte. Das konnte eigentlich nur bedeuten, dass er sie in Kürze austauschen würde, weil er sich bereits um ein neues Opfer gekümmert hatte, und bei dem Gedanken wurde ihr schwer ums Herz. Es war vorbei, sie brauchte sich keine Hoffnungen mehr zu machen. Niemand würde sie retten.

Sie wischte sich die Tränen aus den Augenwinkeln und atmete tief durch. Die junge Frau schien nicht bei Bewusstsein zu sein. Sie lag reglos auf dem Boden und atmete flach. Obwohl sich Marisa kraftlos fühlte, kroch sie in die Richtung und bekam ein Bein zu fassen. Sie war erschrocken darüber, wie dünn diese Frau war. Trotz der Sommerhitze trug sie lange Kleidung und Marisa wunderte sich.

Behutsam rüttelte sie an der Schulter der jungen Frau.

„Hallo? Bist du okay?"

Natürlich war sie das nicht. Die Hände der jungen Frau waren eiskalt und es hatte den Anschein, als hätte sie Probleme mit der Atmung.

Marisa packte die Frau am Kragen und versuchte, sie in Richtung Matratze zu zerren. Es war überaus kräftezehrend und sie atmete auf, als sie es geschafft hatte. Sie deckte die junge Frau zu und setzte sich daneben, um den Puls zu fühlen. Schwach, aber vorhanden. Hoffentlich würde sie bald aufwachen, bevor ihr Kreislauf kollabierte.

Marisa machte sich ernsthaft Sorgen, und nicht nur um sich selbst. Das durfte nicht das Ende sein. Sobald die Frau das Bewusstsein wiedererlangt hätte, könnten sie gemeinsam an einem Plan schmieden, um Johan das Handwerk zu legen. Jeder Mensch hatte eine Schwachstelle – und diese galt es zu finden.

Die junge Frau regte sich und murmelte ein paar unverständliche Worte.

„Willkommen zurück. Alles ist gut, wir sind jetzt zu zweit", flüsterte Marisa.

Es verstrichen einige Minuten, bis die Frau wieder ganz bei sich war.

„Wo ... wo bin ich?", fragte sie mit rauer Stimme. „Und warum ist es hier so dunkel?"

„Weil Johan dich hierhergebracht hat", antwortete Marisa.

Die Fremde brauchte einige Sekunden, um zu begreifen.

„Ich habe versagt“, murmelte sie.

„Wer bist du?“

„Ich bin Karla.“

„Und ich Marisa.“

„Bist du auch mit ihm verabredet gewesen?“

„Nein“, hauchte Karla. Das Sprechen schien sie anzustrengen. „Ich habe sein Haus beobachtet und bin dabei erwischt worden.“

„Du weißt, wo er wohnt?“

„Ja, ich habe ihn tatsächlich gefunden.“

„Warum bist du nicht zur Polizei gegangen?“

Karla lachte verbittert auf. „Weil sie mir damals und auch jetzt nicht geglaubt haben. Ich wollte erst genügend Beweise zusammentragen.“

„Warum hast du das Haus beobachtet?“, fragte Marisa.

Karla erzählte stockend ihre Geschichte, wie sie von ihm gekidnappt und gefangen gehalten worden war, von ihrer Flucht und davon, dass die Polizei kein Interesse an der Aufklärung gehabt hatte.

„Ich kann nicht glauben, dass dich niemand ernst genommen hat.“ Marisa war fassungslos. Sie hätte diesen grauenvollen Ort schon längst verlassen können, wenn die junge Beamtin nicht so voreingenommen gewesen wäre.

„Was soll ich sagen“, erwiderte Karla. „Ich lebe schon seit einem Jahr mit dieser Wut.“

„Unfassbar“, sagte Marisa. „All diese Opfer hätte es nicht geben müssen.“

„Die Polizei ist überlastet, die machen nur Dienst nach Vorschrift, wenn überhaupt."

„In den Großstädten kann ich das nachvollziehen, aber hier?"

„Es ist, wie es ist", entgegnete Karla. „Hast du einen Schluck Wasser für mich? Meine Kehle fühlt sich wie ein Reibeisen an."

„Nein, tut mir leid. Er will mich bestrafen und verweigert mir die Nahrung."

„Das wundert mich nicht."

„Was weißt du über ihn? Und warum tut er uns das an?"

„Er ist Schönheitschirurg gewesen und hat aufgrund einer Anzeige seine Approbation und seine Praxis verloren."

„Wow, das erklärt seine Affinität zum Skalpell. Aber woher weißt du das alles?"

„Weil wir aus derselben Stadt stammen und ich damals den Prozess gegen ihn verfolgt habe."

„Will er sich an uns rächen, weil er alles verloren hat?"

„Ich vermute, dass das sein Motiv ist."

„Was ist ihm überhaupt vorgeworfen worden?"

„Er soll an einer Patientin ein Muttermal entfernt haben, das gar nicht vorhanden war, und ich denke, dass er schon davor Grenzen überschritten hat." Karla sank auf die Matratze zurück und rieb sich die Handgelenke. „Könntest du mir eine kurze Pause gönnen? Ich fühle mich so elend."

„Natürlich."

Die Stille war für Marisa unerträglich. Sie hatte noch so viele Fragen, die beantwortet werden wollten. Karlas gleichmäßige Atemzüge verrieten, dass sie eingeschlafen war. Immerhin schien sich ihr Kreislauf stabilisiert zu haben. Auch Marisa fielen immer wieder die Augen zu, das Fieber ließ sie schwächeln. Als Karla sich wieder regte, war sie sofort hellwach.

„Alles okay?", fragte sie.

Karla stöhnte. „Nicht wirklich."

„Können wir die Unterhaltung fortführen? Ich möchte dich noch so vieles fragen."

„Wenn dieser quälende Durst nicht wäre …"

„Ich würde dir so gern helfen, aber es ist nichts mehr da", sagte Marisa und leckte sich über die spröden Lippen.

„Ich hasse ihn", murmelte Karla.

„Und ich noch viel mehr", erwiderte Marisa. „Hat Johan einen Sohn?"

„Ich glaube schon. Eine gewisse Ähnlichkeit kann man nicht leugnen."

„Ich frage nur, weil ab und zu ein Junge hier ist, um sich mit mir zu unterhalten. Sein Verhalten ist seltsam und er wollte keine Hilfe holen. Wie hast du es damals geschafft, Johan zu entkommen?"

„Der Junge", antwortete Karla knapp.

„Bei mir hat es nicht funktioniert."

„Ich bin irgendwann so genervt von seinen Antworten gewesen, dass ich ihn angebrüllt habe. Das schien bedauerlicherweise die einzige Sprache zu sein, die er verstanden hat."

„Und ich habe um mein Leben gefleht, ohne dass es etwas genützt hätte", erwiderte Marisa. „Es ist wider meine Natur, ein Kind mit lauten Worten anzufahren.

Aber ich muss ehrlich gestehen, dass auch ich in meiner Verzweiflung kurz davor gewesen bin.“

„Ich glaube, dass der Junge diesen Fehler nicht noch einmal wiederholt hätte. Er ist sicher hart von seinem Vater bestraft worden.“

„Ich mag mir das gar nicht vorstellen“, sagte Marisa mitfühlend. „Ben hat mir erzählt, dass seine Mutter nicht mehr sprechen kann. Ob dieses Monster sie auch …?“

„Ich will es nicht hoffen“, sagte Karla matt.

Marisa beugte sich nach vorn, um ihr ins Ohr zu flüstern. „Glaubst du, dass wir gegen ihn eine Chance haben? Ich meine, schließlich sind wir zu zweit.“

„Sieh uns doch nur einmal an. Wir sind geschwächt, verletzt und bekommen nichts zu trinken. Was sollen wir in diesem desolaten Zustand gegen ihn ausrichten?“, wisperte Karla.

„Ich will nicht so enden wie die anderen Frauen, ich will mich bis zum bitteren Ende zur Wehr setzen“, raunte Marisa.

„Vielleicht fällt uns noch etwas ein.“ Karla klang wenig optimistisch. „Ich glaube nicht, dass er noch irgendetwas tun wird, um mich am Leben zu erhalten. Für mich ist die Sache gelaufen.“

„Daran darfst du nicht einmal denken. Du hast es einmal geschafft, ihm zu entkommen, und du wirst es wieder schaffen. Zwei gegen einen, wie kannst du da nicht kämpfen wollen?“

„Es war verdammt hart, ein ganzes langes Jahr auf der Flucht zu sein. Ich bin so grenzenlos erschöpft.“

„Du kannst dich ausruhen und ich verspreche dir, auf meine Mahlzeiten zu verzichten.“

„Die wirst du brauchen, wenn du überleben willst.“

Karla hatte den Satz gerade vollendet, als das grelle Deckenlicht aufflammte. Marisa wich instinktiv zurück und presste sich mit dem Rücken gegen die Wand. Würde er sie mit Lebensmitteln versorgen oder eine von ihnen in einen Zombie verwandeln?

„Wie ich sehen kann, scheint ihr euch bestens zu verstehen“, sagte er beim Eintreten und bedachte sie mit einem verächtlichen Blick. „Du da, auf den Stuhl.“ Er deutete auf Karla.

„Sie ist viel zu schwach“, sagte Marisa, um Karla beizustehen.

„Möchtest du mit ihr tauschen?“

Marisa schluckte. Nein, das wollte sie ganz bestimmt nicht, und sie schämte sich für diese Gedanken.

„Gut, dann ist die Entscheidung ja gefallen.“

Er riss Karla hoch, um sie zum Stuhl zu zerren.

„Setzen!“

Kraftlos ließ sich Karla fallen.

„Und dir wird jetzt die Ehre zuteil, sie mit den Riemen zu fixieren.“ Er wandte sich an Marisa.

„Nein, niemals“, rief sie entsetzt.

„Willst du ihren Platz einnehmen?“

Sein fragender Blick ruhte auf ihr und sie spürte den überbordenden Hass in ihrem Inneren. Wenn sie eine Waffe gehabt hätte, hätte sie ohne zu zögern abgedrückt.

„Was ist? Hast du es dir anders überlegt?“

Schwankend erhob sie sich und lief mit unsicheren Schritten zum Stuhl.

„Verzeih mir, Karla.“ Sie schluchzte leise, als sie die Ledergurte festzog.

„Was soll dieses Drama?“, höhnte er.

Sie dachte kurz darüber nach, ihm in die Körpermitte zu treten und zu fliehen. Aber sie wagte es nicht. Nur einen Atemzug später war dieser Moment auch schon wieder vorbei. Karla hing ganz benommen auf dem Stuhl und harrte der Dinge, die da kommen würden.

„Zurück auf die Matratze!“

Für ihre Feigheit würde sie sich ein Leben lang Vorwürfe machen, oder besser gesagt, bis zu ihrer Lobotomie. Erst wollte sie Karla dazu animieren, einen Plan auszuhecken, und dann war sie es, die nicht genügend Stärke dafür aufbrachte. Aber sie fühlte sich so kraftlos, so schwach, und sie konnte sich kaum noch auf den Beinen halten.

„Ich bin gleich wieder da“, sagte Johan und verschwand nach draußen, um mit dem Metallwagen wieder zurückzukehren. Eifrig richtete er die Bestecke und Marisa glaubte, so etwas wie Vorfreude in seinem Blick zu erkennen.

„Jetzt kannst du dir live und in Farbe anschauen, wie das ablaufen wird“, sagte er in ihre Richtung. „Ist gar nicht so übel, so ein kleiner Vorgeschmack, nicht wahr?“

„Du bist ein Monster“, entgegnete sie voller Verachtung.

„Ach komm, so schlimm bin ich nun auch wieder nicht.“

Er nahm eine seltsam geformte, lange Nadel und ein Hämmerchen in die Hand. Marisa erschrak beim Anblick der Instrumente.

„Damit werde ich durch die Augenhöhle in das Gehirn eindringen …“

Den Rest des Satzes bekam Marisa nicht mehr mit, weil sie sich nach vorn beugte, um sich zu übergeben. So grauenvoll hatte sie sich das Prozedere nicht vorgestellt.

„Das ist einfach nur widerlich, du ruinierst alles."

Fluchend verschwand er wieder nach draußen, um einen Eimer zu holen.

„Aufwischen!"

Marisa war dankbar für die Ablenkung. Während sie den Boden schrubbte, suchte sie fieberhaft nach einer Lösung. Aber ihr wollte einfach nichts einfallen. Dann stand sie auf, nahm den Eimer und holte Schwung, um das Wasser mit letzter Kraft über Johan auszuschütten.

Dieser fackelte nicht lange und Marisa hielt sich die schützend die Arme vors Gesicht. Erst nach einigen Minuten ließ er von ihr ab und sie sank stöhnend auf die Matratze zurück.

„Das lasse ich mir nicht von dir nehmen", brüllte er mit Zornesröte im Gesicht und knallte die Tür hinter sich zu.

Marisa hockte zitternd auf der Matratze. Sie hatte mit dieser unüberlegten Aktion nichts, aber auch gar nichts erreicht. Obwohl ...

Sie humpelte zur Tür, um die Klinke herunterzudrücken, aber die Tür war verschlossen. Enttäuscht drehte sie sich um, diese Chance hatte sie unwiederbringlich verspielt. Ihr Blick fiel auf die Bestecke, die Johan unbeaufsichtigt zurückgelassen hatte und schlagartig waren ihre Sinne hellwach. Wie fremdgesteuert umschloss ihre rechte Hand das Skalpell und sie ließ sich wieder auf die Matratze sinken. Sie verbarg ihre Hand hinter dem Rücken und hatte den Blick fest auf die Tür gerichtet.

Kurz darauf kehrte Johan zurück. Er schien sich beruhigt zu haben und würdigte Marisa keines Blickes. Seine gesamte Aufmerksamkeit widmete er Karla, die anscheinend ohnmächtig geworden war.

„Hallo, aufwachen." Grob tätschelte er ihre Wange. „Da muss ich wohl ein wenig nachhelfen", sagte er und zog eine Spritze auf.

Es dauert nicht lange, bis Karla die Augen aufschlug und sich orientierungslos umschaute. Sie schrie, zerrte und riss an den Ledergurten, aber es nützte nichts. Ihr hilfloser Blick wanderte zu Marisa.

„Alles wird gut, vertrau darauf", murmelte sie.

„Dafür reicht deine Kraft wohl noch aus", brummte er missmutig.

Karla hob ruckartig ihren Kopf. „Fahr zur Hölle." Sie keuchte und biss die Lippen fest zusammen, als der Schlag sie traf.

„Können wir jetzt?"

Johan fixierte nun auch Karlas Kopf, sodass sie sich nicht mehr bewegen konnte. Dieser Anblick war für Marisa unerträglich. Sie verfluchte Johan und hoffte, dass er irgendwann für seine Grausamkeiten zur Rechenschaft gezogen wurde, von wem auch immer.

Er sortierte noch einmal akkurat die Bestecke und hielt inne. Sein Blick wanderte zu Marisa und erst in diesem Moment schien ihm sein Versäumnis bewusst zu werden.

Marisa zögerte keine Sekunde und stürzte sich auf ihn – jetzt oder nie. Sie hob ihren Arm, um ihm das Skalpell in seine Schulter zu rammen. Aber sie hatte nicht mit Johans Reaktionsvermögen gerechnet, er wehrte den Schlag ab. Blitzschnell schoss ihre Hand wieder nach vorn und sie erwischte ihn am Oberschenkel.

Der geschliffene Stahl des Skalpells durchtrennte den Stoff seiner Jeans und drang durch die Haut in den Muskel ein. Johan schrie zornig auf.

„Du elende Schlampe." Er drückte den Handballen auf seine blutende Wunde. Mit der freien Hand holte er aus und versetzte Marisa einen Schlag.

Ihr Ohr klingelte und die getroffene Haut brannte wie Feuer. Kraftlos taumelte sie zurück. In dem Moment war Johan auch schon bei ihr und riss ihr das Skalpell auf der Hand.

„Dich mache ich fertig", zischte er und warf das Skalpell zu den anderen Bestecken. Während Marisa in ihrer Verzweiflung auf der Matratze zusammensackte, band Johan seinen Oberschenkel ab, um die Blutung zu stoppen. Dann beugte er sich über Karla, die die Augen fest zusammengekniffen hatte.

„Du brauchst dich nicht zu sträuben", sagte er. „Ich werde es so oder so vollenden. Zur Not verpasse ich dir eine Beruhigungsspritze."

„Dafür wirst du büßen", schrie Marisa.

„Ach ja? Es gibt keine höhere Macht, das sollte dir eigentlich klar sein."

Johan nahm die Nadel und den kleinen Hammer in die Hand und Marisa erschauderte. Jetzt wäre der richtige Zeitpunkt für ein Wunder, dachte sie und schloss demütig die Augen, um nicht mit ansehen zu müssen, was Johan Karla gleich antun würde.

KAPITEL 29

Anna saß mit Tomas und Lundgren im Büro. Sie waren so kurz davor, den Fall zu knacken, dass sie nur allein von dem Gedanken, Herzrasen bekam. Nacheinander gingen sie die fünf Adressen durch, die übrig geblieben waren.

„Diese beiden Adressen können wir aussortieren, hier passen weder der Beruf noch das persönliche Umfeld."

„Okay, dann werde ich sie rausnehmen", sagte Tomas.

„Zwei sind meine Favoriten, David Holmersson und Jenner Sjögren. Der eine ist Schönheitschirurg, momentan ohne eigene Praxis, und der andere Zahnarzt. Den dritten können wir eigentlich auch streichen, er verfügt nicht über die Erfahrung."

„So weit, so gut", sagte Anna. „Wie gehen wir jetzt vor?"

„Wir werden jetzt so schnell wie möglich aufbrechen, um die Verdächtigen zu befragen", erwiderte Lundgren.

„Alle Kollegen sind in Bereitschaft, um jederzeit eingreifen zu können", sagte Tomas.

„Perfekt, mit etwas Glück, können wir noch heute den Täter verhaften." Lundgren strahlte Zuversicht aus.

„Einen Moment noch", sagte Anna und las die Nachricht, die soeben eingegangen war. „Eine weitere junge Frau wird vermisst."

„Das kann nicht sein. Passt sie überhaupt ins Profil?",
fragte Tomas.

„Lassen Sie mich mal sehen", sagte Lundgren.

„Und?", fragte Anna ungeduldig. „Fällt diese Frau in
unseren Zuständigkeitsbereich?"

„Hat sie auch einen Namen?", fragte Lundgren.

„Karla, mehr wissen die Kollegen noch nicht. Ein ge-
wisser Filip Berg hat sie als vermisst gemeldet, nachdem sie nicht wie abgesprochen auf seine Nachrichten
geantwortet hat."

„Da schrillen sofort meine Alarmglocken", erwiderte
Lundgren. „Habt ihr seine Nummer."

„Ja."

Anna reichte sie ihm.

„Danke."

Lundgren rief umgehend den jungen Mann an, um
mehr Informationen zu erhalten.

„Er kennt Karla von einem Stockholmer Fast-Food-
Restaurant, ich werde sofort dort anrufen." Lundgren
ließ sich mit dem Chef verbinden und notierte sich die
wichtigsten Daten. Anna schaute ihm ungeduldig über
die Schulter.

„Geben Sie den Namen von Karla Mattsson ein, vielleicht finden wir etwas", sagte Lundgren und Tomas
legte sofort los.

„Karla Mattsson ist wegen Fahrraddiebstahls angezeigt worden. Und hier ist die Adresse der Pension, die
sie angegeben hat."

Anna sprang auf. „Ich werde sofort dorthin fahren."

„Einen Moment noch." Lundgren hob die Hand. „Ich
möchte, dass ihr Foto ebenfalls durch das System geschickt wird."

„Machen wir“, antwortete Anna.

„Volltreffer“, rief Tomas schon nach wenigen Augenblicken. „Unsere Lady benutzt gefälschte Papiere.“

„Das ist ja interessant. Ist sie vorbestraft?“, fragte Lundgren

„Nein, sie hat vor einem Jahr Anzeige in Öregrund erstattet. Als sie von den Kollegen der Falschaussage bezichtigte wurde, hat sie die Anzeige gegen einen Schönheitschirurgen zurückgezogen.“

„Was für eine interessante Wendung des Falles“, rief Lundgren enthusiastisch.

Anna und Tomas wechselten einen überraschten Blick.

„Ich werde sofort mit der Kollegin sprechen, die die Anzeige aufgenommen hat und anschließend zur Pension fahren“, sagte Anna.

„Dann machen Sie das. Ich werde hier alles Weitere regeln“, entgegnete Lundgren.

„Bis später.“ Anna schnappte sich den Autoschlüssel und eilte zum Wagen. Weil die Pension direkt auf dem Weg lag, änderte sie kurzfristig ihre Pläne und steuerte die Adresse an. Dort angekommen, konnte man ihr nicht weiterhelfen. Karla Mattsson hatte nie ein Zimmer gemietet. Die Sache wurde immer mysteriöser.

Unverrichteter Dinge stieg Anna wieder in den Wagen und setzte ihre Fahrt fort, nachdem sie Lundgren die Informationen hatte zukommen lassen. Die junge Kollegin von der Streife erwartete sie bereits. Sie hatte einen freien Tag und bat Anna ins Haus.

„Hallo“, sagte Lisa Hansen knapp.

„Was können Sie mir über die junge Frau erzählen, die das Fahrrad gestohlen hat.“

„Ganz merkwürdige Geschichte", erwiderte Lisa Hansen kopfschüttelnd.

„Inwiefern?"

„Als ich nach dem Grund ihres Diebstahls gefragt habe, hat sie behauptet, hinter dem Puppenmacher her zu sein."

„Es geht um die Lobotomien?"

„Ja, genau, und ich habe diese Aussage als unglaublich dreist empfunden."

„Entschuldigen Sie, aber warum haben Sie diese Informationen nicht an uns weitergeleitet?" Annas Tonfall war eine Spur schärfer geworden.

„Na, weil die junge Frau ganz offensichtlich gelogen hat", erklärte Lisa Hansen schulterzuckend.

„Karla Mattsson ist als vermisst gemeldet worden", erwiderte Anna.

„Und was hat das zu bedeuten?" Lisa Hansen strich sich fahrig eine Strähne hinters Ohr.

„Sagen Sie es mir?" Anna beugte sich nach vorn und taxierte die junge Beamtin. „Wir suchen seit Monaten verzweifelt nach dem Täter und sind auf Hinweise aus den eigenen Reihen angewiesen. Und dann beschließen Sie einfach so, uns diese wichtige Information vorzuenthalten?"

„Aber ..."

„Nichts aber." Anna ballte wütend die Fäuste. „Und jetzt will ich bis ins kleinste Detail erfahren, wie das Ganze abgelaufen ist."

Lisa Hansen gab stockend ihre Erinnerungen wieder. „Ich habe nicht geahnt, welche Relevanz das für Sie haben könnte. Es tut mir wirklich leid."

„Selbst wenn sich diese Information als einer der zahlreichen Blindgänger herausgestellt hätte, so ist Ihr Verhalten unentschuldbar. Sie haben uns kostbare Zeit gestohlen und sollten darüber nachdenken, ob Sie diesem Job auch in Zukunft gewachsen sind. Ihre Fehlentscheidung könnte Menschen die Gesundheit oder sogar das Leben gekostet haben.“

Lisa Hansen war den Tränen nahe und wischte sich verstohlen über die Augen.

„Und fürs nächste Mal möchte ich Ihnen raten, dass Sie eine Person so lange festsetzen, bis wir die Sache übernehmen. Haben Sie das verstanden?“

„Ja, natürlich.“

Lisa Hansen wirkte unnatürlich blass, als sie sich von ihr verabschiedete. Die junge Beamtin würde hoffentlich ihre Lektion gelernt haben. Anna empfand absolut kein Mitleid ihr gegenüber.

Vor der Behörde angekommen, parkte sie den Wagen halb auf dem Bordstein und eilte ins Büro. Sie schilderte ihren Kollegen in knappen Sätzen, was sie von Lisa Hansen erfahren hatte.

„Wie weit seid ihr gekommen?“ Fragend schaute sie von einem zum anderen.

„Karla Mattsson heißt eigentlich Karla Henning und stammt aus Öregrund“, erklärte Tomas.

„Aber so weit waren wir schon“, antwortete sie enttäuscht. „Gibt es Neuigkeiten zum Täter?“

„Ja, es handelt sich möglicherweise um David Holmersson, einen Schönheitschirurgen aus Öregrund. Nach dem Verlust seiner Approbation hat er der Stadt den Rücken gekehrt und sich in Kalmar niedergelassen.“

„Habt ihr die Adresse?“, fragte sie und ihre Stimme überschlug sich fast dabei.

„Ja, von einem Immobilienmakler, der ihm das Haus vermittelt hat, das sämtliche Kriterien erfüllt. Eine Spezialeinheit ist bereits angefordert worden und befindet sich auf dem Weg.“

Anna ließ sich auf den Bürostuhl sinken.

„Meine Güte ...“, murmelte sie und sprang hektisch auf. „Ich muss sofort dorthin.“

Lundgren legte beruhigend seine Hand auf ihre Schulter.

„Wir sollten die Männer ihre Arbeit machen lassen“, sagte er. „Sie werden den Täter noch früh genug zu Gesicht bekommen.“

„Können Sie mir wenigstens die Adresse nennen?“, fragte sie.

„Komm her, ich habe die Map noch offen“, sagte Tomas.

„Hier hat er sich also die ganze Zeit über aufgehalten“, murmelte Anna. „Kein einziger Nachbar weit und breit und mit einem hohen Zaun gesichert. Das perfekte Versteck.“

„Das sehe ich auch so, und das nötige Kleingeld hat ihm als ehemaliger Schönheitschirurg auch zur Verfügung gestanden.“

„Wisst ihr schon, warum er seine Approbation verloren hat?“, fragte sie.

„Ich habe die Unterlagen aus Öregrund bereits angefordert“, antwortete Tomas. „Sie müssten in Kürze hier eintreffen.“

„Kein Wunder, dass er unter unserem Radar agiert, wenn er aus Öregrund stammt“, sagte Anna und wandte sich Lundgren zu. „Sie hatten recht, was das betrifft, er ist tatsächlich zugezogen. Auf die Idee mit dem Immobilienmakler wäre ich nie gekommen.“

„Jetzt, wo wir seinen Namen haben, ging die Suche natürlich schnell“, erwiderte Lundgren.

Anna tigerte nervös auf und ab und schaute unablässig auf die Uhr.

„Werden wir verständigt, sobald der Zugriff erfolgt ist?“, fragte sie.

„Das hat man uns zumindest zugesagt“, antwortete Lundgren.

„Ich will trotzdem vor Ort sein“, erklärte Anna.

„Geht mir ganz genauso, schließlich ist das unser Fall.“ Tomas drehte sich zu Lundgren. „Wollen Sie mitkommen?“

„Unbedingt. Allerdings müssen wir in gebührendem Abstand abwarten, wie sich die Lage entwickelt.“

„Alles klar. Worauf warten wir noch?“ Anna stürmte aus dem Büro, sodass Lundgren und Tomas Schwierigkeiten hatten, ihr zu folgen.

„Lass mich lieber fahren“, sagte Tomas und streckte die Hand aus. „Wenn du so fährst, wie du davonrennst, dann ...“

„Schon gut.“ Widerwillig drückte sie ihm die Autoschlüssel in die Hand und öffnete die Beifahrertür. Dass Lundgren mit dem Rücksitz vorliebnehmen musste, war ihr schlichtweg egal. „Na los, nun fahr schon!“, sagte sie zu Tomas und wippte nervös mit dem Knie.

War das das Finale, das sie seit Monaten herbeigesehnt hatten? Und würde es mit einer erfolgreichen Verhaftung endlich vorbei sein?

Tomas fuhr in ihren Augen viel zu langsam. Aber beim Blick auf die Tachonadel stellte sie fest, dass er die geltende Geschwindigkeitsbegrenzung schon längst überschritten hatte. Also versuchte sie, sich in Geduld zu üben, was absolut nicht ihre Stärke war. Am liebsten hätte sie selbst das Haus gestürmt, um den Täter in Gewahrsam zu nehmen.

„Hoffentlich ist es für Marisa Lind nicht schon zu spät", sagte sie. „Ich könnte mir das nie verzeihen."

„Denken Sie positiv, er hat sie erst seit wenigen Tagen in seiner Gewalt."

„Es macht mich wahnsinnig, dass wir so viel kostbare Zeit verschwendet haben, weil eine junge Beamtin entschieden hat, die Informationen nicht weiterzuleiten." Sie schlug mit der flachen Hand auf das Armaturenbrett, um ihrem Frust Luft zu verschaffen.

„Beruhige dich", sagte Tomas. „Wir müssen einen klaren Kopf behalten."

„Wenn das alles so einfach wäre." Anna hatte ihre Emotionen kaum noch unter Kontrolle. Sie wusste, dass ihr Verhalten absolut unprofessionell war. Aber dieser Fall hatte den Rahmen des Vorstellbaren in ihren Augen gesprengt. Drei, vielleicht vier oder sogar fünf junge Frauen waren aus ihrem bisherigen Leben herausgerissen worden. Und wenn man es genauer betrachtete, wäre der Tod vielleicht auch eine Erlösung gewesen. Aber so ...

„Anna", sagte Tomas vorwurfsvoll.

„Habe ich zu laut gedacht?"

„Ja."

„Dieser Fall bringt mich an meine Grenzen."

„Nicht nur dich“, sagte Tomas. „Aber wir stehen das durch, egal, was das Einsatzteam vorfinden wird.“

„Wenn ich auch einmal zu Wort kommen darf, dann möchte ich einfügen, dass das Kommando zur Stürmung des Hauses erteilt wurde. Ich bin vom Erfolg des Einsatzes überzeugt, also denken Sie positiv und verstricken Sie sich nicht weiter in Zweifel.“

„Schon gut, schon gut.“ Anna hob beschwichtigend die Hände.

Inzwischen hatten sie ihr Ziel erreicht.

„Wo soll ich anhalten?“, fragte Tomas mit Blick in den Rückspiegel.

„Wir dürfen auf gar keinen Fall die Zufahrtsstraße blockieren. Deshalb wäre es besser, wenn Sie wenden und zurückfahren. Ich habe vor ein paar Metern eine kleine Haltebucht gesehen, wo wir parken können“, sagte Lundgren.

„Wird gemacht“, erwiderte Tomas und Anna drehte sich zu Lundgren um.

„Sind Sie eigentlich nie nervös?“, fragte sie. Zum Warten verdammt zu sein, verlangte ihr alles ab.

„Ich wirke so gefasst, weil ich schon in einige menschliche Abgründe habe blicken können. Das ist leider die bittere Realität.“

„Also sind Sie emotional nicht mehr aufgewühlt?“ Anna musterte ihn aufmerksam.

„Das habe ich so nie gesagt. Wir sollten jetzt abwarten und darauf hoffen, dass es bald vorbei ist.“

Die Minuten verstrichen zäh, ohne dass sich etwas rührte. Alles blieb still, während Annas Blick ständig zur Uhr wanderte. Warum dauerte das nur so lange? Hatte der Täter vielleicht Lunte gerochen und die

Flucht ergriffen? Das könnte in einer Katastrophe enden.

Als plötzlich ein Schuss die Stille zerriss, zuckte sie zusammen.

„Es geht los“, sagte Tomas mit rauer Stimme.

Minutenlang geschah gar nichts, bis weitere Schüsse fielen. Anna presste die Nägel in die Handballen, weil sie so aufgeregt war.

„Ob er bewaffnet ist?“, fragte sie.

„Davon gehe ich aus.“

„Hoffentlich wurde keiner unserer Männer verletzt.“

„Das Team ist bestens ausgestattet, vertrauen Sie darauf.“

Lundgren hatte eine Art an sich, die sie zur Weißglut brachte. Natürlich wusste sie, dass die Männer Helme und schusssichere Westen trugen, aber das milderte nicht ihre Nervosität. Und dann, als es kaum noch zum Aushalten war, knackte das Funkgerät.

„Der Tatverdächtige ist bei dem Schusswechsel ums Leben gekommen. Das Haus wird gesichert.“

„Das darf doch wohl nicht wahr sein“, rief Tomas wütend. „Dieser Kerl entzieht sich uns erneut und wird keine einzige unserer Fragen beantworten.“

Anna atmete jedoch auf. Es war endgültig vorbei und dieser grausame Mensch würde nie wieder Schaden anrichten können.

„Er ist tot und kann keine Frau mehr verletzen. Für mich hat er seine gerechte Strafe erhalten“, sagte sie.

„Für mich ist das eher frustrierend. Ich wollte ihm von Angesicht zu Angesicht gegenüberstehen, wenn wir Anklage erheben.“

Anna legte beruhigend die Hand auf seinen Oberarm.

„Du glaubst ja nicht, wie ich diesen Moment herbeigesehnt habe. Natürlich werden viele unserer Fragen unbeantwortet bleiben, aber du solltest auch an die Opfer denken. Ihnen bleibt ein langwieriger Prozess erspart und sie werden dem Täter vor Gericht nicht wiederbegegnen."

„Falls Marisa Lind und Karla Mattsson es unbeschadet überstanden haben", sagte Tomas.

„Ich hoffe es, ich hoffe es wirklich", murmelte Anna. „Wann können wir endlich rein?"

„Sobald der Tatort gesichert und die Leiche abtransportiert wurde", erwiderte Lundgren.

„Das weiß ich doch auch, aber es dauert mir einfach zu lange", fauchte Anna genervt und öffnete die Beifahrertür. „Ich muss mir die Beine vertreten, sonst drehe ich noch durch."

Nervös schritt sie auf und ab und hätte einen kräftigen Schluck vertragen können, um ihre Nerven zu beruhigen. Nachdem eine weitere, quälend lange Stunde vergangen war, stiegen Lundgren und Tomas aus dem Fahrzeug.

„Wir dürfen das Haus betreten", sagte Lundgren.

„Weiß man schon Näheres?", fragte Anna.

„Nein. Wir sollen vor Ort eingewiesen werden", antwortete Tomas.

„Warum?"

„Wir können schon froh sein, dass es uns überhaupt gestattet wird. Ohne ihn …", Tomas deutete mit einem Kopfnicken in Lundgrens Richtung, „… hätten sie uns den Zutritt verweigert."

„Danke", sagte Anna und folgte den Männern zum Haus.

Die Eingangstür war aufgebrochen worden und hing schief in den Angeln. Dem Flur sah man an, dass ein Kampf stattgefunden hatte. Die Scherben einer Bodenvase verteilten sich auf den Marmorfliesen und die Wand zierte ein Einschussloch. Es war gut, dass die Spezialeinheit zum Einsatz gekommen war.

Anna betrat mit Tomas das Wohnzimmer. Marisa Lind und Karla Mattsson lagen reglos auf der Couch und wurden von zwei Ärzten und den Sanitätern notversorgt. Anna rechnete mit dem Schlimmsten und wandte sich an einen der Ärzte.

„Wie geht es ihnen?"

„Den Umständen entsprechend", antwortete er.

„Bitte keine unnötigen Floskeln. Sind sie ..."

Anna wagte nicht, den Satz zu vollenden.

„Die Patientinnen sind ansprechbar", erwiderte er.

„Was für ein Glück." Sie atmete auf.

„Es war tatsächlich Rettung in letzter Minute", erklärte der Arzt.

„Vielen Dank."

Anna trat näher an die Frauen heran. „Es ist vorbei, Sie sind in Sicherheit", sagte sie und bemerkte, dass Marisa Lind eine Träne die Wange herabperlte.

„Sie haben uns lange warten lassen", krächzte sie. Marisa Linds Stimme klang rau und Schweiß bedeckte ihre Stirn. Sie musste hohes Fieber haben und zitterte. Die Wunden, die ihr David Holmersson zugefügt hatte, waren entzündet.

„Darüber sind wir keineswegs glücklich", erwiderte Anna. „Es war eine Verkettung unglücklicher Umstände."

Karla Mattsson lag bleich zwischen den Kissen und hatte die Augen geschlossen. Sie schien zu schlafen.

„Wir haben ihr ein starkes Beruhigungsmittel verabreicht. Sie hat auf dem Stuhl gesessen und der Täter war gerade dabei, die Lobotomie durchzuführen. Sobald sich ihr Zustand stabilisiert hat, können wir sie in ein Krankenhaus verlegen.“

„Danke.“

Annas Knie wurden weich. Das war so verdammt knapp gewesen.

Tomas machte einen Schritt auf sie zu, als er ihren Gemütszustand bemerkte. Diesmal war er es, der tröstend seine Hand auf ihre Schulter legte. „Das sind nicht die einzigen Patienten, die versorgt werden müssen.“

„Nicht?“

„Lundgren wartet bereits im oberen Stockwerk.“

„Ich komme sofort.“

Anna stieg hinter Tomas die Stufen nach oben. Das Haus hatte einen luxuriösen Touch, war hell und modern eingerichtet. In einem der hinteren Zimmer stießen sie auf Lundgren, der neben einem blassen und schmächtigen Jungen auf dem Bett saß und sich mit ihm unterhielt.

„Du willst einmal Fußballspieler werden?“

Der Junge nickte. „Mit anderen Spielern in einem Team, das wäre klasse.“

„Du kannst alles werden, was du willst, die Welt steht dir offen“, sagte Lundgren.

„Ehrlich?“ Der Junge schaute Lundgren mit großen Augen an.

„Aber sicher, und lass dir ja nichts anderes erzählen ...“

„Ein Kinderpsychologe ist bereits unterwegs“, raunte Tomas ihr ins Ohr.

„Ist das sein Sohn?“, fragte sie leise.

„Ja, das vermutet Lundgren.“

„Es tut mir so unendlich leid für ihn.“

Erst jetzt bemerkte Anna die Frau, die teilnahmslos im Rollstuhl vor dem Fenster saß und ihren Blick in die Ferne gerichtet hatte.

„Seine Mutter?“

Tomas nickte.

„Sie ist nicht ansprechbar?“ Anna wurde ganz flau im Magen.

„Nein, dieser Unmensch hat auch bei ihr eine Lobotomie durchgeführt.“

„Ich glaube, ich muss mich setzen.“

Sie hielt sich wankend am Türrahmen fest. Der Anblick des Jungen und seiner Mutter war zu viel für sie. Ja, sie hatte im Laufe ihrer Karriere schon einige Grausamkeiten zu Gesicht bekommen. Aber dieser Fall toppte alles.

„Was wird mit dem Jungen, wenn sich die Mutter nicht mehr um ihn kümmern kann?“

„Die Jugendhilfe ist gerade dabei, eine passende Pflegefamilie zu finden.“

„Dann wird er nicht nur sein gewohntes Umfeld verlieren, sondern auch jeglichen Halt. Auch wenn seine Mutter nicht mehr auf ihn reagiert, so war sie doch immer in seiner Nähe.“

„Lass diese Dinge nicht zu nah an dich ran“, sagte Tomas.

„Wie könnte ich das nicht?“, erwiderte sie. „Der Anblick zerbricht mir das Herz.“

„Es liegt nicht in deiner Verantwortung, du solltest dich nicht schuldig fühlen."

„Der Junge müsste im schulpflichtigen Alter sein. Wieso hat niemand etwas bemerkt?"

„Darüber liegen noch keine Informationen vor", antwortete Tomas. „Wir warten auf die Rückmeldung der jeweiligen Behörde, die Kollegen sind an der Sache dran."

„Das ist sehr gut."

„Ben, möchtest du mir vielleicht zeigen, was du für Kunststücke draufhast?", fragte Lundgren den Jungen. „Schnapp dir deinen Ball und dann gehen wir in den Garten, okay?"

„Oh ja ..." Der Junge sprang begeistert vom Bett auf, um seinen Ball zu holen.

„Gibt es einen Hinterausgang?", fragte Lundgren eine Kollegin.

„Ja. Soll ich Sie begleiten?"

„Auf jeden Fall. Sie müssten dann auch übernehmen, weil ich den Jungen nicht im Haus haben möchte. Das würde ihn nur noch mehr verstören."

„Selbstverständlich."

Sie schien froh über diese Aufgabe zu sein und nachdem der Junge seinen Ball geholt hatte, zeigte sie Lundgren den Weg nach draußen.

„Wo waren die Frauen untergebracht?", fragte Anna.

„Im Keller, aber momentan weiß ich auch nicht mehr als du", antwortete Tomas.

„Sollen wir auf Lundgren warten?"

„Keine Ahnung", erwiderte er. „Zumindest haben wir jetzt alle Zeit der Welt, um den Fall aufzuarbeiten."

„Du glaubst gar nicht, wie froh ich bin, dass Marisa Lind und Karla Mattsson von der Lobotomie verschont geblieben sind", sagte Anna. „Mit einem guten Therapeuten an ihrer Seite, werden sie sicher Fortschritte machen."

„Das wäre wünschenswert."

„Mich interessiert besonders Karla Mattssons Schicksal und warum sie sich im Alleingang auf die Suche nach dem Täter begeben hat. Sie hat ihr Leben riskiert und ich weiß noch nicht, ob ich sie dafür bewundern oder den Kopf schütteln soll."

„Sobald wir sie befragen dürfen, wissen wir mehr", sagte Tomas. „Aber jetzt wirst du eine Message an Lundgren schicken, dass wir auf dem Weg in den Keller sind, um einen Blick in den Raum zu werfen."

„Warum ich?" Anna musterte ihn.

„Da fragst du noch?"

„Was willst du damit sagen?"

„Nichts." Er zuckte nur mit den Schultern.

Anna ahnte, worauf er hinauswollte, sagte aber nichts. Sie tippte rasch die Nachricht ein und folgte ihm nach unten.

„Wollt ihr euch das wirklich antun?", fragte Olof, der Chef der Kriminaltechniker.

„Von Wollen kann hier keine Rede sein, ich muss es wissen", erwiderte Anna. „Allerdings warten wir noch auf unseren Fallanalytiker."

„Kein Problem, in der Zeit könnt ihr euch diese Dinger anziehen." Olof reichte ihnen die blauen Überziehschuhe. „Und denkt bitte daran, dass euch das Betreten des Raumes untersagt ist. Ihr könnt gern in ein paar Tagen wiederkommen, wenn wir das Haus freigegeben haben."

„Ja, ja, schon klar", sagte Tomas leicht gereizt und überließ Lundgren den Vortritt, der inzwischen zu ihnen gestoßen war.

Stumm stand der Fallanalytiker im Türrahmen und schien alle Eindrücke des Raumes in sich aufzunehmen. Anna stieß einen tiefen Seufzer aus, um auf sich aufmerksam zu machen. Auch sie und Tomas wollten einen Blick hineinwerfen, aber Lundgren hob die Hand.

„Einen Moment noch", sagte er.

„Okay", erwiderte Anna und versuchte, sich in Geduld zu üben. Eine Herausforderung, besonders an diesem Tag. Erst nach einer Viertelstunde drehte sich Lundgren wieder zu ihnen um.

„Und?", fragte Anna erwartungsvoll.

„Genau so, wie ich es erwartet habe", sagte Lundgren.

„Na, das beruhigt mich ungemein."

Sie erntete einen missbilligenden Blick von Tomas und fragte sich, was er denn nun schon wieder hatte. Erst diese merkwürdige Andeutung und jetzt das.

„Dann werde ich mal einen Blick riskieren", sagte sie rasch, bevor Tomas ihr zuvorkommen konnte.

Sie sog scharf die Luft ein, als sie den Stuhl in der Mitte des Raumes entdeckte. Er war fest im Betonboden verankert und das Leder der Sitzfläche mit dunklen Flecken übersät. Augenblicklich hallten die Schreie der Opfer in ihren Ohren wider. Totschlag im Affekt, wenn dem Täter alle Sicherungen durchbrannten, konnte sie noch irgendwie nachvollziehen. Aber das?

Ein eiskalter Schauer jagte über ihren Rücken. Eine schäbige Matratze lag in der einen und eine Campingtoilette stand in der anderen Ecke. Nahrungsmittel waren keine zu sehen. Tagtäglich diesen Stuhl vor Augen zu haben, muss eine zusätzliche Tortur für die Opfer gewesen sein. Zumindest Marisa Lind wird gewusst haben, was der Täter ihr antun würde.

Resigniert wandte sich Anna ab. Ja, der Fall war so gut wie aufgeklärt und dennoch …

Wortlos tauschte sie mit Tomas die Plätze.

„Es ist hart, sich das anzusehen“, sagte Lundgren leise.

Anna nickte. „Ich kann in meinem Kopf die verzweifelten Schreie der Opfer hören.“

„Sie müssen Abstand bewahren.“

„Das ist nicht möglich. Nicht in diesem Fall.“

„Ich verstehe das.“ Seine Stimme klang verständnisvoll.

„Eigentlich müsste ich froh darüber sein, dass dieser Fall ein Ende hat, aber …“ Beinahe hilflos ließ sie die Schultern sinken. „Er hat seinem Sohn die Kindheit und seiner Frau die Identität gestohlen. Sie wird niemals am Leben des Jungen teilhaben können, und das macht mich unendlich traurig. So viele unschuldige Opfer, so viel Leid, dieser Raum ist der Vorhof zu Hölle.“

„Ich weiß.“

Sie hob den Blick, um ihm in die Augen zu sehen. „Glauben Sie, dass das abgrundtief Böse existiert?“

„In diesem besonderen Fall könnte man davon ausgehen, denn die Kindheit des Täters soll nicht auffällig gewesen sein. Wahrscheinlich ist er mit sozialen Defiziten geboren worden, wie die meisten Psychopathen.“

„Bei Ihnen klingt das so abgeklärt. Wenn ich mich hier umschaue, kann ich das Böse regelrecht fühlen, wie es aus jeder Pore dieses Hauses dringt."

„Dieser Zustand vergeht, sobald Sie damit beginnen, den Fall für sich persönlich aufzuarbeiten."

Anna strich sich fröstelnd über die Arme. „Ich weiß nicht so recht", erwiderte sie. „Soll es tatsächlich nur daran liegen, dass die Synapsen nicht korrekt miteinander verbunden sind?"

„Warum zweifeln Sie?", fragte Lundgren.

„Weil es mir so absurd erscheint, als würde man nach einer Ausrede für sein Handeln suchen."

„Auf der einen Seite gibt es die Hochsensiblen, die das Leid anderer am eigenen Leib spüren und sich perfekt in ihr Gegenüber hineinversetzen können. Und auf der anderen haben wir die Cluster-B-Persönlichkeiten, auch wenn man sie nicht mehr so nennen darf, die ohne Reue Menschen Schaden zufügen. Beide Kategorien machen ungefähr zehn bis fünfzehn Prozent der Bevölkerung aus. Es herrscht also ein gewisses Gleichgewicht", erklärte er.

„Ich würde mir wünschen, dass die empathischen Menschen in der Überzahl wären", sagte sie.

„Ein klarer Vorteil für die Menschheit, mehr Liebe und Verständnis füreinander."

Erst jetzt bemerkte sie Tomas, der mit verschränkten Armen an der Wand lehnte und das Gespräch aufmerksam verfolgte.

„Was sagst du dazu?", fragte sie ihn.

„Ich bin einfach nur froh, dass der ganze Mist vorbei ist und die Frauen den Umständen entsprechend wohlauf sind. Der Anblick von Mutter und Kind hat einen faden Beigeschmack hinterlassen.“

Das war nicht die Antwort, die sie hatte hören wollen. Ja, es gab weder Schwarz noch Weiß, dennoch …

„Lassen wir die Forensiker ihre Arbeit machen“, sagte Tomas und stieg die Treppen noch oben. Lundgren und Anna folgten ihm.

„Manchmal hat man das Gefühl, den Glauben an die Menschheit zu verlieren, wenn man mitansehen muss, was alles geschieht. Aber vergessen Sie niemals, dass Sie diesen Beruf gewählt haben, um die Welt ein Stück weit besser zu machen.“

„Das ist wohl wahr.“

Lundgrens tröstende Worte verfehlten ihre Wirkung nicht, sie fühlte sich nicht mehr ganz so frustriert. Nachdem sie sich auf dem Grundstück noch ein wenig umgesehen hatten, kehrten sie zur Behörde zurück. Kaum saß Anna wieder hinter ihrem Schreibtisch, wusste sie nichts mit sich anzufangen. Sicher, Arbeit gab es genug, aber sie konnte sich zu nichts aufraffen und beschloss spontan, mehr über den Jungen herauszufinden.

Sie führte einige Telefonate und war erstaunt darüber, dass niemand von der Jugendhilfe in Kalmar etwas von dem Kind und seinem Leid wusste. Also wählte sie die Nummer von Öregrund, in der Hoffnung, dass man ihr dort weiterhelfen konnte. Aber mit wem sie auch sprach, der Junge blieb ein Phantom und hatte weder eine Kindertagesstätte noch eine Schule besucht.

„Das gibt es doch nicht, es existieren keine Einträge über den Jungen", sagte sie kopfschüttelnd.

„Wie sieht es mit Vorsorgeuntersuchungen aus?", fragte Tomas.

„Guter Punkt."

Anna telefonierte mit sämtlichen Ärzten, aber auch ihnen war der Name nicht bekannt.

„Nichts", sagte sie, als sie den Hörer auflegte. „Es hat den Anschein, als ob dieses Kind gar nicht existieren würde."

„Aber verheiratet waren die beiden?", fragte Tomas.

„Ja, die Ehe ist standesamtlich eingetragen."

„Gibt es eine Geburtsurkunde?"

Anna telefonierte sich die Finger wund.

„Nein, keine Geburtsurkunde, so kommen wir nicht weiter", sagte sie enttäuscht.

„Und nun?", fragte Tomas.

„Ich werde nach Öregrund fahren, um der Sache auf den Grund zu gehen."

„Bist du verrückt geworden? Wir stecken mitten in den Abschlussermittlungen."

„Eben, ich muss das klären."

„Du kannst doch jetzt nicht ..."

„Und ob ich das kann", erwiderte sie. „Soll ich mich denn weiter telefonisch von Behörde zu Behörde hangeln, weil sich niemand zuständig fühlt? Ich muss Licht ins Dunkel bringen."

„Ich verstehe dich, es wäre die sinnvollste Möglichkeit."

„Sag ich doch."

„Es ist nur …“ Tomas deutete auf die Aktenordner, die sich auf ihren Schreibtischen stapelten. „Ich ertrinke förmlich in Arbeit.“

„Kopf hoch, du schaffst das schon. Wenn nicht du, wer dann?“

„Anna, ich bitte dich …“

„Ach, Tomas, jetzt mach es mir doch nicht so schwer. Ich will die Sache auch für mich abschließen, will herausfinden, wie es dazu kommen konnte, dass niemand von diesem Kind gewusst hat. Das kann ich nur vor Ort klären.“

„Dann fahr halt“, brummte er missbilligend.

„Danke. Sobald die Dienstreise vom Boss genehmigt wurde und ich wieder zurück bin, werde ich dieses Büro nie mehr verlassen.“

„Das will ich sehen“, antwortete er und klang belustigt. „Und vergiss nicht, Lundgren in den Kofferraum zu packen.“

„Denkst du, dass er mitfahren möchte?“

Ein Umstand, der ihr gar nicht in den Kram passen würde, weil sie einige Dinge allein aufarbeiten wollte. Dass David Holmersson so kurz davor gewesen war, bei Karla Mattsson die Lobotomie durchzuführen, machte ihr zu schaffen. Nur wenige Minuten später und …

Mit einer imaginären Handbewegung verscheuchte sie die unangenehmen Gedanken. Sie fühlte sich schuldig, den Täter nicht eher aufgespürt und unschädlich gemacht zu haben.

Nach einem kurzen Telefonat mit ihrem Chef hatte er die Reise genehmigt. Ihm war es wichtig, alles bis ins kleinste Detail aufzuklären, um der Öffentlichkeit Rede und Antwort zu stehen.

Nur wenige Minuten später stand sie vor Lundgrens Bürotür.

„Wollen Sie zu mir?", fragte er und sie drehte sich überrascht um.

„Ja."

„Gut, kommen Sie rein."

„Ich werde nach Öregrund fahren und wollte wissen, ob sie Interesse daran hätten …" Weiter kam sie nicht.

„Was für eine Frage, selbstverständlich werde ich mitfahren. Wann soll es losgehen?"

„In einer Stunde."

„Wunderbar. Werden wir über Nacht bleiben?", fragte er. „Dann müsste ich noch einmal ins Hotel, um ein paar Kleidungsstücke einzupacken."

„Die Fahrt nach Öregrund wird ungefähr sieben Stunden dauern. Es ist unmöglich, die Strecke an einem Tag zu schaffen", antwortete sie.

„Kein Problem, und danke, dass Sie an mich gedacht haben."

Sie drehte sich um und schloss genervt die Augen. Das hatte ihr gerade noch gefehlt.

Nach zwei Stunden befanden sie sich endlich auf dem Weg nach Öregrund. Auch Anna hatte ihre Reisetasche noch packen müssen und am Ende war es deutlich später geworden.

„Wir können uns am Lenkrad auch abwechseln", sagte Lundgren.

„Gerne. Dank des Navis ist es ja nicht allzu schwer."

„Ein Hoch auf die moderne Technik."

„Genau. Ohne die Technik hätten wir wahrscheinlich nur eine Aufklärungsquote von vierzig Prozent."

Während der Fahrt redeten sie über belanglose Dinge und mieden den Fall. Das war Anna ganz recht, denn sie wollte nicht getriggert werden. Nach drei Stunden Fahrt und einer kurzen Rast übernahm Lundgren das Steuer. Anna lehnte sich entspannt zurück und schloss die Augen. Sie war überarbeitet und die grenzenlose Erschöpfung forderte ihren Tribut.

„Ich gehe einmal davon aus, dass wir unser Ziel erreicht haben." Lundgrens Stimme katapultierte sie ins Hier und Jetzt zurück.

„Wir sind schon da?" Verschlafen rieb sie sich die Augen und schaute sich um. Tatsächlich, Lundgren parkte vor der Pension, in der sie trotz der Sommersaison noch zwei freie Zimmer ergattert hatten.

„Warum haben Sie mich nicht eher geweckt?", fragte sie.

„Warum sollte ich? Sie haben den Schlaf gebraucht."

„Aber sie müssen doch genauso erschöpft sein?" Sie warf ihm einen fragenden Seitenblick zu.

„Ich bin Schlafmangel gewohnt, besonders, wenn komplizierte Denkprozesse viel Zeit in Anspruch nehmen."

„Okay. Checken wir ein?"

Er nickte und stieg aus.

Nachdem sie ihre Zimmer übernommen hatten, klopfte Anna an Lundgrens Tür.

„Ich würde die Zeit noch nutzen wollen, um einige der Nachbarn zu befragen. Sind Sie dabei?"

„Unbedingt", erwiderte er. „Jede Information über den Täter ist von größter Wichtigkeit. Nur so kann ich neue Strategien entwickeln und lernen, wie sich toxische Menschen verhalten."

„Alles klar, dann brechen wir auf.“

David Holmersson stammte nicht gebürtig aus Öregrund. Er hatte sich hier niedergelassen, weil es in Mode war, dass einige der Frauen während ihres Urlaubes kleinere Eingriffe vornehmen ließen. Das hatte eine Menge Kronen zusätzlich in die Kasse gespült. Deshalb war es auch kein Wunder, dass das Haus, in dem Holmersson mit seiner Frau gelebt hatte, schon von außen sehr nobel und luxuriös aussah.

„Er scheint ziemlich gut verdient zu haben“, sagte Anna, als sie davorstanden.

„Schönheitschirurg ist nun einmal ein lukrativer Job.“

Anna bemerkte, dass sich die Gardine am Fenster des Nachbarhauses leicht bewegte.

„Wir werden beobachtet“, sagte sie. „Vielleicht ein Grund, nebenan zu klingeln. So aufmerksam, wie die Nachbarn sind, haben sie sicher eine Menge zu erzählen.“

„Dann tun Sie das.“ Lundgren nickte ihr zu.

Nachdem Anna auf die Klingel gedrückt hatte, öffnete ihnen eine ältere Dame die Tür.

„Sind Sie Journalisten oder einfach nur neugierig?“, fragte sie misstrauisch.

„Weder noch“, sagte Anna und zeigte ihren Dienstausweis vor. „Könnten Sie vielleicht ein wenig Zeit erübrigen?“

Die Miene der alten Dame erhellte sich.

„Aber sicher. Ich lebe allein, wissen Sie.“ Sie machte einen Schritt zur Seite, um Anna und Lundgren eintreten zu lassen. Anna war froh, gleich einen Volltreffer gelandet zu haben. Ida Jansen lebte schon seit Jahrzehnten hier und würde ihnen mit Sicherheit einiges berichten können.

„Ich weiß, es ist bereits früher Abend, aber möchten Sie vielleicht einen Kaffee?"

„Sehr gern", sagte Anna. Belebendes Koffein war genau das Richtige nach einer langen Fahrt.

„Einen Moment, ich bin gleich wieder da."

Ida verschwand in der Küche, um nur zehn Minuten später mit einem voll beladenen Tablett wieder zurückzukehren. Sie stellte einen Teller mit belegten Broten in die Mitte des Tisches, verteilte das Geschirr und schenkte den Kaffee ein.

„Nur zu." Sie nickte Anna und Lundgren freundlich zu.

Beim Anblick der liebevoll zubereiteten Brote lief Anna das Wasser im Munde zusammen. Besser hätte es gar nicht laufen können.

„Warum sind Sie eigentlich hier?", fragte Ida interessiert.

„Wir wollen mehr über David Holmersson erfahren. Wie er gelebt hat, zum Beispiel."

„Oh, da kann ich Ihnen eine Menge erzählen", sagte Ida.

„Sehr gern, wir sind geduldige Zuhörer."

„Als die Holmerssons in das Haus eingezogen sind, ist ihm sein Ruf schon vorausgeeilt. Er galt als sehr rechthaberisch und war sehr bedacht darauf, dass alles seine Ordnung hatte. Seine Frau hingegen war ein bezauberndes junges Ding. Ein wenig naiv vielleicht, aber ein Mensch mit Herzenswärme. Sie hatten erst kurz vor dem Einzug geheiratet. Für Luisa war es alles andere als leicht, sie konnte es ihrem Mann selten recht machen."

„Dieses Verhalten passt genau in sein Profil", sagte Lundgren.

„Mit der Zeit verschwand das fröhliche Lächeln aus Luisas Gesicht. David wurde ihr gegenüber nur selten laut, aber wir haben uns unseren Teil gedacht. Nach einem Jahr Ehe wirkte Luisa sehr unglücklich und legte kaum noch Wert auf gediegene Kleidung. Das einst so seidig glänzende, honigblonde Haar lag strähnig auf ihren Schultern."

Ida stieß einen tiefen Seufzer aus.

„Es hat mir in der Seele wehgetan, Luisa so zu sehen. Ich habe sie immer wieder auf einen Kaffee oder ein Stück Kuchen eingeladen, aber sie hat stets abgelehnt. Manchmal hatte ich das Gefühl, dass er ihr den Umgang mit anderen verboten hat. Für Luisa war es keine gute Ehe und irgendwann wurde es still um diese junge Frau."

„Wie meinen Sie das?", fragte Lundgren.

„Früher hat Luisa oft die Wäsche im Garten aufgehängt und sich liebevoll um die Blumenbeete gekümmert. Aber jetzt war sie kaum noch zu sehen. Irgendwann habe ich sie abgepasst und nachgefragt, wie es ihr geht. Da ist sie in Tränen ausgebrochen." Ida atmete tief durch. „Luisa erzählte mir, dass sie beabsichtige, sich von ihrem Mann zu trennen, weil er nächtelang fortbleiben würde und sie nicht wisse, wo er sei. Was ich nicht bedacht hatte, waren die Kameras überall am Haus, die dieses Gespräch aufgezeichnet hatten. Danach habe ich sie monatelang nicht gesehen. Irgendwann habe ich mir ein Herz gefasst und ihn nach Luisa gefragt. Er meinte, dass sie einen schweren Unfall gehabt habe und seitdem im Rollstuhl sitze.“

Ida wirkte aufrichtig betroffen. „Mich hat verwundert, dass keine Pflegekraft ins Haus gekommen ist, um Luisa zu betreuen. Ich meine, er ist schließlich den ganzen Tag unterwegs gewesen. Einige Wochen später ist er mit ihr spazieren gegangen, wahrscheinlich, damit niemand mehr nachfragt und alle Nachbarn Bescheid wissen. Es war ein Bild des Jammers, Luisa im Rollstuhl sitzen zu sehen. Sie war nur noch ein Hauch ihrer selbst und hat mich nicht erkannt. Ihr Blick war starr nach vorn gerichtet und die Hände lagen reglos auf ihrem Schoß. Meiner Meinung nach hat er das nur getan, um den Schein zu wahren.“

Anna atmete tief durch. Mit der Lobotomie hat er den Willen seiner Frau gebrochen und die Mär von einem Unfall verbreitet, um ungeschoren damit durchzukommen.

„Wissen Sie vielleicht, ob Luisa Holmersson im Laufe der Jahre schwanger geworden ist?“

„Schwanger?“, fragte Ida erstaunt. „Also ich habe nichts dergleichen bemerkt. Ich meine, Luisa hat im Rollstuhl gesessen.“

„Ihr Körper war trotz der Behinderung intakt“, antwortete Anna.

„Aber er wird doch wohl nicht ...“

Dieser Gedanke schien für Ida unvorstellbar zu sein.

„Der Junge ist ungefähr sieben Jahre alt.“

„Du lieber Himmel ...“ Ida hielt sich erschrocken die Hand vor den Mund. „Schon sieben Jahre, ich fasse es nicht. Wie konnte er nur?“

„Wir würden gern wissen, wann genau der Junge geboren wurde."

„Ich kann Ihnen nicht weiterhelfen, davon höre ich zum ersten Mal."

„Haben Sie nichts bemerkt? Ein Kinderweinen vielleicht?"

„Doch, jetzt, wo Sie es sagen. Ich habe einmal gemeint, etwas Derartiges zu hören. Aber kurz darauf sind zwei Kater über das Grundstück geprescht. Die Laute, die bei diesen Revierkämpfen ausgestoßen werden, hören sich tatsächlich wie Kinderweinen an."

„Könnte ein anderer Nachbar mehr darüber wissen?"

Ida verneinte. „Die Nachricht von einem Kind hätte sich in der Siedlung wie ein Lauffeuer herumgesprochen. Wahrscheinlich hat er es deshalb geheim gehalten."

„Und Luisa Holmersson ist nie verreist?"

„Ich weiß, worauf Sie hinauswollen", erwiderte Ida. „Sie muss das Kind unter seiner Aufsicht geboren haben."

Anna merkte der alten Dame deutlich an, wie sie um Fassung rang. Im Nachhinein konnten sie nur darüber spekulieren, ob diese Schwangerschaft überhaupt gewollt war.

„Aber das würde ja bedeuten, dass der Junge niemals das Haus verlassen hat", sagte Ida unvermittelt, als sie das Ausmaß des Ganzen begriff.

„Davon gehen wir aus", sagte Anna. „Kein Kind sollte jemals so aufwachsen müssen."

„Wissen Sie was? Ich werde Arnold anrufen, der neue Besitzer des Hauses. Vielleicht kann er sie herumführen und sie entdecken etwas, das Ihnen weiterhilft."

„Danke, das ist eine hervorragende Idee", sagte Lundgren.

Nachdem Ida telefoniert hatte, gab sie grünes Licht. „Arnold ist so freundlich und erwartet Sie."

„Vielen Dank, dass Sie das arrangiert und mit uns gesprochen haben", sagte Anna und reichte Ida zum Abschied die Hand.

„Das habe ich doch gern getan und … ich bin froh, dass es vorbei ist."

„Das sind wir alle."

Arnold stand schon in der Tür, um Anna und Lundgren in Empfang zu nehmen. „Treten Sie ein. Wo wollen wir anfangen?"

„Sie können uns alle Bereiche zeigen, die Sie als wichtig erachten", antwortete Lundgren.

„Gut, dann fangen wir mit dem Obergeschoss an. Aber bitte bedenken Sie, dass wir einige Umbaumaßnahmen durchgeführt haben", erklärte Arnold.

„Hat es denn Gründe für den Umbau gegeben?"

„Nein", sagte Arnold, „wir haben nur nicht tragende Wände herausgenommen, um die Räume offener zu gestalten. Uns ist aufgefallen, dass sämtliche Türen ausgetauscht wurden, warum auch immer."

Anna und Lundgren tauschten einen wissenden Blick.

„Der Kellerbereich würde mich ganz besonders interessieren", sagte Lundgren. „Hat es einen Raum mit einer zusätzlichen Isolierung gegeben?"

„Nicht dass ich wüsste", antwortete Arnold. „Sie können sich gern umsehen."

Der Keller war wie der Rest des Hauses weiß gestrichen. Fast jeden Raum hätte man als Verlies nutzen können, aber die Spuren waren mit der Renovierung getilgt worden. Erst im Garten entdeckten sie einen abgetrennten Bereich, der nicht einsehbar war. Wahrscheinlich hatte sich der Junge hier ab und zu im Freien aufhalten dürfen. Am Ende des Rundganges bedankten sie sich bei Arnold und liefen zum Wagen.

„Zeit, ins Hotel zurückzufahren", sagte Lundgren mit einem Blick auf die Uhr. „Das sind mehr Informationen gewesen, als wir erhofft hatten."

„Ja, das Glück war diesmal auf unserer Seite. Wenn wir am Vormittag noch die Behördengänge erledigen, können wir vielleicht schon am frühen Nachmittag zurückfahren."

„Das wäre perfekt."

„Dann machen wir das so."

Sie besorgten sich unterwegs noch eine Kleinigkeit zum Abendessen und fuhren zurück. Es war ein anstrengender Tag gewesen, den es auch emotional zu verarbeiten galt.

„Wollen wir gemeinsam essen?", fragte Lundgren, nachdem sie im Hotel angekommen waren. „Sehr gern, aber ich muss anschließend noch den Bericht für die Kollegen tippen."

Sie betraten sein Zimmer und setzten sich an den kleinen Tisch, der vor dem Fenster stand.

„Unfassbar, dass die Mitarbeiter der Behörde so ahnungslos gewesen sind und nichts von dem Kind gewusst haben", sagte sie. „Was hat sich David Holmersson nur dabei gedacht? Aus einem leicht manipulierbaren Jungen wäre ein Mann geworden, der ganz sicher gegen den eigenen Vater rebelliert hätte."

„Holmersson wird in dieser Hinsicht nicht vorausschauend gedacht haben. Außerdem gehe ich davon aus, dass dieses Kind nicht geplant war. Irgendwann muss ihm wohl aufgefallen sein, dass er seine Frau geschwängert hat."

„Aber als Arzt hätte er das Kind doch abtreiben können?"

„Vielleicht hat das sein Ego nicht zugelassen. Wir werden es leider nie erfahren."

„Ben hat nie mit gleichaltrigen Kindern gespielt, hat nie eine Schule besucht und eine Menge aufzuholen. Hoffentlich schafft er das."

„Noch ist nichts verloren und mit einer guten Therapie kann gegensteuert werden", antwortete Lundgren.

Anna hatte einen Einblick in die schwarze Seele dieses Mannes nehmen können und begriff, dass es keine Möglichkeit gegeben hätte, das Ganze früher zu beenden. Die Ereignisse hatten wie ein Zahnrad ineinandergegriffen und Anna konnte nur hoffen, dass die Kollegen ihre Versäumnisse bitter bereuen würden.

„Denken Sie nicht so viel darüber nach", sagte Lundgren unvermittelt.

„Sieht man mir das an?", fragte sie.

„Sie haben mehrmals hintereinander geseufzt."

„Oh ..."

„Es ist vorbei, David Holmersson kann keinen Schaden mehr anrichten. Schauen Sie positiv in die Zukunft, schließlich haben Sie eine Menge gelernt."

„Ich werde mir Mühe geben", erwiderte Anna.

Es war an der Zeit, endlich loszulassen und den Fokus wieder nach vorn zu richten. Sie musste es einfach schaffen.

KAPITEL 30

Marisa erwachte aus einem seichten Schlaf und schaute sich um. Der Tropf neben dem Bett und die großen Fenster, die das Sonnenlicht ins Innere ließen, erinnerten sie daran, dass sie in Sicherheit war, und ihr Herzschlag beruhigte sich.

Karla lag neben ihr und schlief. Sie war bleich wie das Kopfkissen, auf dem sie lag, und wirkte dadurch noch zerbrechlicher. Ihre Rettung war mehr als knapp gewesen, denn Johan hatte die Nadel bereits angesetzt. Noch immer konnte Marisa nicht fassen, wie schnell alles gegangen war. Ein dumpfes Poltern, dann war die Tür aufgeflogen und gegen die Wand geprallt. Etwas rollte über den Boden und sie kniff instinktiv die Augen zusammen. Selbst durch die geschlossenen Lider hatte sie den Lichtblitz wahrnehmen können, auf den ein ohrenbetäubender Knall folgte. Sie blinzelte und sah eine völlig in Schwarz gekleidete Gestalt im Türrahmen. Johan hatte sich ebenfalls zur Tür gedreht und griff nach einem Gegenstand auf seinem Metallwagen. Genau in dem Moment, als Marisa registrierte, dass auch er eine Waffe in den Händen hielt, löste sich sein Kopf in einem roten Nebel auf und er sackte wie eine Marionette, deren Fäden man durchtrennt hatte, in sich zusammen. Das Letzte, woran sie sich erinnerte, war sein vor Wut verzerrtes Gesicht.

Drei weitere dunkel gekleidete Gestalten erschienen und besetzten die Ecken des Kellers.

„Gesichert, gesichert, gesichert", ertönte der tiefe Bass der Männerstimmen.

Bevor Marisa überhaupt realisieren konnte, was geschehen war, wurde sie von kräftigen Armen gepackt, hochgerissen und in die obere Etage getragen. Ein Arzt kümmerte sich sofort um ihr Wohlbefinden. Als sie nach ihrem Namen gefragt wurde, war sie kaum dazu imstande, eine Antwort zu geben, und brach unvermittelt in Tränen aus.

Nachdem ihr ein Beruhigungsmittel injiziert worden war, fühlte sie sich wie in Watte gepackt. Alles um sie herum verschwamm in einem dichten Nebel. Erst als sie Karla auf der gegenüberliegenden Couch entdeckte, versuchte sie, sich aufzurichten. Aber der Arzt drückte ihre Schultern sanft nach unten.

„Ganz ruhig, es ist alles in Ordnung."

Marisa schloss die Augen und bekam nur am Rande mit, wie sie zum Krankenwagen transportiert wurde. Sie konnte sich noch vage daran erinnern, dass zwei Polizisten in Zivil neben ihr gestanden hatten. Auch im Krankenhaus erlebte sie alles wie in Trance – die Versorgung ihrer Wunden und wie sie behutsam gewaschen und umgezogen wurde. Dann war sie erschöpft eingeschlafen.

Ein leises Klopfen riss sie aus den Gedanken. Ihre Mutter steckte den Kopf zur Tür hinein. „Hallo, Liebes", sagte sie und war den Tränen nahe. Schluchzend fielen sie sich in die Arme. „Oh Gott, was hat er dir nur angetan?", jammerte ihre Mutter bei ihrem Anblick. „Hast du starke Schmerzen?"

„Es geht schon", murmelte Marisa.

„Du kannst dir gar nicht vorstellen, wie froh ich bin, dich wiederzusehen." Erneut umarmten sie sich. „Hast du schon etwas gegessen? Du bist furchtbar schmal geworden."

„Nein, ich habe bis jetzt geschlafen", sagte sie und deutete auf den Infusionsbeutel. „Das ist bisher meine einzige Nahrung gewesen."

„Zum Glück habe ich dir etwas mitgebracht." Ihre Mutter reichte ihr Besteck und eine Frischhaltebox.

„Mama, ich habe wirklich keinen Hunger", antwortete Marisa. „Mir ist noch übel von dem ganzen Stress. Du kannst es dort auf dem Tisch abstellen, wenn du magst."

Das schien ihre Mutter zu besänftigen. „Ich darf nicht lange bleiben, weil sich die Kommissare angekündigt haben. Aber ich werde später noch einmal vorbeischauen, wie es dir geht." Ihre Mutter blickte zu Karla. „Seid ihr zusammen gewesen?"

„Ja. Karla hat viel Mut bewiesen und auf eigene Faust nach dem Täter gesucht. Aber er hat sie erwischt."

„Ihr geht es wohl nicht so gut?"

„Nein. Johan wollte gerade die Lobotomie vornehmen, als die Polizei das Haus gestürmt hat. Es war praktisch Rettung in letzter Minute. Ich bin froh, dass er sein böses Werk nicht vollenden konnte."

„Wenn sie wieder wach ist, richte ihr bitte meine Genesungswünsche aus."

„Das werde ich", sagte Marisa.

„Ist dieser Unmensch verhaftet worden?"

„Ich habe ihn sterben sehen, er wurde erschossen", murmelte Marisa.

„Oh nein, das ist ja grauenvoll. Wie sollst du das alles nur verarbeiten?" Ihre Mutter strich ihr liebevoll eine widerspenstige Strähne hinters Ohr. „Was hältst du davon, wenn du wieder bei mir einziehst? Zumindest für die ersten Tage nach deiner Entlassung aus dem Krankenhaus."

„Ich werde es mir überlegen", erwiderte Marisa.

„Du willst doch wohl nicht in das Haus zurück?"

„Nein, auf gar keinen Fall. Dort würde mich alles an Johan erinnern."

„Genau aus diesem Grund habe ich dir den Vorschlag gemacht. Ich möchte dich die erste Zeit auch nicht allein lassen."

„Du kannst mein altes Zimmer schon einmal herrichten."

„Das freut mich. Dann kann ich dich umsorgen, bis du wieder bei Kräften bist."

„Danke, Mama, du bist die Beste."

„Die Viertelstunde ist leider um, ich werde mich jetzt verabschieden müssen", sagte ihre Mutter. „In ein paar Stunden bin ich wieder da. Soll ich dir noch etwas mitbringen?"

„Zahnbürste, Deo und einen Jogginganzug."

„Kein Problem, den Haustürschlüssel habe ich ja."

Sie verabschiedeten sich voneinander, dann war es wieder still. Marisa war noch immer damit beschäftigt, ihre Rettung zu verarbeiten, als sich Karla neben ihr regte. Blinzelnd schlug sie die Augen auf.

„Hallo, zurück in der Welt", sagte Marisa.

„Wo sind wir?"

„In einem Krankenhaus."

„In Sicherheit?"

„Ja."

„Was ist passiert?"

„Das Haus ist von der Polizei gestürmt worden und es fällt mir schwer, alles richtig einzuordnen."

Karla massierte sich leise stöhnend die Schläfen. „Mein Kopf tut höllisch weh."

„Ich glaube, es wird noch einige Zeit dauern, bis wir wieder einigermaßen fit sind."

„Mit Sicherheit."

Beide schauten zur Tür, als es klopfte.

„Hallo", sagte die Frau, die mit einem Kollegen das Krankenzimmer betrat. „Die Ärzte haben grünes Licht gegeben, dass wir mit Ihnen sprechen dürfen. Ich bin Anna Grönberg und das ist mein Kollege Jonas Lundgren, Fallanalytiker aus Göteborg."

Marisa richtete sich auf. „Ist er wirklich tot?"

„Ja, das ist er", sagte Anna Grönberg.

„Gut so, dann kann er keiner Frau mehr Schaden zufügen. Nicht auszudenken, wenn ein findiger Anwalt ihn aus dieser Sache wieder herausgeboxt hätte."

„Außerdem wäre es ein grauenvoller Gedanke, ihm beim Prozess als Zeugin gegenüberzustehen", sagte Karla

„Was ist mit dem Jungen?", fragte Marisa.

„Sie wissen von dem Kind?", fragte die Kommissarin überrascht.

„Er hat mich ab und zu besucht, um sich mit mir zu unterhalten. Ist er Johans Sohn?"

„Ja, er ist sein Sohn", sagte Anna Grönberg.

„Der arme Junge. Was wird jetzt aus ihm? Seine Mutter soll im Rollstuhl sitzen."

Die Kommissarin tauschte mit dem Fallanalytiker einen kurzen Blick und er nickte.

„Ben Holmersson ist in einer Pflegefamilie untergebracht worden und seine Mutter wird in einem Heim entsprechend betreut", erwiderte Anna Grönberg.

„Hat er bei ihr …?"

Marisa wagte nicht, diese Worte auszusprechen.

Anna Grönberg nickte.

„Ich kann gar nicht ausdrücken, wie leid es mir für Ben tut." Marisa war den Tränen nahe.

„Man wird gut für ihn sorgen, da bin ich sicher."

„Das beruhigt mich." Marisa ließ den Kopf wieder auf das Kissen sinken. „Warum hat unsere Rettung so lange gedauert?"

„Weil der Täter es verstanden hat, geschickt seine Spuren zu verwischen beziehungsweise keine zu hinterlassen", sagte Lundgren. „So eine Analyse dauert und das Team hat hervorragende Arbeit geleistet. Die Kollegen haben während dieser Zeit kaum ihre Familie gesehen und von den zahlreichen Überstunden will ich gar nicht erst reden."

„Das kann ich verstehen", sagte Marisa. „Aber ich bin trotzdem erschüttert, dass niemand Karla ernst genommen hat. Uns wäre eine Menge erspart geblieben."

„Das bedauern wir sehr und Konsequenzen werden folgen", sagte Lundgren.

Anna Grönberg trat einen Schritt näher an das Krankenbett heran.

„Wissen Sie, wir sind im Dienst oft überlastet und gelangen dann an unsere seelischen und körperlichen Grenzen. Das soll keinesfalls eine Rechtfertigung für das Verhalten des Kollegen sein. Aber nicht jeder Beamte ist mit dem nötigen Potenzial ausgestattet, um stets die bestmögliche Entscheidung zu treffen."

„Es ist trotzdem bitter", sagte Marisa.

„Das ist es."

Anna Grönberg und Jonas Lundgren verabschiedeten sich und verließen das Krankenzimmer.

„Ich kann nicht glauben, dass es endlich vorbei ist", sagte Karla. „Dieser Mistkerl hat seine gerechte Strafe erhalten."

„Du glaubst gar nicht, wie erleichtert ich darüber bin", antwortete Marisa. „Trotzdem bin ich verunsichert, wie es nun für mich weitergehen wird."

„Ich habe auch noch keinen Plan und Angst, mich bei meinen Eltern zu melden. Ob sie mir jemals verzeihen werden?"

„Aber natürlich werden sie das", sagte Marisa. „Du hast dich entschieden, auf Nummer sicher zu gehen, und selbst ich kann das nachvollziehen. Deine Eltern werden Verständnis für deine Situation aufbringen, also warte nicht zu lange."

„Aber erst, wenn ich mich bereit dazu fühle."

„Du schaffst das, du bist eine starke Frau."

„Danke."

„Wir werden in unser altes Leben zurückkehren und uns von niemandem aufhalten lassen. Johan hat verloren", sagte Marisa.

„Ja, das hat er."

Marisa streckte den Arm aus und Karla ergriff ihre Hand. „Wir stehen das gemeinsam durch."

„Danke. Auch, dass du dich für mich eingesetzt hast", sagte Karla. „Du hast eine Menge einstecken müssen."

„Wie viel hast du davon mitbekommen?"

„Nicht sehr viel. Aber ich bin stolz darauf, dass du ihm die Stirn geboten hast."

„Zum Glück liegt das alles hinter uns."

Marisa war voller Zuversicht. Sicher, es würde einige Zeit vergehen, bis sie wieder Fuß gefasst hätte. Aber allein der Gedanke, dass Johan nicht mehr unter ihnen weilte, versetzte sie in einen euphorischen Zustand. Es war vorbei, endgültig vorbei.

KAPITEL 31

Anna stand die Erschöpfung ins Gesicht geschrieben, als sie sich mit einer Tasse Kaffee an den Schreibtisch setzte.

„Ich bin so wütend auf den Kollegen aus Öregrund", sagte sie. „Wie hat er die junge Frau nicht ernst nehmen können?"

„Du weißt doch, wie das so läuft." Tomas seufzte. „Das wird kein Einzelfall sein."

„Ich weiß. Aber diese Fehlentscheidung hat vier jungen Frauen ihre geistige Gesundheit gekostet." Sie nippte am Kaffee. „Hast du schon herausgefunden, warum Anzeige gegen David Holmersson erstattet und ihm seine Approbation entzogen wurde?"

„Er soll neben der Nasenkorrektur auch ein Muttermal auf dem Rücken der Geschädigten entfernt haben. Aber sie konnte anhand von Fotos beweisen, dass es gar kein Muttermal gegeben hat."

„Autsch", sagte Anna.

„Es hat wohl zu seiner größten Leidenschaft gehört, an den Patientinnen herumzuschnippeln. Unsere Opfer ähneln übrigens jener Frau, die es gewagt hatte, ihn anzuzeigen. Nach dem Prozess hat er sich Karla Mattsson geschnappt beziehungsweise ins Auto gezerrt, um sich abzureagieren. Ihre Flucht ist wohl der ausschlaggebende Grund für seinen Umzug nach Kalmar gewesen. Jedenfalls haben die Kollegen aus Öregrund einen

Aufruf in der Presse gestartet, in der Hoffnung, dass sich weitere Opfer melden. Ich bin gespannt, was sich daraus ergibt."

„Ich auch."

„Ach, was ich dir noch sagen wollte, die Spurensicherung hat herausgefunden, dass David Holmersson die Waffe in dem Rollwagen aufbewahrt hat, wahrscheinlich für den Fall, dass ihn eines der Opfer angreift. Den Kollegen vom Einsatzteam blieb gar nichts anderes übrig, als ihn mit einem gezielten Schuss niederzustrecken", sagte Tomas.

„Es kommt eine Menge an Aufklärungsarbeit auf uns zu." Anna seufzte. „Lundgren kann sich glücklich schätzen, nach Göteborg zurückzukehren, um dem Papierkram zu entgehen."

„Anna?" Tomas betrachtete sie aufmerksam über den Rand seines Bildschirms hinweg.

„Ja?"

„Könnte es vielleicht sein, dass Lundgren einen bleibenden Eindruck bei dir hinterlassen hat?"

Sie zog fragend die Stirn kraus. „Was willst du damit andeuten?"

„Meine Güte, jetzt stell dich doch nicht so an", sagte er. „Du weißt doch genau, was ich meine."

„Nein."

„Ganz einfach – du stehst auf den Typen. Punkt."

„Auf Lundgren?"

„Ja klar."

Glühende Lava schoss in ihre Wangen. War sie wirklich so leicht zu durchschauen?

„Jetzt komm schon, Anna. Er sieht gut aus, ist intelligent und scheint ein guter Kerl zu sein."

„Tomas, ich …“

Sie stockte, weil sie nicht wusste, was sie sagen sollte.

„Gib es doch zu, deine Aversion ihm gegenüber war nur gespielt“, sagte Tomas.

„Na, du musst es ja wissen.“ Sie warf ihm einen genervten Blick zu. „Können wir wieder das Thema wechseln?“

„Warum? Ich komme doch gerade erst in Fahrt.“ Er grinste breit. „Jetzt mal im Ernst. Der Job frisst dich auf, du lebst seit Jahren allein und bist enttäuscht, weil dich die Kerle wegen der vielen Überstunden wieder verlassen haben. Wer könnte dich da besser verstehen als unser Mr Fallanalytiker?“

Ein zaghaftes Lächeln umspielte Annas Lippen.

„Hör auf, die Abweisende zu spielen, bevor es zu spät ist. Sprich dich mit ihm aus.“

„Ich soll mich mit ihm aussprechen?“ Sie blickte ihren Kollegen entgeistert an. „Er würde mich für verrückt erklären, sobald ich mit meiner Liebeserklärung herausgerückt wäre.“

„Du wirst von seiner Reaktion positiv überrascht sein“, sagte Tomas und zwinkerte ihr zu.

„Ehrlich, das ist nicht die Zeit für ein Gespräch dieser Art“, entgegnete sie.

„Okay, dann kürzen wir das Ganze ab. Ich habe seine verstohlenen Blicke in deine Richtung bemerkt.“

„Oh …“

„Genau. Ich wollte dir damit nur sagen, dass du diese Chance nicht ungenutzt verstreichen lassen solltest. Ich weiß, wie sehr du dir eine Familie wünschst, und noch ist es nicht zu spät.“ Er nickte ihr aufmunternd zu. „Und jetzt ran an die Arbeit.“

Sie mussten noch jede Menge Material auswerten und Berichte schreiben. Anna war in ihre Arbeit vertieft, als Tomas sich räusperte. Fragend blickte sie auf.

„Sag mal, was hältst du davon, wenn wir heute Abend eine kleine Abschiedsfeier für Lundgren ausrichten?", fragte Tomas.

„Ich weiß nicht so recht, er ist doch gar nicht der Typ dafür." Sie neigte skeptisch ihren Kopf.

„Nichts Großes natürlich, das wäre zu respektlos. Einfach nur ein entspanntes Abendessen unter Kollegen."

„Hm, könntest du das arrangieren?", fragte sie.

„Kein Problem", erwiderte Tomas.

„Willst du Lundgren vorher fragen? Nicht dass wir ins Fettnäpfchen treten."

„Ach was, das glaube ich nicht. Wenn wir ihn herzlich verabschieden, wird er uns in guter Erinnerung behalten."

„Na, du musst es ja wissen."

Die Zeit bis zum Feierabend war schnell vergangen und bevor sie zur Pizzeria aufbrachen, in der Tomas einen Tisch reserviert hatte, verschwand Anna im Waschraum, um sich frisch zu machen. Der Blick in den Spiegel war ernüchternd. Dunkle Augenringe, ein müder Blick und zusammengekniffene Lippen. Wenn das nicht ausreicht, um Jonas Lundgren zu bezirzen, dann weiß ich es auch nicht, dachte sie mit einem Anflug von Sarkasmus.

Sie zupfte hier und da eine Haarsträhne zurecht, strich die Bluse glatt und legte noch etwas Lidschatten auf, den sie in ihrer Tasche gefunden hatte. Dann stieg sie in ihren Wagen und startete den Motor, als plötzlich

jemand an die Scheibe klopfte. Überrascht blickte sie
auf.

„Ist noch ein Platz frei?“, fragte Lundgren.

Ein Kopfnicken war alles, was sie zustande brachte.

Er öffnete die Autotür und ließ sich auf den Beifahrer-
sitz fallen.

„Sie sehen wenig begeistert aus.“

„Ich bin nicht so der Typ für gesellige Abende“, erwiderte er.

„Die Idee stammt von Tomas, damit Sie uns in guter
Erinnerung behalten“, sagte sie.

„Das ist nett von ihm, wäre aber nicht nötig gewesen.“

„Und was machen wir nun? Soll ich losfahren?“,
fragte Anna verunsichert.

„Von mir aus. Es ist ja nur dieser eine Abend und ich
kann jederzeit ins Hotel zurückkehren.“

„Wissen Sie was, ich habe da eine viel bessere Idee“,
sagte Anna unvermittelt und tippte eine Nachricht an
Tomas, dass Lundgren und sie sich verspäten würden.

Sie scherte aus der Parklücke, bog auf die Haupt-
straße ab und ließ die Stadt hinter sich.

„Wo soll es hingehen?“, fragte Lundgren.

„Wenn ich es Ihnen sage, ist es ja keine Überraschung
mehr.“

Unterwegs hielt sie an einem Imbiss an, um sich mit
Essen und einer Flasche Wein einzudecken. Dann setzten sie die Fahrt fort.

Kurz darauf bog Anna auf einen unbefestigten Weg.

„So, da wären wir“, sagte sie. „Aussteigen bitte.“

Bis auf träges Vogelzwitschern und das sanfte Plätschern der Wellen war nichts zu hören.

„Schön ist es hier“, sagte Lundgren.

„Ich weiß.“

„Eine Art Geheimplatz?“ Er lächelte sie an.

„Genau.“

Sie machten es sich auf einer felsigen Steinformation bequem. Anna reichte Lundgren sein Abendessen und schenkte den Wein in zwei Pappbechern ein.

„Nobel geht die Welt zugrunde“, sagte sie und trank einen Schluck.

„Aber nicht zu viel von dem Wein, Sie müssen noch fahren.“

„Sie können es nicht lassen“, erwiderte Anna.

„Sie doch auch nicht.“

„Wohl wahr.“

Schweigend genossen sie das Dinner for two. Die Oberfläche des Wassers glich einem silbernen Spiegel und unterstrich die friedliche Stimmung des Abends. Ein Entenpaar zog leise schnatternd vorüber, um sich im Schilfgürtel zur Nachtruhe zu begeben.

„Ein herrliches Fleckchen Erde“, sagte Lundgren. „Bis auf die Moskitos, die sich unerlaubt am Büfett bedienen.“

„Wollen Sie zurückfahren?“

Er verneinte. „Für Ausflüge dieser Art bleibt auch in Göteborg viel zu wenig Zeit. Ich bin gern draußen in der Natur, nehme die Stimmung und die Schönheit der Landschaft in mir auf. Es besänftigt meine Seele, bei all dem, was wir an Bösartigkeit in dieser Welt zu sehen bekommen.“

„Ja, das kann ich nur zu gut verstehen“, erwiderte sie. „Wann immer es mir möglich ist, gönne ich mir diese kleine Auszeit und fahre hierher, um wieder Kraft zu tanken.“

„Sehen Sie, so unterschiedlich sind wir gar nicht.“

Anna spürte, wie sein Blick auf ihr ruhte.

„Sollen wir dieses alberne Siezen nicht einfach lassen?“, fragte er und sie schaute überrascht auf.

„Ich habe nichts dagegen“, antwortete sie und er reichte ihr seine Hand.

„Jonas“, sagte er.

„Anna.“

„Was meinst du, sollen wir noch ein paar Minuten am Wasser entlanglaufen, bevor wir zu den anderen zurückkehren?“, fragte sie.

„Sehr gerne.“

Sie entledigte sich ihrer Schuhe und lief auf dem sonnengewärmten Sand entlang. Lundgren folgte ihr, behielt aber seine Sneaker an.

„Typisch Großstadtmensch“, sagte sie lachend.

„Eher nicht. Ich bin nur zu faul, die Schuhe nachher wieder anzuziehen“, erklärte er.

„Dann wohl eher typisch Mann.“

„Du bist nie um eine Antwort verlegen.“

„So ist es.“

Seine Anwesenheit tat ihr ausgesprochen gut. Sie hatte bisher noch nie jemanden an diesen Ort mitgenommen, es war stets ein gut gehütetes Geheimnis gewesen. Aber die Zeiten änderten sich, hoffentlich zum Positiven.

Die Sonne ruhte am Horizont und tauchte die Umgebung in ein goldenes Licht. Die weißen Nächte verströmten einen besonderen Zauber, dem man sich nur schwer entziehen konnte.

„Schade, dass es morgen schon zurück in Richtung Heimat geht“, sagte Lundgren unvermittelt.

„Ach ja?“ Sie schaute fragend zu ihm auf.

„Kalmar ist wunderschön, eine Perle direkt am Meer.“

„Aber Göteborg doch auch“, erwiderte sie.

„Sicher, dennoch hat meine Heimatstadt nicht diesen besonderen Charme. Es geht oft sehr hektisch zu.“

„Das kann ich nicht beurteilen, ich bin noch nie in Göteborg gewesen.“

„Dann wird es aber Zeit. Ich würde dir gern die Stadt zeigen.“

Annas Herz schlug einen Takt schneller. War das eine Einladung?

„Danke, ich nehme das Angebot sehr gerne an“, antwortete sie zögernd.

„Es würde mich jedenfalls sehr freuen.“

Sie spürte ein wohliges Kribbeln im Nacken, als sie seinen Blick spürte. Eindeutig, Lundgren war an ihr interessiert.

„Vielleicht könnten wir unseren Disput und die Kompetenzrangelei für diese Zeit auf Eis legen.“

„Oh, doch so schlimm?“ Sie hob ihren Blick.

„Schlimmer.“ Er lachte.

Anna schaute auf die Uhr. „Aber jetzt sollten wir aufbrechen“, sagte sie. „Tomas schickt im Minutentakt Nachrichten.“

„Schade, ich habe diese kurze Auszeit sehr genossen.“

Auch Anna bedauerte, dass sie sich von diesem verträumten Fleckchen Erde verabschieden mussten. Aber sie wusste auch, dass noch so viel Neues auf sie wartete. Sowohl Lundgren als auch sie hatten Feuer gefangen.

Am nächsten Morgen saßen die meisten Kollegen mit Katerstimmung in der kleinen Cafeteria und nippten an ihrem Kaffee, den Tomas heute besonders stark zubereitet hatte. Der gestrige Abend war recht lang geworden. Aber wer wollte es ihnen verübeln, nach all den Monaten der intensiven Ermittlungsarbeit?

Auch Lundgren setzte sich mit müdem Blick zu ihnen an den Tisch.

„Endlich Kaffee, das ist genau das, was ich jetzt brauche“, sagte er dankbar.

Anna vermied es, in Lundgrens Richtung zu schauen, die Kollegen hatten sie schon mächtig aufgezogen. Die Stimmung war gelöst, denn das Team konnte endlich durchatmen. Natürlich würden sie noch eine Menge Arbeit bewältigen und die Beweisaufnahme gründlich vorbereiten und abschließen müssen. Aber der Fall war aufgeklärt – und nur das zählte.

Nachdem Lundgren seine Tasse geleert hatte, erhob er sich.

„Bevor ich aufbreche, möchte ich mich noch einmal für die hervorragende Zusammenarbeit bedanken“, sagte er. „Sollten Sie je wieder an einem kniffligen Fall verzweifeln, dann wissen Sie ja, wo Sie mich finden.“

„Auf so einen Fall können wir getrost verzichten“, sagte Tomas augenzwinkernd und stieß Anna mit dem Ellenbogen leicht in die Seite. „Nun mach schon, geh raus, um dich von ihm zu verabschieden.“

Tomas hatte ein feines Gespür für Situationen wie diese. Wenn sie jetzt den Raum verließ, würde den Kollegen ihr Fehlen nicht sofort auffallen. Also erhob sie sich und lief so unauffällig wie möglich zur Tür. Auf der einen Seite war es ihr unangenehm, sich wie ein Teenager rauszuschleichen, aber auf der anderen Seite wollte sie sich auch nicht vor allen Kollegen von Lundgren verabschieden. Das war ihr definitiv zu unpersönlich.

Mit klopfendem Herzen stand sie am Ende des Flures und fragte sich, was sie hier eigentlich machte. In ihrem Inneren herrschte das reinste Gefühlschaos, denn der Fall beschäftigte sie noch immer. Sie plagten Schuldgefühle, weil sich die zarten Bande einer Romanze entwickelten, während die Opfer ein Leben lang mit den Folgen zu kämpfen hatten.

Und dann sah sie ihn.

Lundgren schritt langsam den Flur entlang und verschwand in seinem Büro. Nun mach schon, dachte sie, bevor die Kollegen auf der Bildfläche erscheinen. Nur eine Minute später stand er vor ihr.

„Hast du auf mich gewartet?", fragte er.

„Ja. Ich wollte mich nicht so unpersönlich von dir verabschieden."

Er lächelte sanft. „Wir haben noch gar nicht die Telefonnummern getauscht", sagte er.

„Aber ich habe deine Nummer eingespeichert", erwiderte sie.

„Die dienstliche. Aber ich würde gern privat mit dir schreiben."

„Oh, natürlich." Sie war perplex.

Er reichte ihr seine Visitenkarte. „Auf der Rückseite steht die Nummer."

„Danke." Sie räusperte sich. „Dann wünsche ich dir eine gute Heimreise."

„Wenn du mir zuerst schreibst, melde ich mich, sobald ich angekommen bin."

„So machen wir das."

„Ja dann ..."

Die Tür des Konferenzraumes schwang auf und die Kollegen strömten in den Flur.

„Mach's gut und ich schreibe dir", sagte Anna rasch.

„Ich freue mich und pass gut auf dich auf."

„Das werde ich."

Lundgren nickte ihr noch einmal zu, dann war er auch schon zur Tür hinaus. Ein Ruck ging durch ihren Körper und sie kehrte ins Büro zurück, wo Tomas schon auf sie wartete.

„Und?" Fragend musterte er sie.

„Komisches Gefühl", antwortete sie

„Was willst du mir damit sagen?"

„Ich glaube, dass ich mit allem überfordert bin." Sie machte eine ausladende Handbewegung.

„Lass doch alles entspannt auf dich zukommen."

„Du hast gut reden. Nebenbei müssen wir auch noch den Fall abschließen."

„Das wird schon. Ich bin jedenfalls erleichtert, dass es endlich vorbei ist."

„Und ich erst. Dann sollten wir jetzt loslegen."

„Ich bin schon dabei", sagte Tomas und räusperte sich. „Übrigens, viel Glück euch beiden."

„Danke. Du bist der beste Kollege, den man sich wünschen kann."

„Ich hoffe, das wirst du bei Gelegenheit auch honorieren."

Ein Lächeln umspielte ihre Lippen. „Garantiert."

KAPITEL 32

Karla stand auf und schulterte den Rucksack. Der nächste Halt war Stockholm und der Zug fuhr mit gemäßigtem Tempo in den Bahnhof ein. Obwohl sie fast ein Jahr lang hier gelebt hatte, erschien ihr die Stadt so fremd wie am ersten Tag.

Die Zugtüren öffneten sich und die Fahrgäste strömten auf den Bahnsteig.

Karla stieg aus und schaute sich suchend um.

„Hier! Ich bin hier!", rief Filip und winkte ihr aus der Menschenmenge zu. Er hatte sein Versprechen gehalten und sie näherte sich ihm mit zögerlichen Schritten.

„Schön, dass du wieder da bist", sagte er und nahm sie zur Begrüßung in den Arm. „Willkommen zurück, du kleine Fahrraddiebin", raunte er ihr ins Ohr.

Die plötzliche Nähe kam für Karla überraschend. Dennoch genoss sie diesen Moment und spürte sein schnell schlagendes Herz. Nicht nur sie schien aufgeregt zu sein.

„Lass uns gehen", flüsterte sie.

„Ja."

Filip führte sie zum Wagen, der auf dem Parkplatz in einer Nebenstraße stand, und sie stiegen ein.

„Wie geht es dir? Du siehst ziemlich blass aus und bist noch schmaler geworden", sagte Filip mitfühlend. „Ich traue mich gar nicht zu fragen, was dir überhaupt zugestoßen ist."

„Lass uns ein anderes Mal darüber reden“, sagte sie. „Trotz des Krankenhausaufenthaltes fühle ich mich noch sehr schwach.“

„In Ordnung. Wollen wir unterwegs anhalten, um einzukaufen? Dein Kühlschrank ist sicher leer.“

„Ich möchte niemanden sehen“, erwiderte sie matt.

„Kein Problem, das kann ich verstehen“, entgegnete er. „Trotzdem möchte ich dir einen Vorschlag machen.“

„Schieß los.“

„Ich habe mir heute extra freigenommen“, sagte er. „Wenn du mir eine Liste schreibst, könnte ich Lebensmittel besorgen und sogar eine Pizza mitbringen.“ Er warf ihr einen fragenden Seitenblick zu. „Haben wir einen Deal?“

„Den haben wir.“

„Na also, geht doch“, antwortete er mit einem Lächeln.

Es war wirklich rührend, wie er sich um sie kümmerte.

„Du hältst mich aber nicht für ein Weichei, oder?“

Die Frage überraschte sie. „Nein, warum sollte ich?“, fragte sie irritiert.

„Na ja, einige finden mein Verhalten als ein wenig übergriffig“, sagte er und errötete. „Mein Vater hat sich aus dem Staub gemacht, als er von der Schwangerschaft meiner Mutter erfuhr. Sie hat mich allein großgezogen und viel Wert daraufgelegt, dass ich nicht so wie mein Vater werde.“

„Dann richte deiner Mutter liebe Grüße aus, sie hat wirklich gute Arbeit geleistet“, sagte Karla.

„Danke“, sagte Filip, sichtlich erleichtert und setzte Karla vor der Tür ab.

„Soll ich mit hochkommen? Oder bringst du mir die Einkaufsliste nach unten?", fragte er.

„Solange es dich nicht stört, dass meine vier Wände ziemlich spärlich möbliert sind, kannst du mich gern nach oben begleiten", sagte sie. „Irgendwann, wenn ich dir meine Geschichte erzählt habe, wirst du verstehen, warum ich so bin, wie ich bin."

„Und bis dahin werde ich mich in Geduld üben", erwiderte Filip und stieg ebenfalls aus.

Er trug ihren Rucksack und begleitete sie nach oben.

„Gemütlich", sagte er, nachdem er die Wohnung betreten hatte.

„Du musst dir keine Mühe geben", erwiderte sie. „Ich weiß, dass es so aussieht, als wäre ich gerade erst eingezogen."

„Wie lange wohnst du schon hier?", fragte er.

„Ein Jahr, und die meisten Kronen, die ich verdient habe, sind für die Miete draufgegangen."

„Du musst dich vor mir nicht rechtfertigen."

„Okay, dann werde ich jetzt die Liste schreiben." Nach zwei Minuten drückte sie ihm den Zettel in die Hand. „Danke."

„Kein Ding."

Filip winkte ihr noch einmal zu und eilte die Stufen hinunter. Die plötzliche Stille wirkte beruhigend auf Karla. Sie ließ sich in den abgewetzten Sessel sinken und atmete tief durch. Selbst im Krankenhaus hatte sie noch nicht realisiert, dass es vorbei war, dass sie sich nie wieder würde verstecken müssen. David Holmersson war tot.

Unzählige Gedanken stürmten auf sie ein und es fiel ihr schwer, sie zu verarbeiten. Sie könnte wieder zur

Uni gehen oder nach Öregrund zurückkehren, alles war möglich – Freunde treffen, Kinobesuche, Urlaube, sich irgendwo heimisch fühlen. Sie zitterte, aber es war keine Furcht. Nein, das war tatsächlich Vorfreude, auf die Dinge, die da kommen würden.

Marisa und sie hatten sich im Krankenhaus angefreundet und versprochen, in Kontakt zu bleiben. Sie wollten sich zum Beispiel gemeinsam die Narben weglasern lassen, um sie nicht ständig vor Augen zu haben und ein Leben lang gezeichnet zu sein. Allein das wäre ein riesiger Schritt in Richtung Zukunft.

Als die Klingel ertönte, sprang sie auf und lief in den Flur. Filip stand mit etlichen Tüten vor ihr.

„Das müsste für mindestens eine Woche reichen", sagte er.

„So viel habe ich doch gar nicht aufgeschrieben", antwortete sie.

„Na ja, ich habe noch jede Menge Süßigkeiten eingepackt. Du weißt schon, Nervennahrung und so."

„Ich danke dir. Aber ich habe kaum noch Geld ..."

„Ach was." Er winkte ab. „Mein Willkommensgeschenk an dich."

Filip war sehr aufmerksam und sie fühlte sich in seiner Gegenwart wohl.

„Wollen wir die Pizza essen, bevor sie kalt wird?", fragte sie.

„Klar, da sage ich nicht Nein."

Sie stellte die Teller auf den Tisch und setzte sich.

„Wie wird es jetzt für dich weitergehen?" Er musterte sie fragend.

„Ich habe absolut keinen Plan", antwortete sie. „Bevor ich mein jetziges Leben wieder aufnehme, möchte ich zuerst meine Eltern besuchen, damit sie aufhören, sich Sorgen zu machen.“

„Sie wissen nicht, dass du in Stockholm gestrandet bist?“

„Nein.“ Karla dachte einen Moment lang nach. „Warum soll ich es noch länger hinauszögern? Wenn du magst, könnte ich dir sofort meine Geschichte erzählen.“

„Gerne, ich bin ganz Ohr.“

Filip war ein sehr aufmerksamer Zuhörer, hakte hier und da nach, wenn er noch Fragen hatte. Nachdem sie geendet hatte, war er für einen Moment sprachlos. Dann ergriff er ihre Hand.

„Wir schaffen das irgendwie, du bedeutest mir inzwischen eine Menge.“

Karla schluckte. „Es wird nicht leicht werden“, sagte sie.

„Dessen bin ich mir bewusst. Aber wir könnten zumindest einen Versuch wagen, oder?“

„Ja, das könnten wir.“

„Vorausgesetzt, du wirst in Stockholm bleiben.“

„Ich denke schon. Aber ich muss unbedingt meine Eltern sehen, bevor ich eine Entscheidung treffe.“

„Das kann ich verstehen“, sagte Filip. „Und falls du nichts dagegen hast, würde ich dich zu deinen Eltern fahren. Nicht dass du wieder auf dumme Gedanken kommst und dir ein Fahrrad besorgst.“ Er zwinkerte ihr zu.

„Das würdest du wirklich tun?“

„Wenn ich es dir doch sage. Morgen ist Samstag und ich habe frei.“

„Das wäre perfekt. Ich wollte meine Eltern schon in Kalmar anrufen, aber ich habe mich nicht getraut, weil ich nicht weiß, wie sie mein plötzliches Lebenszeichen auffassen werden. Ein ganzes Jahr bin ich untergetaucht und habe ihnen keine einzige Nachricht zukommen lassen.“

„Es war eine absolute Ausnahmesituation und sie werden überglücklich sein, dich wiederzusehen.“ Filip erhob sich. „Ich werde jetzt fahren, du bist sicher erschöpft. Wann soll ich morgen vor deiner Tür stehen?“

„Um sieben?“

„Geht klar, und ich verspreche dir hoch und heilig, pünktlich zu sein. Falls du jemanden zum Reden brauchst, dann scheue dich nicht, mir eine Nachricht zu senden.“

„Das werde ich. Und danke, dass du mich so unterstützt hast.“

„Immer wieder gern“, erwiderte er lächelnd.

Nach einer flüchtigen Umarmung zog er die Tür hinter sich zu. Karla blieb noch einen Moment lang sitzen. Morgen war also der Tag, an dem sie ihre Eltern wiedersehen würde, und sie spürte ein nervöses Kribbeln in der Magengegend. Die Schuldgefühle lasteten schwer auf ihren Schultern.

„Verzeiht mir“, murmelte sie und ging ins Schlafzimmer, um die Reisetasche zu packen.

Nachdem sie fertig war, schickte sie eine Message an Arne und bat um ein Gespräch. Ihren Job wollte sie auf gar keinen Fall kündigen, denn sie musste neben dem Studium auch die Miete zahlen. Jetzt war sie bereit, das neue Leben mit offenen Armen zu empfangen.

Filip stand wie vereinbart vor ihrer Wohnungstür.

„Na, schon aufgeregt?“, fragte er.

„Hör bloß auf, ich konnte die halbe Nacht nicht schlafen.“

„Dann machst du halt im Auto die Augen zu und holst den Schlaf nach.“

„Mal schauen.“

Nachdem Filip die Reisetasche im Kofferraum verstaut hatte, fuhren sie los. Obwohl Karla wach bleiben wollte, verschlief sie den größten Teil der Fahrt. Irgendwann rüttelte Filip sie sanft an der Schulter.

„Wir sind da“, raunte er.

Er hatte recht, sie standen vor ihrem Elternhaus.

„Jetzt wird es ernst“, sagte sie und stieg aus. Zögerlich näherte sie sich der Eingangstür und hob die Hand, um auf den Klingelknopf zu drücken. Hoffentlich war jemand zu Hause.

„Karla?“

Überrascht drehte sie sich um. Ihre Mutter stand plötzlich hinter ihr.

„Mama, ich …“

Weiter kam sie nicht, denn ihre Mutter drückte sie so fest an sich, dass ihr die Luft wegblieb.

„Wo hast du all die Monate nur gesteckt? Wie konntest du uns das antun?“ Eine Flut von Tränen strömte ihr über die Wangen. „Komm mit ins Haus, dein Vater wird Augen machen.“

Er saß im Sessel und las Zeitung, als sie das Wohnzimmer betraten.

„Olof, sieh doch nur, wen ich mitgebracht habe.“

„Karla, bist du das wirklich?“

Sie umarmten einander und standen einfach nur da, um ihr Glück zu genießen.

„Ich kann nicht fassen, dass du wieder da bist." Ihre Mutter schluchzte leise. „Was ist passiert, dass du ohne ein Wort des Abschieds verschwunden bist?"

Karla löste sich aus der Umarmung und dabei rutschte der Ärmel ihrer Jacke nach oben. Ihre Mutter umfasste blitzschnell das Handgelenk.

„Wer hat dir das angetan?", rief sie entsetzt.

„Das ist eine lange Geschichte", antwortete Karla.

„Hat das etwas mit dem Fall zu tun?"

„Ja."

„Wir haben eine Vermisstenanzeige aufgegeben und darauf gewartet, dass uns geholfen wird. Nach ein paar Tagen teilte uns der zuständige Kommissar mit, dass du wegen Falschaussage gesucht wirst. Wir waren außer uns vor Sorge, denn das alles hat absolut nicht zu dir gepasst. Aber jede Spur, der wir nachgegangen sind, hat uns in eine Sackgasse geführt."

„Es tut mir so leid", sagte Karla unter Tränen. „Aber ich konnte es euch nicht sagen."

„Komm, setz dich und erzähle uns alles." Ihr Vater deutete auf den Stuhl.

Stockend berichtete Karla, was ihr widerfahren war. Ihre Mutter war noch eine Spur blasser geworden und ihr Vater fassungslos.

„Wir hätten dich unterstützt und notfalls auch woanders untergebracht", sagte ihre Mutter, nachdem Karla geendet hatte. „Warum hast du dich uns nicht anvertraut?"

„Ich habe keinen anderen Ausweg gesehen. Der Polizist, der meine Anzeige aufgenommen hat, hat mich so unter Druck gesetzt, dass ich regelrecht aus Öregrund geflohen bin.“

„Das wird ein Nachspiel haben“, sagte ihr Vater grimmig.

„Der Mann ist schon suspendiert worden.“

„Besser ist es.“

„Oh nein, ich habe Filip im Auto vergessen“, rief Karla erschrocken, sprang auf und eilte nach draußen, um ihn zu holen.

Zu zweit betraten sie das Haus und nachdem Karla Filip vorgestellt hatte, wurde er herzlich von ihren Eltern in Empfang genommen.

„Ihr habt bestimmt Hunger nach der langen Fahrt, ich werde in der Küche eine Kleinigkeit zubereiten“, sagte ihre Mutter und machte auf dem Absatz kehrt.

„Wie wird es für dich weitergehen?“, fragte ihr Vater und schenkte Filip ein Glas Wasser ein. „Wirst du wieder bei uns einziehen? Das würde uns sehr freuen.“

„Ich möchte nach Stockholm zurückkehren, um dort mein Studium fortzusetzen.“

Ihr Vater wirkte enttäuscht. „Schade. Es fällt mir ausgesprochen schwer, dich wieder ziehen zu lassen.“

„Ich werde mich regelmäßig melden.“

„Das will ich doch hoffen“, erwiderte ihr Vater sanft.

„Keine Sorge, ab jetzt passe ich Karla auf“, sagte Filip.

„Ich nehme dich beim Wort.“

„So, da bin ich wieder.“ Karlas Mutter betrat mit einem voll beladenen Tablett den Wintergarten. „Lasst es euch schmecken“, sagte sie.

Auch sie war enttäuscht, dass Karla schon morgen wieder nach Stockholm zurückkehren würde.

„Es tut mir leid, aber ich muss noch so viel erledigen“, sagte Karla. „Mich an der Uni einschreiben, meinen Mietvertrag verlängern und einen guten Therapeuten suchen.“

„Wir sind immer für dich da“, sagte ihre Mutter. „Gemeinsam stehen wir das durch.“

„Ganz bestimmt.“ Ihr Vater umarmte sie erneut. „Ich bin überglücklich, dass du dich endlich gemeldet hast. An schlechten Tagen haben wir mit dem Schlimmsten gerechnet und geglaubt, dich nie wieder zu sehen.“

„Es tut mir so leid“, sagte Karla.

„Schon gut“, erwiderte ihre Mutter. „Jetzt bist du ja da und ich kann dir gar nicht sagen, wie froh ich darüber bin.“

„Ich verspreche, euch so oft besuchen zu kommen, wie es mir möglich ist.“

„Das freut mich zu hören“, antwortete ihre Mutter.

Es wurde ein langer und anstrengender Tag und als Karla sich am späten Abend in ihrem ehemaligen Kinderzimmer aufs Bett legte, war sie innerhalb weniger Minuten eingeschlafen.

KAPITEL 33

Marisa setzte den letzten Umzugskarton ab, um kurz zu verschnaufen. Sie hatte ihr Häuschen verkauft und sich stattdessen eine Eigentumswohnung zugelegt. Sie freute sich auf ihr neues Zuhause und bereute nicht eine Sekunde den harten Cut. Die Partnersuche hatte sie auf Eis gelegt und sich in der Zwischenzeit anderen, viel wichtigeren Dingen gewidmet.

„Jetzt gönnen wir uns erst einmal ein Glas Wein und stoßen auf dein neues Zuhause an", sagte ihre beste Freundin.

„Unbedingt", erwiderte Marisa und schenkte den Rotwein ein. Zufrieden nippte sie an ihrem Glas.

„Wann willst du die Sachen auspacken?"

„Heute jedenfalls nicht mehr. Ich werde uns eine Kleinigkeit beim Italiener bestellen, und danach machen wir es uns auf dem Balkon bequem."

„Gute Idee, ich bin dabei."

Eine Stunde später saßen sie in der milden Abendsonne und ließen den Tag Revue passieren.

„Wie geht es dir?", fragte Viveca.

„Ganz gut", antwortete Marisa. „Ich wohne in einem Haus mit vielen Nachbarn, die mir das Gefühl von Sicherheit vermitteln."

„Und sonst?"

„Ich besuche Ben regelmäßig in seiner Pflegefamilie, er hat sich sehr zum Positiven verändert."

„Inwiefern?“

„Er ist viel aufgeschlossener geworden und spielt sogar in einem Fußballverein. An den Schulalltag muss er sich noch gewöhnen, das fällt ihm außerordentlich schwer. Aber auch das wird er meistern.“

„Hat er eine Beziehung zu dir aufgebaut?“

„Ja, das hat er und er freut sich sehr auf die Treffen mit mir. Wir waren sogar schon im Kino.“

Ein Lächeln huschte über Vivecas Gesicht. „Muttergefühle?“

Marisa errötete. „Aus Mitleid ist Zuneigung geworden, das kann ich nicht leugnen. Ich engagiere mich jetzt in einem Verein für vernachlässigte Kinder. Es tut mir ausgesprochen gut, gebraucht zu werden, und heilt nicht nur meine Seele.“

„Ich finde dein Engagement große Klasse, so profitieren beide Seiten davon. Vielleicht wirst du mir Ben irgendwann einmal vorstellen.“

„Mit Sicherheit.“

„Und wie schaut es mit der Partnersuche aus?“

Marisa winkte ab. „Die Suche ist auf unbestimmte Zeit verschoben worden.“

„Das kann ich gut verstehen.“

„Entweder, es funkt irgendwann auf normalem Wege, oder ich lasse es bleiben. Momentan steht mir wirklich nicht der Sinn danach.“

„Hast du mit der Therapie schon angefangen? Falls ja, fühlst du dich dort gut aufgehoben?“

„Ich denke schon. Es ist ein durchaus schmerzvoller Prozess, den ich durchschreite, aber in einem Jahr sieht die Sache sicher ganz anders aus. Zumindest kann ich wieder hoffnungsvoll in die Zukunft schauen.“ Marisa

drehte das Weinglas gedankenverloren in ihren Händen. „Ich habe wirklich großes Glück gehabt, davongekommen zu sein."

„Siehst du, es geschehen doch noch Wunder", erwiderte Viveca.

Marisa krempelte den Ärmel hoch. „Karla und ich haben übrigens schon unsere erste Laserbehandlung hinter uns. Es hat sich gelohnt, oder was meinst du?"

„Auf jeden Fall, so wirst du nicht ständig daran erin-
nert."

„Genau. Aber jetzt bin ich total erledigt, der Umzugs-
tag war ziemlich anstrengend."

„Ich habe schon verstanden." Viveca erhob sich lachend. „Melde dich, sobald du Hilfe beim Auspacken
brauchst. Ein Anruf, und ich werde auf der Matte stehen."

„Was würde ich nur ohne dich machen?"

Sie umarmten sich zum Abschied.

„Bitte versprich mir, falls du je wieder in eine schwie-
rige Situation kommen solltest, dass du dich mir anvertraust. Es gibt für alles eine Lösung."

„Das werde ich", sagte Marisa.

Nachdem Marisa am Vormittag die ersten Kartons
ausgepackt hatte, fuhr sie am Nachmittag zu Bens Pflegefamilie, um mit ihm ein Eis essen zu gehen. Die Pfle-
gemutter bat Marisa ins Haus. Sie folgte ihr, stieg über
eine Burg aus Legosteinen und nahm im Esszimmer
Platz.

„Wie geht es Ben? Hat er Fortschritte gemacht?",
fragte sie.

„Die Schule ist nach wie vor ein Problem, weil er Schwierigkeiten mit einigen seiner Klassenkameraden hat. Er kann sich gegen die Stärkeren nicht zur Wehr setzen. Aber ...“, Katrins Miene erhellte sich, „sein Notendurchschnitt ist der Hammer. Das Lernen bereitet ihm Freude. So einen fleißigen Schüler wie ihn habe ich selten erlebt.“

„Das freut mich zu hören“, antwortete Marisa.

„Ben wird seinen Weg gehen, davon bin ich überzeugt.“

„Ich auch. Übrigens, wie lange dürfen wir wegbleiben?“, fragte Marisa.

„Maximal zwei Stunden. Er hat immer noch Schwierigkeiten mit der Reizüberflutung.“

„Kein Problem, ich bin bereit.“

Katrin rief Ben, der sofort die Treppe hinuntergelaufen kam.

„Hallo, Marisa“, rief er freudig. „Gibt es heute wieder ein Eis?“

„Selbstverständlich.“

„Super, ich ziehe mir nur die Schuhe an.“

Man merkte Ben noch an, dass er gefallen wollte und sich anstrengte, alles perfekt zu meistern. Die Angst schien ihm noch im Nacken zu sitzen, wieder von jemandem angebrüllt und abgewertet zu werden. Dieses Wissen schmerzte.

Marisa verließ mit Ben das Haus und sie schlenderten gemächlich durch die Innenstadt.

„Ich habe gestern meine Mama besucht“, sagte er.

„Wie geht es ihr?“, fragte Marisa.

„Sie sieht nicht mehr so dünn aus. Schade, dass sie nicht mehr sprechen und zuhören kann, ich hätte ihr so viel zu erzählen.“

„Ja, das ist sehr traurig. Aber du kannst es mir erzählen, wenn du magst.“

Er berichtete ihr von der Schule, dass er Tjure nicht mochte, weil er ständig von ihm aufgezogen wurde. Bens wahre Identität wurde geheim gehalten, um ihm ein halbwegs normales Leben zu ermöglichen.

Marisa hörte ihm aufmerksam zu und genoss die Zeit. Die schmale Kinderhand in ihrer war momentan ihr ganzes Glück. Die Zukunft konnte beginnen.